달밤에 몰래 만나다

국립중앙도서관 출판시도서목록(CIP)

달밤에 몰래 만나다 : 원재길 소설 / 원재길 지음.
— 파주 : 문학동네, 2004
  p. ;   cm

ISBN 89-8281-821-9 03810 : ₩8500

813.6-KDC4
895.735-DDC21   CIP2004000837

달밤에 몰래 만나다

원재길 소설

문학동네

차례

한잠순 여사 약전(略傳)

어린 소녀 한잠순은 읍에서 모르는 사람이 없는 유명인사였다. 잠에 관해서 이야기할 땐 반드시 한잠순이라는

이름을 언급해야 한다는 게 불문율이 되었다. 걸어서 학교와 집을 오가는 길에 나무와 전봇대와 간판과 박치기

하며 졸고, 밥 먹는 중에 숟갈을 입에 물고 졸고, 숙제하다가 교과서 거꾸로 펴놓고 졸고, 그러는 시간을 다 더

하면 거의 온종일 자는 거나 마찬가지였다.

평창동 봉화슈퍼 뒷집에 사는 한유순 여사는 이름이 하나 더 있다. 워낙 잠이 많아서 한잠순 여사로 불린다. 하지만 갓난아기 때부터 잠꾸러기는 아니었다. 막 세상에 나왔을 때 아기는 이미 눈을 가늘게 뜬 모습이었다. 산파의 손바닥에 엉덩이를 짝짝짝 얻어맞고 목청껏 울더니, 기미로 뒤덮인 핼쑥한 엄마 얼굴을 보고 다시 앙 울음을 터뜨렸다. 젖을 물리자 눈물을 흘려가며 배를 채웠고, 힘에 부쳐 빨개진 낯으로 미간을 찌푸리며 옹알거렸다. "엄마, 괜찮아? 많이 아팠지?" 하고 중얼거리는 것처럼 들렸기에 산파와 산모는 귀를 의심했다.

이제 눈을 붙일 차례였으나 아기는 말똥말똥한 눈으로 엄마만 쳐다보았다. 무려 사흘 동안 손발을 꼼질대며 엄마 낯빛을 살피다가 잠들었고, 반나절 지나서 또 깨어 꼬물댔다. 그뒤로도 하루에 많이 자야 서너 시간 안쪽이어서 꽤나 어른들의 애를 태웠다. 창마다 담요를 쳐서 온종일 방을 어둡게 만들고 파를 찧어 인중에 콧수염을 달아주고, 양파와 대추씨와 도라지를 달여 먹이는 등 민간요법을 두루 써보았지만 눈곱만큼도 잠이 늘지 않았다. 그나마 다행인 것은 젖과 미음을 고루 잘 먹었고 괜히 칭얼대며 우는 일이 없다는 사실이었다.

한잠순 여사의 엄마는 출산과정에 문제가 있었다. 아기를 낳고 나서 '산후'라는 단어가 앞에 붙는 병은 모조리 쓸어다놓고 돌아가며 앓았다. 초기엔 구토를 하고 식은땀을 흘리며 설사하는 이른바 산후삼급(三急)에 시달리다가 가까스로 고비를 넘겼다. 팔다리가 뻣뻣해지고 온몸을 사시나무처럼 떠는 산후경풍을 앓을 땐, 덜컹대는 트럭 짐칸에 누워 노란 하늘을 바라보며 백오십 리 떨어진 도립병원까지 다녀왔다. 울혈성 심부전으로 몸이 퉁퉁 붓고 숨쉬기가 버거운 산후심근증이 스쳐가는 듯하더니, 한기가 들어 밤낮없이 온몸에서 이슬 같은 땀방울을 흘려 산후이슬이라고 부르는 발한증이 산모의 여름날을 엄동 혹한기로 바꾸어놓았다.

급기야 아이를 낳은 지 다섯 달 만에 머리칼이 거의 사라져 반들반들한 두피가 드러났고, 이빨이 세 개나 저절로 빠져나갔다. 게다가 비쩍 마른 몸에 모든 뼈가 불거진 탓에 같은 자세로 오래 누워 있지 못했다. 스물다섯 살이 아니라 환갑을 훌쩍 넘긴 나이라고 해도 믿을 지경이었다. 병세가 가라앉고 혈색이 되살아나며 마침내 지긋지긋한 산후더침에서 풀려나는 것처럼 보인 건 아기의 돌이 다 되어서였다.

돌날 낮에 엄마는 오랜만에 바로 앉아서 희미하나마 미소를 머금으며 아기를 무릎에 앉히고 즐거운 시간을 보냈다. 돌잡이할 때 쌀, 공책, 실타래, 연필, 국수를 차례로 바라보던 아기는 실타래를 움켜쥐었고, 그걸 대뜸 엄마한테 내밀었다. 엄마더러 그만 아프고 오래 살라는 뜻으로 비쳐서 모든 사람이 박수치며 하하 호호 웃었다. 그런데 엄마는 저녁때 갑자기 하혈을 시작하여, 밤새도록 몸 속 피의 절반을 쏟고 잔칫상에 올랐던 백설기보다 낯빛이 하얘졌다. 결국 동틀녘부터 숨을 몰아쉬며 "아가야, 아가야" 하고 되뇌었고, 탱자나무 울타리를 넘어 마당을 건너온 햇살이 섬돌을 적시는 순간 명이 다했다.

그 나이에 무얼 알까 싶었지만, 아기는 엄마의 장례식 중엔 물론이고 식이 끝난 뒤에도 잠 한숨 안 자고 울었다. 얼마나 울었던지 물기가 사라진 살갗이 싸리 빗자루처럼 꺼칠하면서 쪼글쪼글해졌고, 볼에서 포동포동한 젖살이 자취를 감추었다. 가족과 친척들은 이제는 아기의 초상을 치러야 하는 모양이라며 넋을 잃었다. 아기는 줄곧 기운이 바닥난 소리로 낮게 훌쩍였는데, 보름이 지나자 기적처럼 울음을 뚝 그치고 먹을 걸 찾았다. 퉁퉁 부르튼 입술로 겨우 몸을 일으키고 좁쌀죽 몇 술을 뜬 뒤에 곧 잠에 빠져들었다.

참으로 길고 오랜 잠이었다. 어린 소녀 한잠순은 읍에서 모르는 사람이 없는 유명인사였다. 잠에 관해서 이야기할 땐 반드시 한잠순이라는 이름을 언급해야 한다는 게 불문율이 되었다. 초등학교 들어가기 전까지 하루 스무 시간을 잤고, 학교에 다니면서 잠이 약간 줄었으나 여전히 열다섯 시간 이상이었다. 걸어서 학교와 집을 오가는 길에 나무와 전봇대와 간판과 박치기하며 졸고, 밥 먹는 중에 숟갈을 입에 물고 졸고, 숙제하다가 교과서 거꾸로 펴놓고 졸고, 그러는 시간을 다 더하면 거의 온종일 자는 거나 마찬가지였다.

한때 딸아이의 잠을 늘리고자 애썼던 아버지는 백팔십도 방향을 틀어서, 이제는 매일같이 딸아이의 잠을 줄이는 쪽으로 묘안을 짜내느라 골머리를 앓았다. 커피를 구해다가 옅게 타 먹였고, 라디오를 들보 메주 곁에 달아서 큰 소리로 노래와 연속극을 틀어놓았으며, 무서운 꿈을 꿀까봐 잠자는 걸 두려워하게 만들려고 인류 역사 이래로 인간이 지어낸 귀신 이야기는 모조리 수집하여 들려주었다. 유령과 악마와 도깨비를 대문짝만하게 종이에 그려서 아이의 방 천장과 사면 벽에 붙였고, 무슨 다급한 일이라도 생긴 것처럼 아무 때나 목이 터져라 아이 이름을 외쳐 불렀다.

빙골바위 밑에서 얼음을 캐다가 얼음주머니를 만들어 아이의 뒷덜미에 넣었으며, 머리를 으스러뜨릴 듯이 팽팽한 고무줄을 넣은 띠를 이마에 둘러주었다. 까닥까닥 조는 아이의 코를 빨래집게로 집은 적도 있었다. 나중엔 삼십 분마다 진동하는 팔찌를 발명하여 채워주었고, 팔목을 비틀고 거꾸로 들어 그네를 태우고 뾰족한 나뭇가지로 엉덩이를 찌르는 고문까지 써보았지만 아무런 소용이 없었다.

어린 소녀 한잠순에겐 또다른 증상이 있었다. 갓난아기 때는 말 익히는 속도가 보통 빠르지 않았다. "밥이 아주 맛있다" 같은 짤막한 문장을 만드는 수준을 넘어서서, "밥은 아주 맛있는데 배가 너무 부르다" 같은 복문을 중얼거려 신동이 났다는 소리를 들었다. 그런데 엄마를 잃은 뒤에 갑자기 입을 꾹 다물어버렸다. 처음엔 혼자 있을 때 뭐라고 웅얼거리기도 했으나 얼마 지나자 숨소리 외엔 아무 소리도 내지 않았다. 호되게 넘어져 무릎이 깨졌을 때도 비명이나 신음이 없었다. 그러나 누가 "잠순아!" 하고 부르면 곧바로 고개를 돌리고 멍하니 바라보았다. 말은 못 해도 청각과 시각은 정상이라는 얘기였다.

일곱 살 때 글과 셈법을 깨쳤으며, 다른 아이들보다 속도가 좀 느렸지만 그럭저럭 학교 공부를 쫓아갔다. 중학교 교복을 입고 단발머리를 하며 잠이 열두 시간으로 대폭 줄었는데 고등학교에 올라가면서 원래로 돌아갔다. 아침 일곱시에 일어나 학교 갔다가 오면 오후 다섯 시였다. 도중에 학교에서 쉬는 시간과 점심시간마다 책상에 엎드려 잤으니 하루 수면량이 열네댓 시간을 넘었다.

고등학교 졸업식이 코앞으로 다가온 겨울날, 한잠순의 아버지는 빙판길에서 졸음운전을 하다가 다시는 집에 돌아오지 못했다. 혼자가 된 스무 살 처녀는 졸업식 날 북적대는 학교 교문을 잰걸음으로 지나쳐서 기차역으로 갔다. 엄마가 생전에 쓰던 쑥색 스카프를 머리에 두르고 입마개를 했기에 그녀를 알아보는 사람이 없었다. 트렁크를 들고 상행선 열차에 몸을 실었으며, 옆 사람 어깨를 이마로 툭툭 박으며 서울로 올라가서 마포 삼촌 집에 얹혀살기 시작했다.

잠하고 원수가 진 듯한 조카딸을 유심히 관찰하던 삼촌 내외는 서로 쳐다보고 고개를 절레절레 흔들었다. 소문을 듣긴 했지만 이 정도인지는 몰랐다며 경쟁하듯이 한참 혀를 찼다. 같이 산 지 한 달째 되는 날 아침에, 아직 한밤 꿈속을 헤매는 조카딸을 억지로 깨워서 밥 한술 먹이고 등을 떠밀어 성당으로 보냈다. 그때부터 한여사는 성당 유아원에서 동화책과 학습교재 정리를 하며 지냈다.

낮잠이 여전했기에 그녀가 손을 댄 책마다 갈피 어딘가에는 그녀의 침이 말라붙어 있었다. 이윽고 책들의 미래를 걱정한 원장 수녀의 뜻에 의해서, 엄마를 찾으며 우는 아이들을 달래는 일로 보직이 바뀌었다. 이 일에서 그녀는 남다른 솜씨를 보였다. 그녀의 품에 안겼다 하면 아무리 지독한 울보도 곧 울음소리가 잦아들며 곤한 잠에 빠져들었다. 잠보 선생의 몽롱한 눈빛과 두툼한 눈두덩은 울보들을 잠재우는 특효약이었다. 이따금 그녀는 아이를 안은 채 신발장 곁이건 미끄럼틀이건 아무 데서나 모로 누워 늘어지게 잤다.

미녀는 잠이 많다는 속담은 그녀에게 정확히 들어맞는 말이었다.

아니, 잠이 많으면 미녀가 된다고 말해야 옳았다. 그녀는 갈수록 피부가 뽀얘지고 말랑한 살이 오르면서 수려한 외모로 변해갔다. 담마다 개나리꽃이 활짝 핀 봄날 낮에 그녀는 교동 골목길을 걷고 있었다. 청년 하나가 그녀를 발견하고 우뚝 걸음을 멈추었다. 눈을 감은 건지 뜬 건지 알 수 없는 얼굴로 하느작하느작 걸어가는 모습은 단번에 그의 마음을 사로잡았다. 마치 구름이나 달을 밟고 서서 느린 동작으로 춤추는 천사 같다고 그는 생각했다. 곧 그녀 곁에 붙어서 왼발 오른발을 똑같이 맞추어 걸으며 집까지 따라갔다.

며칠 뒤에 그녀가 성당에 가려고 아침에 집을 나서는데, 그 청년이 다가와서 가방을 대신 들어주었다. 그는 양치기와 경호원 역할을 자청하여 성당까지 순한 양을 인도했다. 꾸벅꾸벅 졸며 걷던 양이 찻길이나 하수도 구멍으로 발을 헛디디려 할 때마다 목자는 재빨리 소매 끝을 잡아당겼다. 그녀가 길을 제대로 걸어갈 때는 줄곧 나지막하게 콧노래를 흥얼거렸다. 마음 푹 놓고 계속 직진해도 된다는 신호였다. 그러다가 그녀의 얼굴이 전봇대에 부딪히려는 순간엔, "안 돼요!" 하고 다급하게 외치며 자신의 머리를 앞쪽으로 들이밀어서 불상사를 막아주었다.

그 청년은 중학교 국어선생이었다. 릴케와 하이네와 키츠를 좋아했고 소월과 지용과 백석의 시를 백 편쯤 눈감고 줄줄 외웠으며, 필사본으로 시집을 내서 동료 교사들과 친구들에게 돌린 적이 있었다. 그는 등사기로 직접 밀어서 찍은 자신의 두번째 시집 『미녀와 졸음』을 그녀에게 바치며 주말 약속을 제의했고, 그녀가 잠결에 고개를 까닥임으로써 정식 데이트가 시작되었다.

한 사람이 벙어리였기에 그들은 구태여 사랑의 맹세나 약속을 주고받으며 시간을 허비할 이유가 없었다. 주말마다 같이 단성사와 우미관으로 영화를 보러 다녔으며, 과자봉지를 들고 덕수궁과 창경궁과 경복궁을 찾아서 물고기에게 밥을 주며 연못을 돌았다. 그리고 계절이 바뀔 때마다 북한산과 도봉산과 청계산과 관악산에 번갈아 올랐다. 그녀가 너무 졸려서 쩔쩔맬 때는 사람들이 안 보는 곳을 골라서 그가 그녀를 업고 걸었다. 여름엔 한강 뚝섬에 나가서 수영복 차림으로 부끄러워 쩔쩔매며 서로 멀찍이 떨어져 헤엄을 쳤고, 겨울엔 전차를 타고 시내 관광을 하다가 이따금 보신각 건너 화신백화점에 들러 목도리와 장갑 같은 선물을 사서 주고받았다.

세상에서 가장 조용한 연인, 오가는 말이 없어도 대화가 가능한 신비의 커플은 성탄절 저녁때 명동성당 뒷마당 마리아상 앞에 나란히 섰다. 두 사람은 희끗희끗 날리는 싸락눈 아래 반짝이는 성탄목 장식을 바라보다가 똑같은 순간에 서로의 미래를 생각했다. 이듬해 해가 바뀌었을 때 청년은 '감격시대'라는 충무로 카페에서 그녀와 마주 앉았다. 다른 커플들이 부러워하는 얼굴로 쳐다보는 가운데, 그녀 앞에 무릎을 꿇은 청년은 자작시 「청혼」을 읊으며 두 손으로 사파이어 반지를 바쳤다. '나는 보았네, 달을 밟고 선 꽃의 신부여!' 하고 청년이 외치는 순간, 찻잔을 앞에 놓고 꾸벅꾸벅 졸던 처녀는 좀더 큰 동작으로 고개를 끄덕임으로써 청혼을 받아들였다.

결혼식장에서도 한잠순은 졸았다. 주례선생은 자신이 무슨 말만 했다 하면 즉시 고개를 끄덕거리는 신부에게서 태도가 좀 불량하다는 느낌을 받았다. 앞으로 윗몸을 기울이고 "신부, 자중하세요" 하고 속삭였으나, 신부는 전혀 자중하지 않고 또 고개를 끄덕거렸다. 급기야 무릎에서 힘이 풀린 신부는 웨딩드레스 자락을 활짝 펼치며 제자리에 주저앉았다. 뒤이어 베개가 어디 있나 찾으며 손바닥으로 바닥을 휘젓다가 아예 옆으로 누우려 했다. 하객들이 동시에 신음을 삼켰고, 신랑의 어머니는 손으로 입을 가리고 엉거주춤하게 일어났다.

질겁한 신랑이 사회를 보는 친구를 쳐다보는 순간, 역시 당황한 그 친구는 재빨리 탁자 뒤로 숨어버렸다. 가까스로 제정신을 차린 신랑은 신부의 양 겨드랑이에 팔을 끼우고 젖 먹던 힘을 다해서 일으켜세웠다. 주례선생은 그 짧은 순간에 입술을 깨물며 오만 가지 번뇌에 휩싸였다. 결국 간밤에 담배를 한 갑쯤 태워가며 심혈을 기울여 쓴 중편소설 분량의 주례사를 읽는 걸 포기했고, "이것으로써장영식군과한유순양의성혼을엄숙히선언합니다!" 하고 띄어쓰기 없는 문장을 다급히 외치는 걸로 임무를 마쳤다.

신혼여행지는 온양온천이었다. 버스가 온양 시내로 들어설 때 눈을 뜬 신부는 창에 뺨을 대고 밖을 내다보며 코를 킁킁댔다. 창틈으로 스며드는 알칼리성 온천물 냄새를 맡자 온 뼈마디가 나긋나긋해졌다. 예물 준비와 결혼식과 피로연에 지친 신부는 잠이 더욱 늘었다. 신랑 박군이 자신의 옷을 벗기는 중에도 잤고, 신혼여행 아기를 만드느라 신랑이 팔굽혀펴기를 하며 구슬땀을 흘리는 중에도 신부 한양은 비겁하게 계속 잠을 잤다.

다음날 아침에 신랑은 신부를 깨우다가 지쳐서 축 처진 어깨로 혼자 여관을 나섰다. 그가 온천욕을 하고 머리칼을 말리며 다른 신혼부부들이 팔짱끼고 오가는 거리를 쓸쓸히 산보하는 동안에도, 그녀는 여관에서 코로 짭짤한 풍선을 불며 꿈속을 헤맸다. 여행 마지막 날 낮에 잠깐 잠에서 깨었을 때, 신부는 눈부신 햇살이 날아드는 창으로 탁 트인 초원을 바라보며 속으로 중얼거렸다. '저 넓은 들판 전체가 침대라면 얼마나 좋을까? 동대문운동장만한 침대에 누워 잠을 잔다면 내 평생소원을 이룰 수 있을지도 모르는데.'

아내의 소원이 무언지 알 턱이 없는 남편 장영식씨는 신혼생활을 시작한 직후에 비로소 무언가 크게 잘못되었음을 알아챘다. 연애 시절에 그는 그녀가 유아원에서 개구쟁이 아이들을 돌보느라 지쳐서 늘 조는 걸로 여겼는데 그게 아니었다. 부엌으로 아침밥을 지으러 나간 아내가 어째 잠잠하다 싶어 내다보면, 그녀는 쌀 씻는 물에 두 손을 담그고 쪼그리고 앉아서 졸고 있었다. 해 진 뒤에 학교에서 돌아오면 아내는 아직 불을 켜지 않은 방에서 팔다리를 시원스럽게 뻗고 잠을 자고 있었다. 방 안 풍경이 아침과 똑같은 걸로 보아 점심도 안먹고 온종일 잔 게 틀림없었다.

저녁밥을 들다가 그녀는 뻔질나게 숟갈을 떨어뜨렸고, 이불을 깔려고 일어선 아내가 동작을 멈추고 가만히 있기에 돌아보면, 장롱을 열고 이불 위에 두 팔을 얹고 얼굴을 댄 채로 서서 자고 있었다. 남편은 어느 날 퇴근길에 아내의 삼촌을 찾아가서 물어보았다. 아내의 삼촌은 조카사위보다 몇 배 의아해하는 표정을 지으며 "진짜 몰랐단 말인가?" 하고 되물었다. 그날 집에 돌아온 남편은 또다시 깊이 잠든 아내를 내려다보며 탄식했다. '저 사람은 타고난 잠꾸러기였던 거야!'

그러나 잠보 엄마의 몸에서 태어난 아기는 여느 아기와 비슷한 만큼 잤고 비슷한 만큼 깨어 지냈다. 밤에 젖을 달라고 아기가 목놓아 울며 아무리 옆구리를 꼬집어 비틀어도 엄마는 눈을 뜰 줄 몰랐다. 그래서 아기 아빠는 분유를 물에 타서 먹이느라 하룻밤에 서너 번씩 깨어나는 통에 늘 잠이 모자랐다. 학교에서 수업중에 졸다가 교탁에 이마를 쾅 박는 실수를 하루 걸러 저지르면서 '쾅 선생'이라는, 중국어 비슷한 별명을 갖게 되었다.

식구가 하나 늘며 집안은 곱절로 어수선해졌지만, 그들의 아들은 영특한 아이가 분명했다. 잠꾸러기 더하기 벙어리인 엄마한테 의지하는 데 한계가 있음을 일찌감치 깨닫고 독학으로 독립심을 배웠다. 또래의 다른 아이들보다 잠을 절반밖에 자지 않으며 눈에 환하게 불을 밝히고 학문을 닦는 데 힘썼으며, 초등학교 다니는 내내 줄기차게 날카롭고 까다로운 질문을 던져 담임선생의 등골을 오싹하게 만들었다. 새 학기가 시작되면 선생들은 교무실로 들어서면서 긴장한 얼굴로 자신이 맡게 된 학급의 출석부부터 들여다보았다. 모든 선생이 길게 안도의 한숨을 내쉬는 동안, 불운에 뒤통수를 얻어맞은 선생 하나는 출석부에 코를 박고 머리칼을 사정없이 쥐어뜯었다.

아이는 특히 수학과 물리학에 관심이 많았다. 3학년 때 이미 고등학교 교과서를 들여다보기 시작했다. 4학년 초에 아이에게서 5차방정식과 상대성원리와 우주선 대기권 탈출속도의 삼각관계에 대한 질문을 받았을 때, 담임은 그만 교직에서 은퇴하여 쥐구멍에 들어가 살 생각까지 했다. 아이는 중학교를 삼 년 내내 수석으로 다녔다. 고등학교는 아버지가 같은 학교 영어선생인 아이한테 영어 한 문제 점수 차이로 밀려 전교 차석으로 졸업했다.

아들이 대학생활 첫번째 축제에서 막걸리를 잘못 마시고 분수에 토한 직후에, 한잠순 여사는 남편이 심장병에 걸려 몸져누우면서 인생 최대 위기에 부딪혔다. 등록금을 포함한 학비는 아들이 장학금을 받고 과외 아르바이트를 하여 스스로 해결했지만, 온 가족이 먹고 자고 입는 문제는 그녀가 도맡아야 했다. 직장을 구하러 나선 첫날, 그녀는 집 앞 골목을 걸어가다가 행인들이 일제히 자신을 쳐다보고 눈을 번쩍 뜨는 걸 보았다. 가게 유리에 몸을 비춰본 뒤에야 자신이 속이 훤히 비치는 잠옷 차림이라는 걸 알아차렸다. 부랴부랴 집으로 돌아가서 옷을 갈아입다가 다시 잠들었고, 그래서 다음날로 외출이 미루어졌다.

한잠순 여사는 혹시나 하는 생각에 처녀 시절에 다니던 성당 유아원에 가보았다. 그런데 튼튼하고 성실하고 책임감 강한 보조교사가 둘씩이나 버티고 있었다. 그들은 온종일 전혀 조는 일이 없었고, 너무 보채며 울어대는 아이가 있을 경우엔 과감히 자기 젖을 꺼내서 물릴 각오까지 돼 있었다. 낙담한 한여사는 한 번에 서른 장씩 이력서를 써서 가방에 넣어 들고 발길 닿는 대로 돌아다녔다. 거리에서 빈 벤치가 눈에 띄었다 하면 엎어질 듯 달려가서 몸을 싣고 졸았다. 청소부가 다가와 괜히 심술내면서 빗자루로 종아리를 툭툭 쳤다.

나이 마흔다섯에 벙어리인 그녀를 받아줄 마음이 눈곱만큼이라도 있는 직장은 태양계 안에 존재하지 않는 듯했다. 딱 한 군데, 명동 코스모스 백화점에서 기한을 정해 테스트를 겸하여 그녀에게 일자리를 주었다. 매장 한쪽에 놓인 의자에 올라서서 혹시 물건을 슬쩍하는 손님이 없나 살피는 일이었다. 출근 첫날 그녀는 의자에 오른 지 삼십 분 만에 눈동자와 다리가 풀리면서 비틀거리기 시작했다. 도둑을 놓치는 것보다도 의자에서 추락하는 것이 더 걱정된 매장 종업원이 황급히 관리부장을 불렀다. 부장은 두 손바닥을 맞붙여서 한쪽 뺨에 대고 고개를 모로 기울여 잠자는 시늉을 하더니 출입구를 가리키고 잘 라 말했다. "집에 가서 주무세요."

결혼 이후에 처음으로 잠자리를 벗어나 동분서주하는 아내의 모습에서 남편은 벅찬 감동과 가슴이 무너지는 슬픔을 동시에 느꼈다.

'하루 열 시간도 못 자고 저렇게 돌아다니다가 병나겠어.' 구들장이 내려앉게 한숨을 푹푹 쉬며 지내던 중에, 발이 퉁퉁 부어 오밤중에 돌아온 아내가 현관으로 들어서자마자 신을 신은 채 고꾸라지는 걸 보았다. 아내는 곧바로 드르렁 코를 골며 잠들었다. 치마가 위로 당겨 올라가며 맨살이 드러났는데, 양쪽 허벅살이 온통 붉고 푸른 자국이었다. 낮에 돌아다니며 졸음이 올 때마다 참느라 꼬집은 흔적이었다. 그걸 내려다보는 남편의 눈에 눈물이 맺혔다.

그는 두 주먹을 그러쥐며 어금니를 악물었고, 바로 그 순간부터 그의 몸에선 초능력이 생겨났다. 피가 역류하여 늘 시퍼렇던 얼굴이 허옇게 탈색하는 과정을 거쳐 핏기를 되찾았으며, 제멋대로 널을 뛰던 맥박이 정상으로 돌아왔다. 한 달 뒤에 병원에 들렀을 때, 의사는 진찰을 해보곤 놀라서 입을 쩍 벌리고 목젖을 보여주었다. 다시 한 달 지나서 만난 의사는 그를 덥석 끌어안더니 뺨에 뽀뽀를 하려 했다. 그는 다시 학교로 돌아갔고, 일 년 동안 정신없이 휘청거리던 집안은 빠르게 몸을 추스르며 기력을 되찾았다. 그리고 한여사는 이전날로 돌아가서 오로지 잠자는 일에 전념하게 되었다.

세월은 또 쉼없이 흘러서, 학교를 마친 아들은 군대에 다녀와 직장에 들어갔다. 첫 봉급을 받은 날 어머니에게 새털처럼 가벼운 잠옷과 토끼털같이 포근한 담요를 선물했다. 얼마 뒤에 하루 네 시간만 잠을 자도 심한 양심의 가책을 느낀다는 여자를 데리고 와서 인사를 시켰고 그해 가을에 결혼했다. 세상 물정에 어두운 시어머니로선 도대체 영문을 알 수 없는 일이 벌어져서, 며느리는 불과 결혼 석 달 만에 어찌나 큰지 곧바로 학교에 넣어도 될 듯한 딸아이를 낳았다.

어쨌든 세월은 또 흘러, 아들과 며느리는 이번엔 착실하게 임신 열

달을 꼬박 채우고 정상체중의 사내아이를 낳았다. 아이들은 무럭무럭 자랐고, 한잠순 여사의 남편 장영식씨는 어제나 오늘이나 교단에 서서 한껏 감정을 넣어 시를 읊었다. 직접 회사를 세운 아들은 신제품 개발에 박차를 가했으며, 며느리 또한 아이들이 똥오줌 가릴 나이가 되자 자아실현을 위해 다시 직장을 얻어 출근부에 도장을 찍기 시작했다.

낮에 집에서 지내는 사람은 한잠순 여사와 두 아이뿐이었고, 이틀에 한 번씩 파출부가 다녀가며 청소와 빨래를 하고 밑반찬을 만들었다. 한여사는 아이들이 유치원에 간 틈을 타서 이따금 집을 나서 동네를 산보했다. 어떤 날은 봉화슈퍼 앞 평상에서 슈퍼 여주인이 들려주는 세상 돌아가는 이야기에 귀를 기울였다. 신나게 떠들던 슈퍼 여주인이 말을 멈추고 맥 빠진다는 표정을 지으면, 그 순간에 한여사는 여지없이 평상에 앉은 채 다시 꾸벅꾸벅 졸고 있었다.

나이가 들면서 잠이 줄어드는 건 영원한 잠이 기다리고 있기 때문이라고 했건만, 한잠순 여사의 경우만은 예외여서 육십이 넘은 나이에도 자연의 이치를 정면으로 거스르며 살았다. 가끔 소문을 듣고 멀리서 한여사를 보러 오는 사람들이 있었다. 잠을 잘 자는 비법을 배울 수만 있다면 원이 없겠다는 불면증 환자들이었다. 마침 운좋게 한잠순 여사가 봉화슈퍼 앞에 나와서 조는 날 찾아온 이들은 음료수를 하나 사먹으며 곁눈으로 그이를 훔쳐보았다. 그러다가 갑자기 입이 찢어지게 하품하고는, 졸음이 달아날세라 택시를 불러서 타고 부랴부랴 자기 집 침대로 돌아갔다.

아름다운 가을날 한낮에 한유순 여사는 집 정원에서 흔들의자에 앉아 졸면서, 위아래 속눈썹 사이로 은행나무를 바라보고 있었다. 집

안에선 파출부 아줌마가 오늘 들어 두번째로 세탁기를 돌리고 있었고, 마당 저편으로 빨랫줄에 널린 옷과 이불이 화창한 햇살을 되받아 눈부시게 빛났다. 한여사 곁에서 두 아이가 잔디밭에 앉아 나무토막으로 집을 지으며 놀았다. 손녀딸은 이제 나이가 여섯 살이었고 사내아이는 두 살 아래였다.

흔들의자가 흔들리는 동작을 멈춘 지 얼마 안 되어 손녀딸이 고개를 돌리고 노래 부르듯이 가락을 넣어 중얼거렸다. "우리 할머니, 또 주무신다." 손자녀석이 미간을 찌푸리며 숨도 안 쉬고 빠르게 투덜댔다. "할머니는 한 번도 우리하고 안 놀아주셔." 그때 단풍잎 한 장이 저 멀리서 하늘거리며 날아오더니, 마당 위에서 큰 원을 그리고 허공을 돈 뒤에 한여사의 콧등에 내려앉았다. 다음 순간 한여사는 손을 들어 엄지와 검지로 나뭇잎을 쥐며 눈을 떴다. 그리고 나뭇잎을 가만히 들여다보다가 입을 열었다. "단풍이 참 곱게 들었구나."

깜짝 놀란 두 아이는 나란히 뒤로 드러누웠다. 먼저 몸을 일으킨 사내아이가 벌떡 일어나 집 안으로 달려들어가며 외쳤다. "아줌마! 우리 할머니가 말을 했어!" 손녀딸이 동그랗게 뜬 눈으로 조심조심 발을 떼서 할머니에게 다가갔다. 할머니의 손바닥에 놓인 단풍잎과 할머니 얼굴을 번갈아 바라보며 물었다. "할머니, 괜찮아?" 한여사가 손을 내밀어 손녀딸의 허리를 감았다. 머리를 쓰다듬다가 손녀딸을 안아서 품에 꼭 끌어안고 다시 입술을 뗐다.

"이 할미한테는 엄마, 너희 아빠한테는 외할머니가 되는 분이 계셨어. 할미를 낳고 나서 그분은 몹시 앓으셨어. 할미가 돌을 맞은 다음 날 새벽에 돌아가셨지. 할미가 태어나지 않았더라면 꽃다운 나이에 세상을 뜨시는 일은 없었을 거야. 그뒤로 할미는 잠꾸러기가 되었어.

22

그분을 꿈에서라도 다시 한번 꼭 보고 싶어서 틈만 나면 잠을 잤지. 그런데 할미는 좀 전에 소원을 풀었단다. 꿈에서 바로 그분을 만났거든. 하늘나라에서 고운 한복 입고 잘 지내고 계시더구나."

한잠순 여사는 손녀딸의 등을 가볍게 토닥거렸다. 손녀딸은 할머니 가슴에 대고 따뜻한 입김을 불며 꼼지락대다가 새근새근 잠들었다. 한여사는 아직 아이에게 남아 있는 젖냄새를 맡으며 가만히 눈을 감았다. 눈꺼풀을 맞붙였다 하면 즉시 잠에 빠져들던 여느 때와 달리 잠이 오지 않았다. 정신이 갈수록 또렷해지는 게 신기하기만 했다. 한여사는 천천히 지난날을 돌아보았다. 모든 기억이 흐릿하고 희뿌연 빛깔이어서 도무지 이 세상에서 겪은 일 같지 않았다. 다시 눈을 뜨고 새털구름이 펼쳐진 짙푸른 하늘을 바라보는 중에, 한 여자의 몸을 빌려 지상에 내려온 이후에 처음으로 한잠순 여사의 얼굴엔 잔잔한 미소가 가득 번져갔다.

방충망

오늘 낮에 박성출씨는 쓰름매미를 관찰하다가 가슴 통증을 느끼고 물러나서, 바닥에 누워 숨을 고르던 어느 순

간에 잠들었다. 그런데 지금 성출씨는 새끼손가락, 두 마디 길이의 쓰름매미로 변해서, 방충망에 찰싹 달라붙어

방 안을 들여다보고 있었다. 등뒤에서 석양빛이 날아와 방충망을 뚫고 방으로 들어갔다.

쓰름매미 한 마리, 발을 질질 끌며 조심스레 자신을 향해 다가서는 사내를 바라본다. 물기 없이 바짝 마른 몸에 어디선가 본 듯한 얼굴이다. 골목 끝에 선 전봇대 옆에서였나? 뒷동산 떡갈나무 그늘 속? 낯익다 못해서 꽤 오래 함께 산 적이 있는 것처럼 여겨진다. 만일 쓰름매미 자신이 사람으로 태어났더라면 그와 한 형제가 되었을지 모른다는 느낌이 들 정도이다. 물론 반대 경우도 가능하다.

'만일 저 사내가 매미로 태어났더라면, 나와 같이 나무를 옮겨다니며 생명의 아름다움을 기리는 멋진 이중창을 뿜낼 수도 있었을 텐데.'

방 안의 사내는 한 뼘 남짓 허리가 돌아간 헐렁한 반바지에 흰색 러닝셔츠를 입었다. 늘어진 어깨끈 옆으로 거뭇한 젖꼭지가 내비친다. 겨드랑이는 닭 볏처럼 불그죽죽하고 오톨도톨하다. 마치 날개가 돋았다가 떨어져나간 자국 같다. 때마침 사내는 양손을 들어 그 자리를 손톱 끝으로 긁는다. 잘게 부서진 날개 조각처럼 밝은 햇살 속으로 살비듬이 날린다.

사내가 앞으로 바짝 다가섰는데도 쓰름매미는 달아날 마음이 일지 않는다. 매미는 지금 온몸이 욱신거린다. 벌써 다 산 걸까? 칠 년이 넘는 땅 속 생활을 마감하고 우화한 지 한 달밖에 안 되었다. 두어 번 소나기를 만나 흠뻑 젖었지만 두 날개 모두 아직 멀쩡하다. 쓰름매미는 늙는 것에 대해서, 그리고 죽음에 대해서 생각한다. 아파트 공원의 노인들이 주고받는 대화에서 세상에 늙는 것보다 무서운 일은 없다는 얘기를 들은 기억이 난다. 몸이 늙어가는 일 자체가 참기 힘든 통증을 일으킨단다. 그리고 한창때와 달리 한번 앓아서 누우면 회복되기까지 시간이 몇 곱절 더 걸린다는 것이다. 그러다가 회복 능력이 완전히 사라지면 그때는 곧 죽음이다.

만년 실업자 박성출씨가 거미를 발견한 건 여름날 오후였다. 여느 거미보다 다리가 짧고 여간 몸놀림이 빠르지 않은 팥알만한 잿빛 거미였다. 어떻게 들어왔는지 그놈은 창 쪽 벽 모서리에서 바삐 그물을 치고 있었다. 단단히 정신 나간 놈이 분명해 보였다. 성출씨는 고개를 갸웃했다.

'모기나 파리를 잡아먹을 생각이면 밖에다가 쳐야지, 방 안에서 도대체 무슨 쓸데없는 짓을 하는 거지? 설마 나를 잡으려 하는 건 아니겠지?'

거미는 이미 삼분의 일쯤 그물을 짠 뒤였는데, 그냥 되는대로 아무렇게나 짜는 게 아니었다. 어른 손바닥보다 조금 넓게 전체 틀을 만든 상태에서, 안에서부터 동심원을 그리며 매우 곱고 정교한 무늬를 수놓고 있었다. 성출씨는 인간이 이 땅에 발을 디딘 이래로 만들어낸 모든 무늬는 이 녀석의 조상이 보여준 솜씨를 그대로 베낀 거라는 느낌이 들었다.

뒤이어 성출씨의 눈에 들어온 건 쓰름매미였다. 매미는 개미 한 마리 드나들지 못할 만큼 촘촘한 방충망 바깥에 찰싹 달라붙어 있었다. 몸통 위는 검정 바탕에 녹색과 누런색을 덧칠했고, 밑은 쑥색과 흰색 얼룩으로 한껏 멋을 냈다. 일본산 저녁매미와 이 녀석을 혼동하는 이가 적지 않다고 하는데, 잇소리로 짧게 끊어서 내는 쓰름쓰름 소리가 여간 풋풋하고 시원스럽지 않은 것이 일본매미와 사뭇 달랐다. 울음으로 저녁해 넘어가는 걸 재촉한다고 〈농가월령가〉에서 노래한 쓰르라미가 바로 이놈이었다. 성출씨는 며칠 전에도 어린이 놀이터 버드나무 밑에서 땅바닥에 엎드린 쓰름매미를 보았다. 손가락으로 툭 건드려보았지만 그 녀석은 꼼짝도 하지 않았다. 물기가 사라져서 거의 무게를 느낄 수 없었다.

'이 녀석도 이미 죽은 걸까? 혹시 방으로 들어오려 했던 건 아닐까?'

성출씨는 얼굴을 들이대고 방충망에 붙은 쓰름매미의 눈을 유심히 살폈다. 두 개의 겹눈 사이 정수리에 깨알만한 눈이 몇 개 더 붙어 있었다. 모두 공들여 잘 닦은 흑옥처럼 맑고 깨끗했다. 무얼 관찰하고자 저리 많은 눈을 달고 있는 건지 알다가도 모를 일이었다.

만일 이미 죽은 거라면, 이 녀석은 마지막으로 쉴 자리를 잘못 고른 게 틀림없다고 성출씨는 생각했다. 방충망에 붙어 있을 땐 아랫배가 고스란히 드러날 수밖에 없었다. 설사 미물일지라도 다른 생명체한테 아랫배를 내보인다는 건 치욕에 가까운 일이었다. 어쩌다가 바닥에 뒤집혀선 사력을 다해 버둥대는 장수하늘소나 쇠똥구리를 보면 알 수 있었다. 어렸을 때 웅덩이에 흔했던 물방개, 요즘 애들이 집에서 기르는 자라와 청거북도 그러했다. 다리로 배를 가리려 애쓰며 모두 이렇게 외치는 것 같았다.

"이게 무슨 꼴이람? 아이고 부끄러워라!"

성출씨가 고등학교에 다닐 때, 학교 앞 굴다리를 지나서 언덕을 올라가면 교외선 기차역이 나왔다. 그 곁으로 막걸릿집 수십 채가 어깨를 잇대고 다닥다닥 늘어서 있었다. 그곳에서 어린 작부, 과년한 작부, 한물간 작부들이 한복 차림으로 저녁마다 막걸리와 노래와 젓가락 장단을 팔았다. 낮에 지나치다가 보면 치마를 허벅다리 위로 당겨 올리고 쭈그리고 앉아서 대얏물에 머리를 감았다. 하나같이 퉁퉁하면서 누렇게 뜬 얼굴은 영락없는 병자였다. 사람들은 그들을 매미라고 불렀다. 황금빛 잔털로 덮인 애매미를 기생(妓生)매미라고 이르는 까닭도 그렇거니와, 지금껏 성출씨는 의문이 풀리지 않았다.

'한자로 아름다움을 판다는 의미의 매미였을까?'

이번 주에 성출씨는 꼬박 사흘 동안 집 밖에서 시간을 보냈다. 망자의 친동생으로서 팔을 걷어붙이고, 정해진 절차를 밟고 부음을 알리는 전화를 수십 통 하며 장례를 지휘했다. 빈소에서 머무는 내내 수백 번도 더 그곳을 뜨고 싶어 몸을 꼬았다. 줄기차게 손목시계를 들여다보았으며, 둘쨋날 아침부턴 아예 시계를 풀어 손에 쥔 채 눈을 박고 지냈다. 숙모가 손수건에 팽 하고 코를 풀고 물었다.

"조카, 무슨 약속 있어?"

"약속은요. 사람이 죽었는데 상관하지 않고 시간이 쉼없이 째깍째깍 흐르는 게 신기해서 그러지요."

집으로 돌아가서 자기 방으로 들어가 문을 걸고, 전화코드를 뽑아 던지고 창에 커튼을 치고 바닥에 벌렁 눕는 광경을 떠올리자 저절로 입에 군침이 괴었다. 두 다리 길게 뻗고 늘어지게 자는 잠이라. 이 얼마나 달콤한 상상인가! 형광등과 책과 옷가지, 하다못해 방바닥에 뒹구는 연필이나 동전이나 귀이개한테도 들켜선 곤란했다. 한낮엔 날씨가 푹푹 찌지만 세상으로부터 완벽하게 몸을 숨기려면 이불을 머리끝까지 덮는 게 좋을 듯했다.

그리고 마침내 자유의 몸이 되어 집에 돌아와서 주말을 맞으니, 성출씨는 여느 때 이상으로 한껏 주말 기분이 났다. 실업자가 주말 기분이라니, 스스로 멋쩍은 나머지 피식 웃음이 나왔다. 성출씨는 실업자도 많고 유전병도 유난히 많은 가문 출신이었다. 발에 밟히는 게 약병이고 처방전이고 계량컵이었다. 이런 집안에선 밥 잘 먹고 팔다리 멀쩡한 사람도 언제 몸져누울지 모른다는 불안 속에 살아가기 마련이었다. 빈소에서 누구보다 코를 많이 푼 숙모의 외아들이자 성출씨의 사촌형이 대표적인 경우였다.

그는 이삼십대의 십여 년 세월을 원양어선에서 살았다. 배에 오르기 무섭게 지독한 향수에 시달리는 이른바 '뭍병'에 걸린 뒤에, 선원 생활을 접고 서울 노량진 보일러 기술학원 업무과에 들어갔다. 자연히 뭍병은 종적을 감추었으나 어느 순간부터 자신이 혹시 에이즈에 걸리지 않았을까 하는 강박증에 사로잡혔다. 잠복기가 다섯 해쯤 된다고 하니, 앞으로 그만큼의 세월이 흐른 뒤에야 비로소 마음을 놓을 수 있을 듯했다.

이전날 곧잘 발을 들였던 기항지 유곽 풍경이 늘 머릿속에 어른거렸다. 유곽은 어느 땅 어느 항구이거나 풍경이 엇비슷했다. 나른한 블루스 록, 파리들이 갓에 똥칠해놓은 붉은 등, 삐걱대는 나무계단, 당장 양쪽으로 벽을 뚫고 터져나갈 듯이 좁고 답답한 복도, 담뱃불

구멍이 숭숭 뚫린 더러운 커튼, 변기에서 꾸르르르 쿨렁쿨렁 물 내려가는 소리, 상소리로 채워진 실랑이, 창 밖 멀리 곤히 잠든 선박들 사이를 부드럽게 흐르는 밤안개.

눈을 감았다 하면 상상 속에서 크고 작고 둥글고 우툴두툴하고 축 늘어진 성기들이 하품하면서 모자 크기로 벌어져 얼굴로 달려들었다. 쓰레기 더미와 검은 기름이 떠다니는 물 위로 주둥이를 내밀고 산소 결핍을 호소하는 참치처럼, 모든 모자가 쉴새없이 입을 벌룽댔다. 모자에 파묻히는 순간 끈끈한 액이 얼굴을 덮고 역겨운 냄새가 코로 파고들었다. 허옇게 더께 앉은 블루치즈와 썩은 생선에서 풍기는 냄새, 빙초산 냄새와 누룩 곰팡내가 뒤섞인 냄새였다. 그가 손바닥으로 얼굴을 덮고 가쁜 숨을 몰아쉬자 옆자리의 동료가 팔죽지를 잡아 흔들었다.

"퇴근 안 해?"

학원이 끝나는 건 밤 열시가 훌쩍 넘어서였다. 그는 학원을 나서는 대로 집으로 돌아가는 예가 없었다. 음울한 얼굴을 밑으로 내리고 호주머니에 손을 푹 찌른 모습으로, 함박눈 퍼붓는 날이건 부슬비 내리는 날이건 새벽까지 네온 불빛 속을 걷고 또 걸었다. 하루에 두세 시간 눈을 붙이면 많이 잔 날이어서 늘 눈두덩이 두두룩했다. 급기야 그해 가을에 겨드랑이와 옆구리에 붉은 반점이 나타나면서 그는 자신이 에이즈 환자가 틀림없다고 확신했다. 매일 설사를 했으며 머리칼이 뭉텅뭉텅 빠졌다. 그러던 어느 날 아침에 거울을 들여다보는 순간, 뺨에 난 뾰루지를 보고 비명을 질렀다.

"엄마야, 이것 좀 봐!"

사십이 내일모레인 아들을 돌아보고, "애가 통 안 하던 엄마 소리를 다 하네? 그래 내 새끼야, 무슨 일이니?" 하고 외치며 엄마가 달려왔다. 엄마는 강제로 그를 병원에 넣어 종합검진을 받게 했다. 결과는 정상이었다.

진짜 병자에 가짜 병자까지 섞여서 온통 병자들로 북적거리는 가문에도 이따금 궁색한 방구석으로 환한 빛 한줄기가 날아와 꽂힐 때가 있었다. 성출씨의 동생은 겨우 걸음마를 할 즈음에 구구단을 익혀 뒤에서부터 단숨에 읊었다. 거리를 오가는 자동차 번호를 쉰 개 넘게 거뜬히 외웠고, 해가 바뀌었을 땐 다섯 자리 숫자 곱셈을 가소롭다는 얼굴로 콧방귀 뀌며 해치웠다.

"그래, 바로 너로구나! 이제 우리도 머잖아 형편이 피려나보다!"

나머지 식구들은 그 아이를 집안의 대들보이자 희망으로 여겨 떠받들었다. 아이가 커가는 동안 모든 희생을 달가워하며 힘껏 뒷바라지했다. 항상 새 옷만 입혔고 아이의 밥그릇에만 삶은 달걀과 소시지를 넣어주었다. 궂은 날엔 아버지가 직접 자전거로 학교까지 실어나르면서, 자전거 앞쪽을 걸어가는 애들에게 소리쳤다.

"비켜라, 신동 납신다!"

그런데 이놈의 배은망덕한 자식이 사회에 나가서 한창 일할 나이에, 언제 다시 보자는 말도 없이 훌쩍 세상을 등졌다. 그 동안 고마웠다거나 정말 미안하다거나, 달걀 잘 먹었다거나, 그런 한마디 인사치레도 없었다.

이틀 전에 흙으로 돌아간 성출씨의 형은 그래도 먼저 간 가족 가운데 오래 산 축에 들었다. 이혼하여 혼자된 지 여러 해 되었고 애들은 엄마가 데려갔다. 그러니 망자의 입장에서 눈을 감는 순간에 조금은 부담이 덜했을지도 몰랐다. 이승에서 한시도 몸이 편한 날이 없었기에 사십구일재 이후까지 지상에 남아서 중음신으로 떠도는 일은 없을 듯했다. 마흔일곱 살이라니 진짜 모질게도 오래 살았다고 성출씨는 생각했다. 고향 어귀에 장수를 기념하는 비석이라도 세워줄 만했다.

형은 어려서부터 아침저녁으로 '뇌신'과 '명랑'을 먹었다. 이 약들은 형을 대신하여 형의 고질병인 두통과 구토증과 관절염과 싸웠다. 소다 또한 밀가루보다 많이 먹었고, 이름을 떠올리기 힘든 온갖 약이 줄줄이 싸움판에 뛰어들었다. 판피린, 다이노아산, 유린바릭실, 아라날린, 타르밀 같은 이름이 어렴풋이 성출씨의 머리에 남아 있었다. 한때 애주가들은 한 잔 덜어낸 술병에 '맥소롱'을 부어서 남은 소주와 섞어 마셨다. 성출씨의 형은 술을 한 방울도 마시지 못했지만 맥소롱은 하루에 열 병 넘게 들이켰다. 그러고도 "어, 맥소롱이 여기 또 있네?" 하고 누가 거짓불하면 홱 고개를 돌리고 손을 내밀었다.

토요일 오후, 쓰름매미를 관찰하던 박성출씨는 일순간 낯을 일그러뜨리며 뒷걸음치다가 방바닥에 주저앉았다. 별안간 가슴이 쿵덕쿵덕 뛰는 게 기분이 영 좋지 않았다. 두 손바닥으로 불거진 갈비뼈를 덮어 눌렀다. 땡볕에 내놓은 고무튜브처럼 가슴이 탱탱해지는 느낌이었다. 얼마 만에 바람이 빠져나가면서 아예 멎은 듯이 심장 박동이 잠잠해졌다. 온 뼈마디가 나른해지고 다시 피로가 밀려온 성출씨는 길게 숨을 내쉬고 뒤로 누웠다. 제발 아무도 잠자는 걸 방해하는 일이 없기를 간절히 빌었다. 한 번 아내가 방문을 열고 속삭였다.

"뭐 좀 들고 쉬어요."

아무 반응이 없자 아내는 좀 골난 듯했다.

"어떤 때 보면 세상 다 산 사람 같다니깐?"

잠결에 그는 아내의 말꼬리가 눈초리와 더불어 기름하게 말려올라가는 걸 느꼈다. 그것은 의문형이 아니었다. 아내는 눈을 흘기는 동시에 말꼬리를 올리는 버릇이 있었다. '꼭 티를 내요, 티를 내?' '당신, 꼭 그래야 해?' 같은 소리를 입에 올릴 때는 여지없었다. 성출씨는 아내가 속마음은 그렇지 않은데 일부러 매정하게 구는 것임을 잘 알고 있었다. 잔소리 듣기 싫으면 어떻게든 용기를 내서 기운을 차리라는 얘기였다. 방문을 도로 닫으며 아내가 덧붙였다.

"경식이 데리고 한 바퀴 돌고 올 테니까, 국 다시 데워서 드시구려."

잠에 깊이 빠져든 박성출씨는 꿈을 꾸었다. 친구들과 식당에서 점심을 먹는 꿈이었다. 그들 모두 부지런히 수저를 놀리며 대화를 나누었다. 그런데 성출씨는 도무지 그들의 얘기를 알아들을 수 없었다. 한 친구가 입으로 밥알을 날리며 목소리를 높였다.

"맴맴맴, 매애애애앰매앰!"

다른 친구가 두 팔을 들어 날갯짓했다.

"맴맴?"

또다른 친구가 손사래 쳤다.

"매애애애애애앰, 매앰매앰!"

성출씨는 눈을 둥그렇게 뜨고 친구들의 낯을 살폈다. 이리 보고 저리 보아도 사람의 얼굴이 분명한데, 이마에 구슬처럼 땡글땡글한 연보랏빛 눈알이 서너 개씩 더 붙어 있었다. 게다가 한결같이 매미 울음소리를 내고 있었다. 곁에 앉은 친구가 성출씨를 돌아보고 물었다.

"쓰름쓰름?"

이건 쓰름매미 소리였다. 성출씨가 고개를 갸웃거렸다. 친구도 덩달아 고개를 갸우뚱하더니, 답답한지 주먹으로 자기 가슴을 탁탁 두드리며 되물었다.

"쓰르름쓰르름?"

평소에 성출씨는 건강을 기준으로 삼는다면 모든 사람을 네 갈래로 나눌 수 있다고 믿었다. 하나는 건강하게 태어나서 건강하게 살다가 죽는 부류였다. 두번째는 건강하게 태어났지만 다 자란 뒤에 몸이 나빠져서 줄곧 잔병치레하다가 죽는 경우였다. 세번째는 약한 몸으로 세상에 왔으나 차츰 건강해져서 튼튼한 몸으로 살다가 저절로 기력이 떨어지며 명이 다하는 경우였고, 나머지 하나는 성출씨 같은 부류였다.

친구들이 매미 소리를 내는 장면에서 잠시 끊어졌던 꿈은 봄날 햇살을 눈부시게 펼쳐 보였다. 성출씨는 어린 시절로 돌아가서 민들레꽃 풀밭에 앉아 있었다. 저만치 뛰노는 아이들 틈에 끼고 싶은 마음이 굴뚝같으나 기운이 없었다. 매일 오후마다 겨우 그곳까지 걸어와 하늘과 들판 끝을 내처 바라보다가 해거름에 허리에 손을 짚고 일어나는 게 일이었다. 하도 뻔질나게 끙 소리를 내서 별명이 애늙은이였다. 두 손으로 머리를 감싸고 웅크린 성출에게 누군가 다가와 물었다.

"헬로? 이봐요, 어린이. 괜찮아요?"

걱정이 담뿍 밴 목소리였다. 성출은 윗니로 입술을 누르며 고개를 들었다. 어느 결에 들을 덮으며 석양빛이 번지고 있었다. 그 빛을 받아 성출의 얼굴이 잘 익은 고구마 속처럼 노랗게 변했다. 콧잔등에 땀방울이 돋았고 눈썹 위에서 젖은 머리칼이 엉겼다. 윗몸을 숙이고 성출의 낯을 살피는 이는 읍내 성당 수녀였다. 그녀는 이태리 사람이었다. 수녀와 눈이 마주치자 성출은 억지로 웃어 보이더니 곧 모로 쓰러졌다. 의식이 돌아왔을 때, 여전히 수녀가 성출을 내려다보고 있었다. 그를 등에 업어서 집으로 데려온 것이었다.

"어린이, 좀 괜찮아요?"

그뒤로 틈날 때마다 이태리 수녀는 약봉지와 과일을 들고 성출네 집에 다녀갔다. 그가 초등학교를 마칠 즈음에 그이는 수녀복을 벗고 다른 고장으로 떠나갔다. 이후에 성출씨는 목욕탕에서 이태리타월로 거품을 낼 때마다, 짙은 선글라스를 쓴 청바지 차림으로 스쿠터를 타고 콜로세움 앞길을 달리는 이태리 처녀들을 잡지에서 볼 때마다, 마카로니 로시니 볼로냐 같은 이름을 들을 때마다 그 여자가 생각났다.

십수 년 세월을 건너뛰어 신문에 옛 수녀가 나왔다. 성출씨는 주소를 물어물어 찾아간 소도시 변두리 낡은 아파트에서 그이를 만났다. 그이는 뇌질환을 앓느라 손발놀림이 어색했고 말을 못 했다. 성출씨는 그 집 거실에서 옛 수녀 내외와 함께 소파에 앉아서 수박을 먹었다. 베란다 너머 미루나무에서 매미들이 목이 터져라 울고 있었다. 옛 수녀의 남편이 그쪽으로 고개를 돌렸다.

"예전엔 매미가 저렇게 우는 예가 없었어. 요즘 매미는 대부분 외국에서 들어온 종이라고 그러대? 원목 수입할 때 거기에 붙어서. 일단 울었다 하면 높낮이나 가락 없이 길게 쭉 뽑아서 울지. 국숫발 뽑듯이."

그때 성출씨는 보았다. 한 시간 남짓 입도 뻥긋하지 않던 침묵의 여왕께서 입가에 미소지으며 뭐라고 응얼응얼하고 있었다. 성출씨가 그이의 남편에게 물었다.

"예전 매미는 어떻게 울었는데요?"

"요즘 매미보다 한결 운치가 있었지. 어려서 시골에서 살았다면서? 우리 같이 해볼까?"

여왕의 남편이 선창했고, 성출씨가 따라서 했다.

"맴맴맴맴, 매앰매앰맴맴맴, 맴맴맴맴맴, 매애애애애애애애애."

그러자 갑자기 여왕께서 소리내 웃기 시작했다. "어? 당신 지금 웃는 거 맞지?" 하고 놀란 얼굴로 돌아보던 남편도 고개를 뒤로 젖히며 웃음을 터뜨렸다.

중고등학교를 지나는 중에도 성출씨는 주로 또래들을 관찰하는 일로 많은 시간을 보냈다. 어떤 아이들은 국가대표 선수 못지않게 축구를 잘했다. 마치 발목과 축구공을 고무줄로 연결한 것처럼 공이 발 주위에서 놀았다. 울퉁불퉁한 근육을 키우는 일에 몰두하는 아이들도 있었고, 럭비 선수로 활동하던 아이는 입술 한 번 안 떼고 두 되짜리 주전자에 가득 든 물을 단번에 마시는 묘기를 부렸다. 그들 틈바구니에서 성출씨는 이리 떼밀리고 저리 떼밀리면서 용케 학교를 마쳤고, 군대 가서도 기적처럼 살아서 돌아왔다. 그즈음에 그는 여자들이 남자들과 어울린 자리에서 질색하는 얘기가 셋 있다고 들었다. 군대 얘기, 축구 얘기, 군대에서 축구 한 얘기.

복학한 뒤의 여름날 밤이 꿈에서 재연되었다. 그 시절에 그는 동대문시장 야학에 나가서 근로자들을 가르쳤다. 밤늦게 야학을 나서 거리로 돌아나왔을 때, 몹시 머리가 어질어질했고 등골로 진땀이 흘렀다. 얼굴로 달려드는 하루살이를 쫓는 건 둘째치고 가만히 서 있기도 버거웠다. 그가 버스를 기다리는 동대문축구장 앞엔 노점이 늘어서 있었다. 노파와 아줌마들이 카바이드 등을 밝히고 볼펜 손수건 편지지 고무줄 따위를 바닥에 펼쳐놓고 앉아 있었다.

한 노파가 성출씨의 눈에 잡혔다. 노파는 무슨 약을 먹고 있었다. 한 봉이 아니라 세 봉을 거푸 입에 털어넣었다. 쿨룩쿨룩 기침할 때마다 약가루가 날렸다. 노파는 손등에 묻은 가루까지 살뜰히 핥아먹고 물병을 꺼내 목을 축였다. 성출씨는 그런 노파의 집안을 잘 알고 있었다. 노파의 집엔 지금 골방에 누워 앓는 소리를 내는 이가 있을 가능성이 높았다. 신부전증으로 얼굴이 풍선처럼 부은 손녀딸일 수도 있고, 위경련이나 간경화에 시달리는 아들일 수도 있었다. 며느리는 오래 전에 몸빼를 월남치마로 갈아입고 쌀쌀하게 개망나니 아들과 멀리 달아났다.

막 집으로 가는 버스가 다가오는 걸 보고 성출씨는 찻길로 다가섰다. 옆에서 소동이 벌어진 건 그때였다. 팔뚝과 몸통이 두세 사람 것을 합한 두께만큼이나 굵고, 머리를 박박 민 사내가 보였다. 몸에 착 붙는 깨끗한 흰 셔츠에 줄을 잡아서 잘 다린 검정 바지를 입었다. 그는 좀 전에 약을 먹던 노파 앞에 버티고 서 있었다.

"이 할망구가 구렁이처럼 슬그머니 넘어가려고 그러네? 자릿세는 내고 장사해야 할 거 아니야!"

박박머리는 사방치기하듯이 바닥에 놓인 물건들을 구두 끝으로 툭툭 차며 눈을 부라렸다. 노파가 자리에서 일어나서 앞으로 두 손을 모으고 다소곳이 머리를 조아렸다.

"집에 고만고만한 애들이 셋이나 돼요. 애들 애비는 몸이 아프고, 에미는,"

순간 박박머리는 노파를 냅다 옆으로 밀치고, 허리를 구부려 두께비 손으로 좌판 물건들을 좌아아아악 훑었다. 볼펜과 편지지와 양초와 성냥 따위가 아무렇게나 흩어졌다. 주위에 행인이 적지 않았으나 모두 곁눈으로 쳐다보면서, 여차하면 마저 몸을 틀어 꽁무니 빼기에 딱 좋은 자세를 취할 뿐이었다. 박박머리가 바닥에 손바닥을 짚고 엎드린 노파를 내려다보며 빈정댔다.

"집안 꼴하곤. 그것도 자랑이라고."

성출씨가 듣기 싫어하는 소리도 세 가지였다. 하나, 자랑할 게 그렇게도 없니? 둘, 남들은 안 그런데 어째 너만 그 모양이니? 셋, 병신. 성큼 발을 떼서 박박머리 앞으로 나선 성출씨는 문신을 새긴 그의 팔뚝을 집게손가락으로 쿡 찔렀다. 어쩌나 근육이 단단한지 마치 바위를 찌른 것처럼 성출씨의 손가락 마디가 꺾였다. 만사가 짜증나서 정말 못 살겠다는 얼굴로 돌아보는 박박머리에게 성출씨는 한 가지를 물었다.

"사람이 그러면 쓰겠소, 못 쓰겠소?"

박박머리는 잠시 멈칫하며 눈동자를 굴렸다. 그러더니 갑자기 바닥에 침을 뱉고 주먹을 번쩍 들어올렸다. 순전히 운이 좋았다고 말할 수밖에 없었다. 바로 그 순간에 성출씨는 망치에 툭 얻어맞은 듯이 무릎에서 힘이 풀리며 그대로 주저앉았다.

박박머리의 주먹은 그의 정수리를 스치며 허공을 질렀고, 다음 순간 중심을 잃은 박박머리는 성출씨의 몸을 덮으며 엎어졌다. 쾅 하고 뒤로 나가떨어진 성출씨는 등뼈와 갈비뼈가 죄다 으스러진 느낌이었다. 그러나 완전히 정신을 잃지는 않았다. 박박머리의 몸통을 두 팔로 감싸면서 재빨리 상대의 등뒤에서 열 손가락으로 깍지를 꼈다. 둘은 함께 바닥에 누워서 뒹굴기 시작했다. 박박머리는 주먹으로 성출씨의 머리를 사정없이 쥐어박았고, 급기야 성출씨는 상대의 가슴팍살을 한 입 깊게 물어서 뜯었다. 금세 입에서 피비린내가 번졌다.

악몽에서 빠져나오고자 성출씨는 몸을 거칠게 뒤틀었다. 얼마간 신음하다가 눈을 번쩍 떴다. 코피를 쏟은 다음처럼 콧속이 싸했다.

'여기가 어디지?'

40

자기 방이건만, 늘 머리를 두고 자던 쪽과 직각을 이루고 누워 있었기에 공간의 혼란을 느꼈다. 흐릿한 눈 속에서 창 쪽 풍경이 서서히 트였다. 그곳 방충망엔 아직 쓰름매미가 붙어 있었다. 옆으로 약간 자리를 옮긴 것도 같고 그대로 앉아 있는 것 같기도 했다. 골목에서 딸랑대며 지나가는 두부장수 종소리 사이로, 퍼드덕 소리를 내면서 까치 한 마리가 방충망 너머를 스쳐 날아갔다. 건너편 슬래브 집 옥상에서 어떤 여자가 빨래를 걷고 있었다. 갑자기 불어가는 세찬 바람에 여자는 하마터면 기저귀를 놓칠 뻔했다. 어딘가에서 라디오 주파수 맞추는 소리가 들렸고, 뒤이어 오늘의 뉴스가 토막난 문장으로 귀에 잡혔다.

"의약분업 파동, 병원들 속속 폐업 돌입, 응급실마다 발 디딜 틈, 당국은 뒷짐 지고 바라볼 뿐, 환자들 또다시 벼랑 끝으로 몰리고."

스르르 눈이 풀리며 다시 잠든 성출씨는 또다른 꿈을 꾸었다. 직장에 휴직원을 내고 어느 절 암자에 들어가서 요양하던 시절이 나왔다. 한 해하고도 석 달이 지나서야 기침이 가라앉았다. 집으로 돌아갔을 때 아이는 벌써 세 살이 돼 있었고, 아내는 동네 아이들을 모아놓고 공부를 가르치는 일로 생계를 꾸려가고 있었다. 꿈속에서 성출씨는 뒷방에 절반쯤 누운 자세로 티브이를 보았다. 아내는 주방을 겸한 거실에서 밥상을 펴놓고 아이들에게 셈을 가르치고 있었다. 칭얼대던 아들녀석은 엄마 곁에서 아기곰을 베고 잠들었다.

성출씨는 화장실에 가려고 방문을 열었다가 도로 닫았다. 바닥에 바로 앉아서 두 다리를 접어 무릎을 붙이고 팔로 감쌌다. 티브이 화면에선 동물들이 풀을 뜯고 있었다. 멀리 풀숲 속에서 무언가 몸을 한껏 낮추고 조금씩 게걸음으로 움직이는 게 보였다. 일순간 치타 두 마리가 튀어나와서 사슴떼를 겨누어 달리기 시작했다. 모세의 지팡이 앞에서 홍해가 갈라지듯이 사슴들이 웃자란 풀을 가르며 양쪽으로 흩어졌다. 불현듯 성출씨의 가슴속을 스쳐가는 의문이 있었다.

'저들은 왜 허구한 날 이런 장면을 되풀이하여 보여주는 걸까? 무슨 음모가 숨어 있는 건 아닐까?'

이번에도 가장 몸이 부실하고 비실대는 놈이 잡혔다. 얇은 살갗을 뚫고 나올 듯이 뼈의 윤곽이 다 드러난 놈이었다. 허공으로 들린 네 다리를 덜덜덜 떨면서, 숨을 헐떡이며 허벅살을 뜯기는 짐승의 젖은 눈은 하늘을 향하고 있었다. 사슴의 눈을 빌려서 성출씨는 구름을 바라보았다. 수채화 물감처럼 맑고 고운 빛의 핏물이 구름 주위로 넓게 번져갔다.

질끈 눈을 감았다 뜨며 티브이 채널을 돌렸다. 미국에서 벌어진 여자 골프대회 장면이 나왔다. 이제 스물을 갓 넘긴 우리나라 골퍼가 우승했다. 골퍼의 아버지가 두 팔을 번쩍 들고 만세 삼창을 외치는 장면이 이어졌다. 그는 가슴에 품고 달아날 듯이 마이크를 낚아채서, 위아래 어금니를 맞붙이고 잔뜩 힘준 목소리로 외쳤다. 중간 중간에 무슨 얘긴지 알아듣겠느냐며 다그치는 군소리가 들어갔다.

"미리 녹화해놓았다가 젖을 뗄 즈음부터 매일 틀어주었어요, 응? 맹수가 초식동물을 기막힌 솜씨로 공격해서 잡아먹는 장면을 말이지요, 응? 담력을 키워주기 위해서였어요, 응? 약육강식의 세계가 어떤 건지 일찌감치 깨닫게 해준 결과, 응? 오늘 같은 쾌거가 가능했던 거지요."

하이에나로 변한 골퍼의 아버지는 네 발로 엎드려 엉거주춤한 자세로 똥을 누었다. 뒤이어 자기 불알을 혀로 신나게 핥다간 새로운 먹잇감을 보았는지 껑충껑충 뛰면서 멀어졌고, 꿈에서 성출씨는 오줌을 쌌다. 바지 속이 뜨뜻해지면서 흑설탕 빛깔 오줌이 방바닥으로 흘러나왔다. 어디선가 애들이 목놓아 울고, 애들의 엄마가 볼기짝을 철썩철썩 때리며 나무랐다.

"애가 이렇게 나약해빠져서 이 다음에 뭐가 되려고 이래, 응? 어서 뚝 그치지 못해?"

주위가 제법 어둑해진 시각, 뒤뜰 굴뚝 옆에 앉아서 훌쩍이다가 빗자루를 들고 나타난 엄마한테 붙들린 아이처럼 성출씨는 질겁하여 잠에서 완전히 깨어났다. 그가 중학교 때 읽은 소설 중에 주인공이 벌레가 되어 눈을 뜨는 장면으로 시작되는 「참 이상한 아침」이라는 소설이 있었다. 성출씨는 그 소설을 떠올릴 때면, 인간으로 태어나 인간 구실을 제대로 못 할 바에는 차라리 벌레가 되는 게 나을지 모르겠다는 생각이 들었다.

오늘 낮에 박성출씨는 쓰름매미를 관찰하다가 가슴 통증을 느끼고 물러나서, 바닥에 누워 숨을 고르던 어느 순간에 잠들었다. 그런데 지금 성출씨는 새끼손가락 두 마디 길이의 쓰름매미로 변해서, 방충망에 찰싹 달라붙어 방 안을 들여다보고 있었다. 등뒤에서 석양빛이 날아와 방충망을 뚫고 방으로 들어갔다. 물에 빠진 것처럼 무릎 밑이 석양빛에 잠긴 어떤 사내가 방바닥에 팔다리를 쭉 뻗고 누워 있었다. 러닝셔츠가 당겨올라가서 껍질만 남은 아랫배 맨살이 고스란히 드러난 모습이었다. 매미는 그가 어디선가 많이 본 사내처럼 여겨졌다.

'잠을 자는 걸까? 이미 죽은 건 아닐까?'

쓰름매미는 방 안의 사내가 만일 죽은 거라면 마지막으로 쉴 자리를 잘못 고른 게 분명하다고 생각했다. 창을 활짝 열어놓은 채 바닥에 누워 있으니, 밖에서 들여다보는 이의 눈에 아랫배 맨살이 고스란히 드러날 수밖에 없었다. 세상에 다른 생명체한테 뱃살을 내보이는 걸 좋아할 사람은 없을 듯했다. 어쩌다가 바닥에 뒤집혀선 필사적으로 버둥대는 갓난아이들을 보면 알 수 있었다. 방에 누운 사내는 아무리 지켜봐도 배가 오르내리는 느낌이 없었다. 쓰름매미는 방충망이 뜯어진 곳을 찾아 방으로 들어가서 그 사내가 죽었는지 살았는지 직접 확인해보고 싶었다.

그러나 곧 마음을 바꾸었다. 매미는 지금 날갯죽지와 여섯 개 다리와 배와 머리와 겹눈이 자꾸 쑤셔서 옴짝달싹할 수 없었다. 빠르게 의식이 흐려지는 가운데 깊이 숨을 들이쉬며 속으로 중얼거렸다.

'어서 기운을 차려야지. 더 어두워지기 전에 숲으로 돌아가야 해. 내일은 가장 높은 나뭇가지에 앉아서, 시원한 이슬에 몸을 적시며 떠오르는 해를 보고 싶어.'

방에 누운 사내의 가족이 동네 산책을 마치고 돌아온 건 이미 짙게 어둠이 내린 뒤였다. 방문이 열리고 딱 소리에 이어 형광등 불빛이 터졌다. 문 손잡이를 쥔 여자는 눈을 가늘게 뜨고 맨바닥에 누운 사내의 얼굴을 살폈다. 뒤이어 흡 하고 숨을 멈추더니 방충망 쪽을 돌아보았다. 눈을 가늘게 뜨고 방충망의 매미를 바라보며, 일부러 태연한 척하며 중얼거렸다.

"웬 매미지?"

여자의 뒤쪽에 해쓱한 낯빛과 쑥 들어간 눈이 아빠를 빼닮은 사내아이 하나가 눈을 말똥말똥 뜨고 서 있었다. 놓쳤다간 큰일날 것처럼 두 손으로 엄마의 치맛자락을 꼭 잡은 상태였다.

"여보……?"

여자는 다시 사내에게 눈을 돌리며 한 발짝 방으로 들어섰다. 치맛자락이 뒤에서 위로 당겨올라가다가 아이가 손을 놓으면서 도로 내려갔다. 여자는 자기 이마를 덮은 머리칼을 손으로 걷어 귓바퀴 너머로 넘긴 뒤에, 두 발에 체중을 고르게 나누어 싣지 않은 탓에 불안한 자세로 비틀대며 사내의 얼굴을 들여다보았다. 천천히 무릎을 구부리고 몸을 낮추며 가늘게 떨리는 손을 사내의 가슴에 댔다.

문간에 선 아이는 엄마에 가려서 아빠의 얼굴이 보이지 않았다. 축 늘어진 엄마의 어깨, 그리고 검푸른 빛이 도는 아빠의 앙상한 다리를 번갈아 바라보았다. 뒤이어 곧 울음을 터뜨릴 듯이 눈이 왕방울처럼 커지고 입이 한껏 벌어지더니, 비명을 지르듯이 갑자기 외쳤다. '엄마! 아빠 왜 그래?' 하고 물으려 했는데, 입에서 엉뚱한 소리가 터져나왔다.

"쓰름! 쓰름쓰름 쓰르름?"

달밤에 몰래 만나다

난쟁이 여자는 대꾸가 없었다. 삼십 년 가까운 세월이 흘렀건만, 달빛을 받은 얼굴엔 어린 시절의 앳된 표정

이 아직 남아 있었다. 잠시 머뭇대던 여자는 곧 손바닥을 펼쳐서 인형을 받았다. 여자의 입가에 희미하게 미

소가 스친 듯했다. 등을 보이고 돌아선 여자는 자갈 밟는 소리를 내며 느릿느릿 오솔길을 걸어 대숲 사이로

사라졌다.

장안의 인적이 끊어지고 보름달만 휘영청 밝게 빛나는 야밤중에
골목길 후미진 담 그늘 아래에서 남녀가 어우러져 깊은 정을 나누고 있다.
달빛은 교교하고 밤이슬이 촉촉이 옷깃에 배어드는데,
훗날을 기약하고 발걸음을 돌려 헤어져야만 하는 이들의 마음을
다 헤아릴 수는 없을 것이다.
최완수, 신윤복 그림 〈월야밀회(月夜密會)〉 해설

그늘진 자리마다 덜 녹은 눈이 희끗희끗한 겨울날 새벽녘, 영흥시 목화아파트를 나선 장여사는 쌀쌀한 대기를 뚫고 불영산에 올랐다. 오리털 점퍼를 입고 마스크를 썼으며 두툼한 목도리까지 둘렀다. 나무 벤치가 여럿 놓인 첫번째 능선 쉼터에서 아침해를 맞을 작정이었다.

몸이 풀리고 입에서 더운 김이 날 즈음에 불현듯 장여사는 자신이 내리막길을 걷고 있음을 알아챘다. 발목이 푹 잠길 만큼 낙엽이 푹신하게 깔린 낯선 길이었다. 걸음을 멈추고 손전등을 들어 주위를 두루 비추었다. 앞뒤로 동굴처럼 숲 사이가 둥글고 길게 트여 있었다. 최근에 누가 오간 흔적은 없었지만 한때 등산객들이 즐겨 찾던 길이 틀림없었다. 장여사는 상수리나무 곁에서 두어 바퀴 제자리 맴을 돌았다. 몇 발짝 길을 벗어난 곳에서 손전등 불빛에 철조망이 잡혔다. 검붉게 녹슨 철조망은 중간의 쇠말뚝이 기역자로 부러져 있었다.

'이런 데가 있었나? 누구네 땅이지?'

고개를 갸웃하며 철조망으로 바짝 다가서서 안쪽을 들여다보았다. 나이와 종류가 비슷한 나무들이 군락을 이루고 있었다. 거개가 찬바람 불기 무섭게 잎이 모조리 지는 살구나무와 사과나무 같은 과실수였다. 그러나 워낙 촘촘하게 심어놓아서 그 너머는 눈에 잡히지 않았다. 장여사는 점퍼 주머니에서 휴대폰을 꺼내 시간을 확인했다. 해가 뜨기까지 아직 삼십여 분 남았다. 지금껏 온 길을 서둘러 돌아올라가면 해돋이를 볼 수 있을 듯했다. 휴대폰을 도로 넣고 고개를 들었을 때, 무언가 시커먼 형체가 철조망 건너에서 자신을 쳐다보는 느낌이 들었다. 장여사는 가슴이 철렁 내려앉았다.

손등으로 눈을 비비고 손전등을 들어서 그 무언가를 겨누어 불빛을 날렸다. 다음 순간 장여사는 헉 하고 외마디 소리를 냈다. 불빛에 잡힌 건 머리꼭지 복판에 길쭉한 원추형 외뿔이 솟은 염소였다. 흰 털이 온몸을 덮었으며 턱수염만 옅은 분홍빛이었다. 덩치가 망아지보다 커 보였고 눈동자에선 푸른빛이 번득였다. 장여사와 염소 모두 놀라서 번쩍 뜬 눈에 입이 헤벌어진 얼굴로 잠깐 서로를 멍하니 바라보았다.

온몸에서 힘이 빠진 장여사는 맥없이 낙엽 위에 주저앉았다. 얼마만에 정신이 돌아오자 뒤도 안 돌아보고 엉금엉금 네 발로 기어 언덕길을 올라갔다. 언제 손에서 전등을 놓쳤는지 알 수 없었다. 급기야 후들거리는 두 다리로 일어서서 앞으로 손을 내저어 나뭇가지를 헤치며 달리기 시작했다. 아직 어둠이 짙어서 마치 눈을 감고 달리는 느낌이었다. 일순간 장여사는 움푹한 구덩이에 발을 헛딛고 호되게 나가떨어졌다. 길가 둔덕에 뺨을 대고 옆으로 누워서 손바닥으로 종아리를 받쳐 다리를 허공으로 올리고, "아이고 나 죽는다!" 하고 비명을 질렀다.

"어머니? 어디세요?"

달콤한 새벽잠 속을 헤매던 만식씨는 벨소리에 깨어나 전화를 받았다. 신음 소리를 섞어서 장여사가 대꾸했다.

"배드민턴 연습장 옆 골짜기로 오르다가 길을 잘못 들었어. 뼁 둘러 철조망을 쳐놓은 곳이야. 발목이 부러진 모양이야."

만식씨는 곧바로 아파트를 나섰다. 뒷산을 오르며 계속 휴대폰으로 어머니와 통화했다. 어머니는 나중엔 앓는 소리만 낼 뿐 제대로 말을 잇지 못했다. 해가 떠서 훤하게 날이 밝은 시각에, 만식씨는 가까스로 내리막길에서 낙엽에 파묻힌 채 의식을 잃고 누운 어머니를 찾아냈다. 아들 등에 업혀서 산을 내려온 장여사는 택시를 타고 병원으로 가서 접골수술을 받았다. 깁스를 하고 귀가한 뒤에도 새파랗게 질린 얼굴로 같은 소리를 되뇌었다.

"내 생전에 뿔이 하나뿐인 짐승은 처음 보았어."

만식씨가 고개를 가로저었다.

"어두워서 허깨비를 보신 거겠지요."

장여사도 아들에게 질세라 계속 고개를 흔들었다. 만식씨는 컴퓨터를 켜고 인터넷에 들어가서 일각수 그림을 찾아 인쇄했다. 산양 궁둥이에 사자 꼬리를 늘어뜨린 말처럼 생긴 외뿔 짐승이었다. 그림을 보는 순간 장여사는 낯빛이 백지장으로 바뀌었다.

"맞아 맞아! 바로 이렇게 생긴 녀석이었어!"

곁에서 며느리가 끼어들었다.

"염소라면서요?"

"어쨌든 덩치가 어마어마한 것이 정수리에 반질반질한 뿔 하나가 불끈 솟았어."

경로당 친구들이 음료수를 사들고 문병을 다녀간 이후에, 장여사가 낙상한 길은 인기 있는 산책로가 되어 '일각수 등산로'로 불렸다. 괴상 야릇하게 생겼다는 짐승을 직접 보고자 많은 사람이 그 길을 찾았다. 그러나 일각수는 다시는 사람들 앞에 모습을 드러내지 않았다.

겨울이 마저 가고 온 산에 따사로우며 푸릇한 기운이 드리워졌다. 봄날 아침에 같은 아파트 옆 동의 박영감은 아내와 함께 지팡이를 짚고 다른 골짜기를 통해 일각수 등산로로 올라갔다. 장여사가 외뿔 염소를 보았다는 곳에서 얼마 떨어지지 않은 둔덕에 이르렀을 때였다. 그들 내외는 맞잡은 손에 힘을 주며 우뚝 걸음을 멈추었다.

"저, 저, 저게 도대체 뭐지?"

코앞에 송아지 한 마리가 버티고 서 있었다. 곱슬곱슬하면서 시커먼 털이 온몸을 덮은 송아지는 얼굴에 눈이 한 개뿐이었다. 분명히 이마 아래 얼굴 복판에 눈이 하나만 뚫려 있었다. 게다가 다리는 무려 여섯 개였다. 네 다리로 땅을 딛고 있었고, 나머지 다리 두 개는 허공에 뜬 채 목덜미와 어깨에 붙어 있었다. 뒤늦게 정신이 돌아온 송아지는 턱을 들어올리며 음매 하고 울더니 몸을 틀어 철조망으로 달려내려갔다. 뒷발로 흙을 차올리며 철조망 아래 구멍으로 기어들어가선 금세 자취를 감추었다.

그뒤로 일각수 등산로에 해괴한 짐승이 나타나는 일이 대폭 늘었다. 아파트 상가에서 슈퍼를 운영하는 한씨는 홀로 그 길을 걷다가 철조망 안쪽에서 어슬렁대는 요상한 개들을 보았다며 숨을 몰아쉬었다.

"한 놈은 다리가 세 개뿐이었어. 또다른 놈은 뒤통수에 먹음직스런 참외 같은 샛노란 혹이 붙어 있더라고. 그때 어찌나 놀랐는지 아직도 가슴이 방망이질을 하는구면."

해가 뜬 직후에 산에 올랐던 여대생 자매는 철조망 맞은쪽에 찰싹 달라붙은 칠면조를 보았다고 말했다.

"한쪽 날개가 아예 없었어요. 잘 드는 칼로 깨끗이 도려낸 것 같았어요."

시청 토목과장 허씨가 본 것은 귀가 세 개인 갈색 토끼였다. 머리꼭지에 붙은 귀는 물에 불린 시래기처럼 앞으로 축 늘어져서 토끼의 눈을 덮었다. 초등학교 교사 문씨는 등교하여 교무실로 들어서자마자 만장하신 동료 교사들을 향하여 큰 소리로 보고했다.

"오늘 새벽에 뒷산에서 몸통보다도 목이 긴 원숭이를 보았다는 거아닙니까! 그 목엔 코브라처럼 칸칸이 가로무늬가 났는데요! 목을 두어 바퀴 둘둘 말아서 똬리를 틀고 나무 밑에 앉아 휘파람을 불고 있더라고요!"

치과의사 오씨는 거위 울음소리를 내는 조랑말을 보고 벌렁 나가떨어졌다. 넘어지면서 나무에 부딪히는 바람에 머리를 열 바늘 꿰매는 사고를 당하여 한동안 외과병원 신세를 졌다. 해질녘에 애완견을 데리고 산에 올랐던 지물포 주인 강씨의 목격담은 한결 으스스했다.

"온몸에서 털가죽이 홀랑 벗겨진 분홍색 오리였는데, 우우우 하고늑대처럼 울더라고. 영화 같은 데서 달밤에 절벽 끝으로 다가서서 목을 쭉 뽑으며 우는 늑대 울음 말이야. 우리 똘똘이는 그때 받은 충격으로 여태껏 똥오줌을 못 가려."

목화아파트 관리실 건물에서 긴급 반장회의가 열렸다. 모든 참석자가 손바닥으로 탁자를 탕탕 두드리며 열변을 토했다.

"빨리 경찰에 신고해서 수사에 들어가게 해야 합니다. 무시무시한짐승들이 불영산에서 산다는 게 외부에 알려지면 아파트 값이 곤두박질칠 게 뻔해요."

"맞아요. 누가 겁나서 이런 데로 이사를 오려 하겠어요?"

"하지만 그곳은 개인 땅이잖아요. 이상하게 생긴 짐승을 기른다고 해서 그게 법에 걸리는 일은 아니지 않습니까?"

"아하, 뭘 몰라도 한참 모르시는 말씀! 문제는 그곳 주인이 동물을 학대한다는 사실이에요. 주인한테 시달린 어미들이 돌연변이를 일으킨 기형 새끼를 낳은 거예요."

"동물학대금지법 같은 걸 적용할 수 있을 겁니다. 흉측한 짐승들이 울타리 밖으로 나가는 걸 내버려둔 것도 엄벌을 받아 마땅해요."

이들은 다음날로 경찰에 고발장을 냈다. 아파트 주민을 불안에 빠뜨린 짐승들을 몽땅 잡아들이고 주인을 처벌해야 한다는 게 고발장의 핵심이었다. 짐승들이 민가로 내려와서 아이들을 공격하거나, 차량 소통을 방해하고 상점 진열대를 부수며 소란을 피울 가능성도 빼놓지 않고 적었다. 며칠 뒤에 경찰서에서 회신이 날아왔다.

'짐승들이 주민들에게 분명한 해를 입히는 일이 벌어지지 않는 한, 그 땅 주인을 조사하거나 입건할 수는 없습니다.'

경찰의 태도에 발끈한 여러 단체가 다른 무엇보다도 등산객을 보호한다는 명분을 내세우고 행동에 들어갔다. 청년회는 조를 짜서 박달나무 몽둥이를 휘두르며 등산로에서 순찰을 돌았고, 노인회에선 가스총을 여러 대 사서 뒷산 빈터에서 허수아비를 세워놓고 사용법을 실습했다. 해병전우회도 즉시 자위대를 구성하여 호루라기를 불며 일 주일에 세 차례씩 일각수 등산로를 누볐다. 그리고 상가 태권도장 사범은 매주 월요일 새벽에 능선 쉼터에서 부녀자들을 모아놓고 호신술과 간단한 공격 동작을 가르쳤다.

"앞차기!"

사범의 우렁찬 구령에 부녀자들은 앞으로 어정쩡하게 발을 들어올렸다. 순간 여럿이 몸의 중심을 잃고 뒤로 넘어져 엉덩방아를 찧었다.

"뒤차기!"

발을 뒤로 들어올리는 순간 이번엔 대부분의 여자가 엎어졌다. 손바닥에 묻은 흙을 털고 일어나며 일제히 까르르 웃음을 터뜨리자 사범이 눈을 부라리며 외쳤다.

"쪼그려 뛰기 오십 회 실시!"

외뿔 염소 때문에 낙상한 장여사는 아파트단지와 불영산 일대에서 떠들썩하게 전개되는 소동이 영 마뜩찮았다. 염소를 본 일을 괜히 친구들에게 털어놓았다며 뉘우쳤다. 자신 때문에 오래 전에 발길이 끊어진 그곳 등산로가 사람들에게 알려지면서 이 모든 일이 벌어졌다고 여겼기 때문이었다.

"생김새가 그럴 뿐이지 짐승들한테 무슨 죄가 있겠어? 그때 그 염소도 전혀 나한테 달려들려는 낌새가 없었어. 내가 지레 놀라서 달아나다가 다쳤던 거지."

장여사는 깁스를 푼 뒤에도 여전히 다리를 심하게 절뚝거렸다. 집안에서 자리를 옮길 때면 무릎걸음으로 움직이거나 벽을 짚고 걸었다. 그런 어머니를 볼 때마다 만식씨는 은근히 부아가 일었다. 언제 사유지 주인을 한번 만나서 따지기로 마음먹었다. 하나같이 이상한 짐승만을 기르는 까닭도 여간 궁금하지 않았다. 교대로 직장 일을 쉬는 토요일 아침에, 만식씨는 신발장에서 쇠막대기를 꺼내들고 등산화를 신었다. 아내가 소매를 잡아당겼다.

"당신까지 나설 거 있어요? 괜히 무슨 일 당하면 어쩌려고?"

"그냥 한 바퀴 둘러보고 올 거야."

맑은 하늘 아래 햇살이 부서지는 불영산은 온갖 꽃에 뒤덮여 장관을 이루었다. 아직 철쭉이 한창이었고, 노루귀와 솜양지꽃과 조팝나무꽃들이 아름다운 빛깔로 산을 물들였다. 만식씨는 좀처럼 지난 겨울날 낙상한 어머니를 발견했던 길을 찾아내지 못했다. 앞쪽에서 산길을 오르는 이들에게 물었다.

"일각수 등산로라는 기막힌 길이 있다면서요?"

그들은 좀더 가다가 오른쪽으로 꺾으면 그 길이 나온다며 경고를 곁들였다.

"처음엔 호기심 때문에 그 길을 찾는 이가 많았지만 요즘은 아니에요. 부녀회에서도 따로 민원을 올린 상태예요. 또 무슨 일이 벌어질까봐, 시청하고 경찰 모두 잔뜩 신경을 곤두세우고 있다네요."

만식씨는 갈림길에서 그들과 헤어져 사유지 옆길로 접어들었다. 두어 번 바람 소리를 내며 쇠막대기를 휘둘러 허공을 갈랐다. 만식씨는 줄곧 고개를 왼쪽으로 꺾고 철조망 속을 살피며 걸었다. 걸음걸이가 위태롭기 짝이 없었다. 하지만 무언가 눈에 들어오는 게 있을까 하여 잠시도 다른 데로 눈길을 돌리지 못했다. 철조망은 사오백 걸음 넘게 이어졌다. 보통 넓은 사유지가 아니었으나 울창한 나무 이외엔 개미 새끼 하나 보이지 않았다.

이윽고 시야가 넓게 트이며 산길이 끝났고, 자동차가 다닐 수 있을 만큼 제법 고르고 편평한 흙길이 나왔다. 새로 전원주택단지가 들어선 아파트 옆쪽 산자락으로 이어지는 길이었다. 만식씨는 계속해서 철조망을 왼쪽에 끼고 앞으로 나아갔다. 철조망이 끝나는 곳에 어른 키 높이의 철제 대문이 보였다. 사유지로 들어가는 대문 오른쪽은 깎아지른 바위 절벽이었다. 만식씨는 대문 앞으로 다가서서 문틈으로 사유지 속을 들여다보았다. 자갈을 깐 꼬불꼬불한 오솔길이 보였고, 가운데에 나무다리를 놓은 연둣빛 연못도 눈에 잡혔다. 뜰채가 놓인 걸로 보아 물풀이 무성한 연못에서 붕어나 메기 따위 물고기를 기르는 듯했다.

저 멀리 버드나무와 대나무 숲 사이로 거뭇한 구조물이 눈에 잡혔다. 사람이 사는 집이라기보다는 창고 같았다. 깊이 숨을 들이쉬었다가 토하며 만식씨가 외쳤다.

"계세요? 거기 누구 없어요?"

그 소리에 놀랐는지 오솔길에서 장끼 한 마리가 푸드덕 날아올랐다. 한참 기다렸지만 사람 기척이 없자 대문을 떠난 만식씨는 뒤쪽 비탈길을 내려갔다. 부뚜막 모양으로 시멘트를 바르고 굵은 돌을 쌓아 잘 꾸민 약수터가 나왔다. 그 앞으로 전형적인 농촌 풍경이 펼쳐졌다. 들판 여기저기서 일찌감치 밭에 나와 일하는 사람들이 보였고, 원두막과 비닐하우스도 눈에 들어왔다. 만식씨는 약수터에서 물을 한 모금 마시고 잠시 쉬다가 집으로 돌아갔다.

보름이 지난 일요일 아침에 만식씨는 다시 현관으로 내려서서 등산화 끈을 조였다. 이전처럼 아내가 다가와 소매 끝을 당겼다.

"또 나가요? 아무것도 보지 못했다면서?"

만식씨는 손에 쥔 쇠막대기를 바닥에 내려놓으며 물통을 들고 흔들어 보였다.

"물맛이 여간 달고 시원하지 않더라고."

이번엔 전원주택단지 쪽에서 사유지 쪽으로 가는 길을 골랐다. 사유지 철문 앞에서 언덕을 돌아간 만식씨는 약수터에 이르러 물통에 약수를 받았다. 바닥에 까마중열매 같은 게 여럿 떨어져 있었는데 자세히 보니 토끼똥이었다. 약수터를 떠나 오른쪽으로 철조망을 끼고 등산로로 발을 들였을 때였다. 갑자기 어린아이들이 내지르는 함성이 들렸다. 만식씨는 발걸음을 빨리하여 소리나는 곳으로 다가갔다. 갈참나무 밑에서 어른 하나와 아이 셋이 동그랗게 둘러서서 나뭇가지로 무언가를 쿡쿡 찌르고 있었다.

"쉭쉭! 덤벼! 요놈! 죽어라 죽어!"

가까이 다가간 만식씨는 바닥에 잔뜩 웅크린 짐승을 보았다. 그 녀석은 겁에 질린 나머지 온몸을 덜덜덜 떨며 오줌을 지리고 있었다. 한쪽 눈엔 흰자위밖에 없었고 이마에 길게 흉터가 났으며, 다리 하나가 중간에서 뭉툭하게 잘려나간 토끼였다. 만식씨가 헛기침을 하자 중년 사내와 애들이 돌아보았다. 모두 너무너무 재미있어서 환장하겠다는 얼굴이었다. 애들의 아빠인 듯한 사내가 낄낄거리며 만식씨에게 외쳤다.

"이놈 좀 보시오! 진짜 웃기게 생기지 않았어요?"

만식씨는 말없이 앞으로 나서서 뒷덜미를 잡아 토끼를 들어올렸다. 그의 손에 잡힌 토끼는 거칠게 몸부림쳤다. 눈동자에 죽음의 공포가 가득했다. 만식씨는 토끼를 들고 철조망으로 다가서서 바닥에 내려놓았다. 토끼는 바로 철조망 속으로 들어가선 뒤뚱거리며 사과나무 사이로 사라졌다.

토끼를 놀리던 사내와 아이들이 입맛을 다시며 산을 내려간 뒤에 만식씨는 풀밭에 앉았다. 그들에게 에워싸여 쩔쩔매던 토끼의 표정이 좀처럼 뇌리를 떠나지 않았다. 그 표정은 오랜 세월 기억 속에 묻혀 있던 사람의 얼굴을 떠올리게 했다. 만식씨는 바람결에 가늘게 떨리는 잡풀을 손바닥으로 쓸며 속으로 의문을 띄웠다.

'영순이는 지금쯤 어디서 살고 있을까?'

만식씨의 미간에 주름이 잡혔다. 얼마 만에 풀밭에서 일어나서 손바닥으로 엉덩이를 툭툭 털며 사유지를 들여다보았다. 이번에도 사유지 안에선 짐승은 물론이고 사람 그림자도 얼씬거리지 않았다. 만식씨는 터벅터벅 비탈길을 올라갔다. 철조망 아래로 제법 커다란 구멍이 눈에 들어왔다. 잠시 멈칫하던 만식씨는 어금니에 힘을 주고 물통을 고랑에 내려놓았다. 바닥에 뒤로 누워서 팔꿈치와 다리를 번갈아 움직여 구멍 속으로 들어갔다. 나무가 빽빽이 자라는 곳을 지나자 갑자기 눈앞이 훤해지며 숲으로 둘러싸인 둥글고 우묵한 평지가 나왔다.

산속에 그런 별천지가 있으리라고는 상상도 하지 못했다. 잘 가꾼 채소밭과 아담한 꽃밭과 장독대가 눈에 들어왔다. 무엇 하나 정성껏 손때를 먹이지 않은 것이 없었다. 누가 사는지 몰라도 여간 부지런한 사람들이 아니었다. 널찍한 땅 한복판에 검정색 기와를 얹은 스무 평 남짓한 흙집이 보였다. 만식씨는 살금살금 발을 옮겨 흙집으로 다가갔다. 그 집에서 낮게 웅성대는 소리가 들렸다. 만식씨는 흙집 벽에 뚫린 작은 창을 발견했다. 가슴팍 높이로 낮게 낸 창으로 여자 목소리가 새어나왔다.

"애들아, 다투지 말고 사이좋게 나눠 먹어라."

만식씨는 이마와 콧잔등에 맺힌 땀을 손바닥으로 훔치며 발치를 내려다보았다. 고운 흙을 골라서 줄지어 심어놓은 제비꽃이 그의 발에 밟혀 납작해져 있었다. 뒤로 반 발짝 물러나서 허리를 약간 굽히고 어둑한 창 속을 들여다보았다. 그런데 바로 코앞에서 누군가 말똥말똥한 눈동자로 그를 쳐다보고 있었다. 눈동자의 주인이 외쳤다.

"어머나, 거기 누구예요?"

황급히 돌아선 만식씨는 철조망을 향하여 비탈을 달려올라갔다. 채소밭을 지나서 과실수가 자라는 곳에 이르러 헛발을 딛고 넘어졌다. 저절로 흙집 쪽을 돌아보고 땅에 궁둥이를 붙인 자세가 되었다. 저 멀리서 단발머리 여자가 흙집 문을 조금 열고 목까지만 밖으로 얼굴을 내민 채 만식씨를 올려다보고 있었다.

어린 시절에 만식씨는 영흥시 외곽 동네에서 살았다. 집 앞 골목엔 시계포가 있었는데, 그 집 내외는 둘 다 생전 오금을 편 적이 없는 앉은뱅이였다. 사람들의 눈길을 꺼려서 남자나 여자나 한낮 내내 밖에 얼굴을 비치는 일이 없었다. 남편은 늘 푹 꺼진 소파 위에 두 발을 올리고 쭈그린 자세로 시계를 고쳤고, 곁에서 아내는 뜨개질을 하거나 주민들이 맡긴 옷에 천을 덧대어 깁고 박음질했다. 그들에겐 영순이라는 딸아이가 있었다. 그 아이는 부모와 달리 앉은뱅이가 아니었지만 성장장애가 있었다. 초등학교에 들어갈 때도 서너 살짜리 키밖에 되지 않았다.

매일 또래들이 달려들어 난쟁이라며 놀려댔다. 치마를 휙 들어올리고 어깨를 찍어 눌러 바닥에 주저앉히기 일쑤였고, 강제로 입을 벌려서 모래를 한 줌 먹일 때도 있었다. 영순이는 결국 두 계절을 버티지 못하고 학교를 그만두었다. 앉은뱅이 부모는 딸아이 치료를 위해서 그 동안 모은 돈을 쏟아부었다. 병원에 다니며 호르몬 주사를 맞으면서 영순이는 다시 아주 조금씩 키가 자라기 시작했다. 열두 살 때 일 미터에 이르렀는데, 그러나 거기까지가 전부였고 더는 한 치도 자라지 않았다.

여전히 또래들은 물론이고 동생뻘 되는 꼬마들까지 그 아이가 골목에 그림자라도 비쳤다 하면 벌떼처럼 달려들었다. 와락 머리채를 잡아채고 돌멩이를 던지고 발을 걸어 넘어뜨렸다. 영순이 아빠가 시계포 창으로 얼굴을 내밀었다.

"어린이들, 그러지 말아요. 그애를 그냥 내버려둬요."

하지만 아이들은 조금도 물러서지 않았다. 오히려 골목이 떠나가게 가락을 넣어 합창했다.

"앉은뱅이 아빠 엄마가 난쟁이 딸을 낳았대요! 난쟁이 딸은 엄마 아빠보다도 키가 크대요!"

어린 만식은 코흘리개 시절부터 영순이와 가깝게 지냈다. 영순이도 만식을 보면 다른 애들을 대할 때와 달리 줄행랑치는 일 없이 방긋 웃으며 다가왔다. 둘은 곧잘 골목에서 담벼락에 등을 붙이고 앉아 해바라기하며 공기놀이를 했고, 각자 책에서 읽은 동화 이야기를 소곤소곤 주고받았다. 그러나 또래의 남자아이들이 나타나면 만식은 쭈뼛대며 일어나서 그들의 무리 속으로 들어갔다.

어느 날 남자아이들이 일제히 입술을 삐쭉 내밀고 만식을 에워쌌다. 영순이는 이미 시계포 안으로 달아난 뒤였다. 한 아이가 턱짓으로 시계포를 가리키며 다그쳐 물었다.

"너, 저 난쟁이 좋아하지?"

만식은 대답 대신 고개를 가로저었다.

"거짓말!"

"진짜야."

"증거를 보여봐."

"무슨 증거?"

"난쟁이가 늘 갖고 다니는 인형 있지? 사흘 시간을 줄 테니까 그거 빼앗아 와."

다음날 만식은 시계포로 가서 손짓하여 영순이를 밖으로 불러냈다. 만식의 손엔 과자봉지가 들려 있었다.

"인형하고 이거 바꾸자."

영순이는 등뒤로 색동옷 여자아이 인형을 감추고 뒷걸음질쳤다. 이튿날 아침에 만식은 다시 영순이를 불러냈고, 이번엔 연필 두 자루를 내밀었다.

"내가 가장 아끼는 거야. 추석 때 삼촌이 선물로 주셨는데 한 번도 안 썼어."

역시 영순이는 도리질하며 돌아서서 시계포로 쏙 들어갔다. 사흘째 되던 날 만식은 영순이에게 몰래 다가갔다. 그때 영순이는 시계포 앞에 나서서 유리창을 통하여 안에서 일하는 아빠를 쳐다보던 중이었다. 냅다 영순이에게 달려들어 인형을 낚아챈 만식은 자기 집으로 달아났다.

"만식아, 인형 돌려줘. 어서."

영순이는 만식이네 집 대문 앞에 반나절 버티고 서서 울었다. 오가는 아이들이 주먹으로 뒤통수를 쥐어박고 옆구리를 호되게 꼬집어 비틀어도 돌아가지 않았다. 만식은 자기 방에서 이불을 머리까지 뒤집어쓰고 누워서 영순이가 지쳐 돌아갈 때까지 기다렸다. 그날 저녁때 방에서 창을 조금 열고 건너편 시계포를 훔쳐보던 만식은 골목을 지나가는 쓰레기 수레를 향해 인형을 던져버렸다.

앉은뱅이 부부는 외동딸 영순이가 열세 살 나이가 될 때까지 그 동네에서 살았다. 그들 세 식구는 한 달에 한 차례씩 한밤중에 외출했다. 눈만 떴다 하면 영순이를 놀려대던 아이들이 모두 곤히 잠든 시각이었다. 영순이가 중간에 서서 양손을 벌려 엄마 아빠 손을 잡고 걸었다. 그들이 당장 땅 속으로 사라질 듯이 낮은 자세로 걸어가는 광경을 보고 어떤 개는 꼬리를 가랑이에 넣고 낑낑댔다. 세 식구가 나란히 바깥바람을 쐬는 날엔 어김없이 하늘에 보름달이 떴다. 어디 갔다가 늦게 귀가하는 동네 사람들은 그들이 논둑길을 지나 강으로 가는 걸 볼 수 있었다. 그들은 얼굴과 가슴에 달빛을 받으며 강둑으로 올라갔고, 그곳에서 각자 두 손을 앞에 모아서 쥐고 말없이 달을 올려다보았다. 모두 달한테 기도를 올리는 모습이었다.

어느 해 가을에 시계포가 세든 건물 주인이 바뀌었다. 새 주인은 두 눈이 툭 튀어나오고 낯빛이 노르께해서 아이들한테서 금세 금붕어라는 별명을 얻었다. 그는 지물포와 쌀가게는 그대로 놔두고 시계포를 하는 앉은뱅이 내외에게만 가게를 비울 것을 요구했다. 아무런 이유를 대지 않았다.

"한 달이면 많이 주는 거요."

그들은 결혼한 이후로 그 자리에서만 이십여 년을 살아왔다. 그 동안 한 번도 외지에 나가본 적이 없었다. 금붕어가 못 박은 한 달이 코앞으로 다가오자 영순이 엄마는 끼니를 거르고 아예 자리에 몸져누웠다. 이른 아침에 금붕어가 싸리비를 들고 골목에 나타났다. 그는 해를 올려다보고 "으드드드, 아으아으!" 하고 묘한 소리를 내며 기지개를 켰다. 영순이 아빠가 용기를 내서 시계포를 나서 그에게 다가갔다.

"월세를 올려드릴게요."

금붕어는 '웬 개가 짖나?' 하는 무심한 얼굴로 내려다보더니 곧 자리를 떴다. 이튿날 앉은뱅이 내외는 정육점으로 가서 가장 좋은 부위를 달라고 하여 쇠고기 세 근을 샀다. 신문에 싼 쇠고기를 들고 진땀을 흘리며 건물 이층으로 이어지는 바깥 계단을 올라갔다. 둘 다 머리털 나고 지금껏 한꺼번에 그렇게 많은 계단을 올라가본 적이 없었다. 현관문을 두드리자 건물주 금붕어가 문을 열고 나타났다. 얼굴이 땀범벅이 된 그들 내외를 내려다보며 금붕어는 헛웃음을 쳤다.

"또 왜?"

"월세를 얼마쯤 올려드리면,"

금붕어가 말을 잘랐다.

"내가 돈 때문에 가게를 비우라고 그런 걸로 아나본데, 한참 잘못 짚었네."

앉은뱅이 부부가 두 손을 싹싹 비비며 사정했다.

"이 동네를 떠나면 달리 갈 데가 없습니다. 제발."

"허, 이 사람들이 지금 생떼를 쓰는 건가?"

"그런 게 아니고요."

"나도 괴로우니까 이쯤 해두자고."

"어떻게 좀 선처를."

"이 사람들이 꼬박꼬박 말대꾸를 하네? 내가 내 권리를 주장하는 건데, 선처는 무슨 선처?"

금붕어는 앉은뱅이 내외의 가슴팍을 발로 냅다 걷어차서 계단 아래로 굴리고 싶은 걸 꾹 참는 얼굴이었다. 윗니로 입술을 물고 씩씩대며 콧김을 뿜더니 현관문을 쾅 닫았다. 앉은뱅이 내외는 그 자리에 궁둥이를 붙이고 앉아서 한숨을 푹 내쉬었다. 피냄새를 맡은 파리들이 쇠고기를 싼 신문지로 달려들었다. 두어 시간이 지나서 다시 현관문이 열렸다. 아직 그들이 그곳에 있는 걸 보고 금붕어는 시뻘겋게 달아오른 낯으로 펄쩍펄쩍 뛰었다.

"이 미련한 곰탱이들아. 고집을 피울 걸 피워야지! 보자보자 하니까 지금 내 앞에서 시위를 하는 거야 뭐야?"

앉은뱅이 여자가 입을 오므리며 기어드는 목소리로 입술을 뗐다.

"저희만 가게를 비우라고 하시는 이유라도,"

금붕어가 눈을 부라리며 매섭게 받아쳤다.

"내 집에 병신을 셋이나 둘 수는 없으니까 당장 가게 비우란 말이야!"

만식씨가 불영산 사유지 속에 들어갔다가 부리나케 돌아서 나온 날 이후에, 더이상 그곳 등산로에서 이상하게 생긴 짐승을 보았다는 얘기는 들려오지 않았다. 대신에 초여름으로 접어들면서 이따금 뒷산에서 총성이 울렸다. 그 소리에 숲에서 하늘로 수많은 새들이 날아올랐다. 산 전체가 요란하게 먼지를 터는 것처럼 보였다. 며칠 가랑비가 내리다가 맑게 갠 날 아침에, 철조망 옆길을 지나 약수터로 내려가던 약국 주인은 죽은 칠면조를 보았다.

"철조망 사이로 목을 내밀고 축 늘어진 모습이었는데요. 머리가 통째로 날아갔더라구요."

또 어느 날엔 누군가 철조망 안쪽에서 하늘을 향해 네 다리를 들고 누운 토끼를 보았다는 얘기가 입에서 입으로 전해졌다. 약국 주인이 본 칠면조처럼 머리가 박살난 모습이었다고 했다. 아파트 관리실에서 다시 반장회의가 열렸다.

"사유지 주인이 자신이 기르던 짐승들을 총으로 쏴 죽인 게 틀림없어요."

"무고한 동물을 무자비하게 죽이는 인간은 콩밥을 먹여야 해요. 사냥터도 아닌 곳에서 총기를 사용한 것도 불법이고요. 그런 미치광이라면 지나가는 등산객을 겨누어 총을 쏠지도 몰라요."

"맞아요. 자라나는 애들 교육을 생각해서도 이런 일은 빨리 끝장을 보는 게 좋아요."

아파트 반장회의에선 이전보다 한층 강한 표현을 써서 경찰서에 고발장을 냈다. 주민 모두가 매일 극심한 공포에 떨며 지내고 있으니 하루빨리 사태를 해결하여 평화를 회복시켜줄 것을 요청하는 내용이었다. 이번엔 경관 하나가 직접 다녀갔다.

"잘 아시다시피, 정기적으로 순찰을 돌고 있으니까 총기 사용자를 발견하는 즉시 검거할 겁니다. 여러분도 수상쩍은 자를 보면 머뭇거리지 말고 신고해주시기 바랍니다."

반장 대표가 눈을 부라리며 따졌다.

"사유지 안을 샅샅이 뒤지면 누가 총기를 썼는지 금방 알아낼 수 있을 거 아닙니까?"

경관이 곤혹스러운 얼굴로 모자를 고쳐 썼다.

"잘 아시다시피, 우리 시에선 올해 중요한 행사가 한둘이 아닙니다. 뺑소니사건, 절도사건, 살인사건도 꼬리를 물고 있고요. 모든 민원에 일일이 경찰을 투입하기엔 인원이 태부족입니다. 말이 나온 김에 한 가지 덧붙이면, 그 사유지 안엔 정식으로 건축 허가를 받아서 지은 집이 없습니다. 아무도 살지 않는다는 얘기지요. 그 땅 주인은 지금 외국에 나가 있습니다."

"이 양반이? 불난 집에 부채질한다더니 영락없이 그 꼴일세?"

경관은 반장들의 삿대질과 손가락질에 놀라서 그대로 줄행랑쳤다. 다음날 반장과 노인회장과 부녀회장은 열댓 명 남짓한 주민대표단을 만들어서 무리지어 사유지 정문 앞으로 갔다. 막대기로 문을 탕탕 두드렸지만 아무도 나와보지 않았다. 안에서 어느 짐승인지가 으르렁대는 소리가 들렸다.

"문을 부수고 들어가볼까요?"

"좀 전에 무슨 소리 못 들었어요? 호랑이 울음소리 같던데?"

잔뜩 겁을 집어먹은 대표단은 감히 안으로 들어갈 엄두를 못 냈다. 그러나 기왕 큰맘 먹고 거기까지 간 마당에 그대로 순순히 돌아설 순 없었다. 그들은 반장 대표의 선창에 맞춰서 함성을 질렀다.

"주인은 당장 얼굴을 비쳐라! 동물학대 행위를 중단하라! 불법 총기 사용을 중단하라! 자수하여 광명 찾아라! 아파트 주민의 생존권을 위협하는 행위를 중단하라!"

함성을 멈추자 일대가 적막에 휩싸였다. 대표단은 서로 얼굴을 빤히 바라보았다. 불안감과 공포가 모든 이의 얼굴에 짙게 드리워졌다. 침을 꿀꺽 삼킨 반장 대표가 다시 느리게 주먹을 위아래로 움직이며 입을 열었는데, 이번엔 모기만한 소리가 나왔다.

"반성하라. 자수하라. 정 반성할 마음이 없다면, 앞으로 어떻게 할 건지 밝히도록 하라."

이 농성은 얼토당토않은 코미디에 지나지 않았다는 게 뒤늦게 밝혀졌다. 며칠 지나서 불영산에서 엽총을 들고 서성이던 사내가 경찰한테 붙들렸던 것이다. 동물을 잡아서 박제 가게에 파는 일을 하는 사람이었다. 지난 한 달 동안 주로 꿩과 산토끼를 잡았다고 그는 말했다. 사유지 안에서 노니는 짐승들을 쏴 죽인 일에 대해선 끝까지 자기 짓이 아니라고 발뺌했다. 아무튼 그가 경찰서로 끌려가면서 불영산에선 총소리가 사라졌다.

막바지 더위가 기승부리는 팔월 중순에 만식씨는 회사 앞에서 동료들과 술을 마셨다. 불콰해진 얼굴로 가방을 열어 무언가를 꺼내서 동료들에게 보여주었다. 회사 근처 지하철 입구에서 노점상한테 산

색동옷 인형이었다.

"어때, 예쁘지?"

"이 친구한테 여자애 같은 취미가 있는 줄은 몰랐네? 인형이 몇 개나 되는지 보러 언제 집으로 쳐들어가야겠는데?"

과음하여 흠뻑 취한 만식씨는 어느 순간에 그만 의식을 잃었다. 정신을 차리고 보니 아파트단지와 주택단지 사이의 한적한 길바닥에 주저앉아 있었다. 자신도 모르는 사이에 택시를 타고 거기까지 온 것이었다. 밤이 깊어서 주위엔 오가는 사람이 보이지 않았다. 겨우 몸을 가누고 일어나서 비틀대며 발걸음을 옮겼다. 얼마만큼 걷다보니 산길이 나왔다.

저편 산등성이로 붉은빛이 섞인 노란 보름달이 솟아오르면서 시야가 대낮처럼 훤해졌다. 셔츠 등덜미가 땀에 젖고 목이 바짝 타들어간 만식씨는 언덕을 넘어서 철조망으로 둘러친 사유지 아래쪽 약수터로 갔다. 여느 때처럼 바위틈에 박은 관에서 물이 퀄퀄 쏟아져나오고 있었다. 만식씨는 손바닥에 물을 받아서 낯을 씻고 한 모금 마셨다. 셔츠 밑자락을 꺼내서 얼굴을 닦으며 하늘을 올려다보았다. 추석까지 아직 두 달이나 남았지만 보름달은 더없이 크고 푸짐해 보였다. 어느 결에 보름달엔 핏자국 같은 붉은 기운이 깨끗이 사라졌다. 달빛을 받은 온 세상이 소나기가 그친 뒤처럼 매끈하고 반들반들했다.

약수터를 벗어나 채소밭으로 올라간 만식씨는 오줌을 누었고, 도랑을 건너서 둔덕으로 올라가 돌아앉았다. 저 아래 약수터가 보였고 등산로로 이어지는 길, 사유지 철조망과 철문도 한눈에 잡혔다. 솔솔 바람이 불면서 대기가 매순간 선선하게 바뀌었다. 졸음이 밀려온 만식씨는 그만 일어나 집으로 돌아가야겠다고 생각했다. 바로 그때, 적막을 뚫고 어디선가 철컥 하는 소리가 들렸다. 저 멀리 사유지 철문이 열리는 게 보였다. 바닥에 떨어진 무언가를 줍듯이, 두 사람이 잔뜩 쭈그리고 앉은 자세로 게처럼 느리게 한 발 한 발 옮겨 철문 앞으로 나왔다. 뒤이어 자그마한 어린애가 문 밖으로 모습을 드러냈다. 그들은 약수터를 향하여 천천히 비탈을 내려왔다.

직후에 대문으로 줄줄이 걸어나오는 건 한 무리 짐승이었다. 족히 스무 마리는 돼 보였다. 달빛에 어렴풋하게나마 형체를 알아볼 수 있었다. 목이 유난히 긴 원숭이도 있었고, 오리와 망아지, 토끼, 칠면조, 돼지, 개, 송아지, 조랑말과 닭도 있었다. 마치 그림자놀이를 지켜보는 느낌이었다. 모든 동물이 몸 상태가 정상이 아니었다. 한결같이 심하게 뒤뚱대면서 영 시원치 않은 걸음으로 움직이고 있었다. 그제야 만식씨는 맨 앞에서 걷는 두 사람은 앉은뱅이이며, 그뒤를 따르는 사람은 난쟁이라는 걸 알아챘다.

그들은 모두 약수터로 내려왔고, 세 사람이 먼저 목을 축인 뒤에 다른 짐승들이 차례로 물을 마셨다. 경건한 의식을 치르는 듯한 풍경이었다. 이윽고 사람이나 짐승 할 것 없이 들판 쪽으로 돌아서서, 일제히 고개를 뒤로 젖히고 하늘에 뜬 보름달을 올려다보았다. 그 자세로 아무도 몸을 움직이지 않았다. 꽤 오랜 시간이 흘렀을 때 앉은뱅이 사내가 짐승들을 돌아보았다.

"애들아, 그만 돌아가자."

그들은 곧 약수터를 떠나 언덕을 돌아올라갔다. 처음에 나타날 때처럼 앉은뱅이 두 사람과 난쟁이가 앞장섰고, 두어 발짝 사이를 두고 짐승들이 뒤따랐다. 숨소리도 내지 않은 채 모두 일사불란하게 움직이고 있었다. 열린 철문으로 앉은뱅이와 짐승들이 사라진 뒤에, 마지막까지 문 앞에 서 있던 난쟁이가 고개를 돌리고 들판 일대를 휘 둘러보았다. 난쟁이는 잠시 만식씨가 있는 둔덕 쪽을 쳐다보더니 안으로 들어가서 문을 당겨 닫았다. 곧바로 들판과 산자락 전체에 고요가 돌아왔다. 벌레들의 울음도 들리지 않았고, 달빛만이 온 세상을 밝고 아름다우며 부드럽게 적셨다.

만식씨는 숨을 고르며 둔덕을 내려가서 약수터를 지나 사유지 철문으로 다가갔다. 걸음을 멈추고 가방에서 인형을 꺼냈다. 철문 밑에 인형을 내려놓고 돌아갈 생각이었다. 그런데 철문 옆 철조망 너머에서 누군가 자신을 바라보는 게 느껴졌다. 그곳에 난쟁이 여자가 서 있었다. 만식씨의 입에서 옛 친구의 이름이 흘러나왔다.

"영순아."

만식씨는 철조망 사이로 인형을 내밀며 마른침을 삼켰다.

"그때 그 인형은 아니지만 받아줄래?"

난쟁이 여자는 아무런 대꾸가 없었다. 삼십 년 가까운 세월이 흘렀건만, 달빛을 받은 얼굴엔 어린 시절의 앳된 표정이 아직 남아 있었다. 잠시 머뭇대던 여자는 눈을 깜박이며 두 손을 맞비볐고, 곧 손바닥을 펼쳐서 인형을 받았다. 여자의 입가에 희미하게 미소가 스친 듯했다. 등을 보이고 돌아선 여자는 자갈 밟는 소리를 내며 느릿느릿 오솔길을 걸어 대숲 사이로 사라졌다.

이제 달빛 속에 남은 건 만식씨뿐이었다. 그는 자기 눈에 물기가 밴 걸 알아챘다. 멋쩍게 웃으며 손등으로 눈가를 훔쳤다. 그가 그곳을 떠나서 숲과 들판을 지나 아파트단지로 들어설 때까지, 등성이가 뚜렷이 드러난 불영산 쪽을 한 번 돌아보고 아파트 현관 속으로 모습을 감출 때까지, 보름달이 줄곧 대낮처럼 길을 훤히 밝히며 따라왔다.

꽃바람

의원집 여자가 골목 저쪽으로 걸어가는 게 보였다. 나비 여럿이 머리 위에서 팔랑거리며 그녀를 따라갔다. 여

자의 하체로 눈길을 내린 출성이네 엄마는 숨이 멎는 듯했다. 시원스레 뻗은 여자의 두 다리는 맨땅이 아니라

탄력 있는 고무판 위를 걸어가는 듯했다. 좁은 논둑 위를 걷듯이 곧게 직선으로 내딛는 걸음걸이에선 전혀 채

중이 느껴지지 않았다.

맑고 아름다운 오월의 아침햇살을 가르며 금아산 아래 봉창읍으로 기차가 달려들어왔다. 철로변에 늘어선 소나무에서 노란 꽃가루가 눈발처럼 후르르 흩어져 날렸다. 기관사는 몇 번에 나누어 제동을 걸었다. 계속 속도를 떨어뜨리던 기차는 플랫폼으로 접어들어 길게 끼이익 소리를 냈다. 덜컥 하고 기차가 완전히 멈춰 서는 순간, 승강구 계단에 서 있던 여자가 짐보따리처럼 플랫폼 위로 떨어졌다.

　개찰구 앞으로 나서서 손바닥으로 입을 두드리며 하품하던 역무원 김씨가 두 눈을 번쩍 떴다. 허겁지겁 철길을 건너 플랫폼으로 올라갔다. 모로 누운 여자 곁엔 핸드백보다 조금 큰 갈색 손가방이 놓여 있었고, 굽 낮은 구두 한 짝이 벗겨져 뒹굴고 있었다. 여자의 다리 하나가 기차 밑으로 빠져서 바퀴에 닿을 듯했다. 김씨는 다리를 끌어올리고 등덜미를 냅다 잡아당겨서 여자를 기차에서 멀찍이 떼어냈다. 다시 움직이기 시작한 기차는 이내 역에서 멀어져갔고, 기차가 골짜기를 돌아가자마자 역 전체에 적막이 돌아왔다.

"이봐요, 괜찮아요?"

김씨는 가슴을 쓸어내리며 허리를 꺾고 여자의 얼굴을 들여다보았다. 동그랗게 입술을 오므리고 눈을 꾹 감은 여자는 이미 숨이 넘어간 사람처럼 꼼짝도 하지 않았다. 한 팔을 길게 뻗어서 손등을 바닥에 대고 새우처럼 웅크린 모습이었다. 바지에 손바닥을 비벼 땀을 닦아낸 김씨는 천천히 여자를 향하여 손을 내렸다.

"아가씨, 정신 좀 차려봐요."

여자의 손목을 툭 건드리는 찰나, 김씨는 헉 하고 신음을 삼키며 허리를 곧추세우고 윗몸을 뒤로 젖혔다. 하마터면 중심을 잃고 엉덩방아를 찧을 뻔했다. 마치 감전된 듯이 손에서 팔꿈치까지 짜릿한 기운이 번졌다. 김씨는 후끈거리는 손가락 끝을 코에 대고 킁킁댔다. 마치 살이 타는 냄새가 나는 느낌이었다. 재차 손을 내려서 여자의 팔뚝에 댔을 때 이번에도 손끝에서 분명하게 전기가 느껴졌다.

역 사무실로 간 김씨는 서랍에서 면장갑을 꺼내서 끼고 돌아왔다. 여자의 등 쪽으로 돌아가서 겨드랑이에 팔을 껴 절반쯤 일으켜 앉혔고, 뒤에서 여자의 몸통을 두 팔로 감쌌다. 의식을 잃은 여자는 바윗덩어리만큼이나 무거웠다. 김씨는 자세를 바꿔서 왼팔을 여자의 허벅지 밑으로 넣고 오른팔로 등을 받쳤다. 젖 먹던 힘을 다하여 여자를 안고 두 다리를 후들거리며 플랫폼을 떴다.

사무실에서 의자 두 개를 잇대어놓고 여자를 바로 누인 김씨는 잔에 물을 가득 따라서 벌컥벌컥 들이켰다. 지금껏 그는 스무 해 넘게 이곳 역에서 일하며 밖에서 들어오는 도회지 여자를 숱하게 보았다. 그러나 이처럼 외모가 빼어난 여자는 처음이었다. 스물네댓 살 언저리로 감색 원피스를 입고 흰색 양털 셔츠를 걸쳤다. 길게 드러난 목에서 핏줄이 도드라졌으며 숨쉴 때마다 가슴이 가볍게 오르내렸다. 어린 소녀처럼 귀밑에 고운 솜털이 났고 희뿌연 낯에 턱선이 갸름했으며, 눈가엔 푸르스름한 빛이 드리워져 있었다.

임무를 교대하고자 다른 역무원 박씨가 사무실에 나타났다.

"웬 여자야?"

김씨가 두 손바닥을 비비며 난감한 표정을 짓자 박씨는 숨을 멈추고 앞으로 한 발짝 나섰다. 경동맥이 뛰는지 확인하려고 오른손을 들어 검지와 중지를 모아 여자의 목에 댔다. 순간 젖은 손으로 껍질이 벗겨진 전깃줄을 건드린 듯이 온몸을 파닥 떨며 뒷걸음질쳤다.

"어떻게 된 거야?"

박씨는 감전사고라도 난 거냐는 얼굴로 김씨를 바라보았다. 김씨가 멀뚱멀뚱한 눈으로 고개를 가로저었다.

"플랫폼에 기차가 멈추어 서는 즉시 승강구에서 떨어졌어. 여기서 내리려 했던 건지, 아니면 바람을 쐬려고 거기 서 있다가 떨어진 건지는 잘 모르겠어."

책상 앞으로 간 두 역무원은 얼빠진 낯으로 창 밖을 내다보았다. 역 앞마당에서 플라타너스 그늘에 내려앉은 까치들이 무언가를 바삐 쪼아먹고 있었다.

"파출소에 알리는 게 좋겠어."

"병원이 더 급한 거 아니야? 원장님한테 연락을 드리자고."

원장이라면 역에서 가장 가까운 진료시설인 봉창의원의 정박사를 말하는 것이었다. 그는 대전시립병원에서 은퇴하여 고향인 이곳으로 와서 간호사 출신의 아내와 함께 십여 년째 의원을 운영해왔다. 올해

나이 일흔으로 모든 동네 사람한테서 존경받는 어른이었다. 사람들은 몸이 아플 때는 말할 것도 없고 집안에 사소한 걱정거리가 있을 때도 그를 찾았다.

전화를 받자마자 헐렁한 바지에 셔츠 바람으로 털털거리는 프레스토를 몰고 정박사가 달려왔다. 두 역무원이 지켜보는 가운데 그는 대뜸 여자의 손목을 쥐었고, 순간 어깨를 크게 흔들며 내던지듯이 손목을 도로 놓았다. 금세 정박사의 얼굴에서 핏기가 가셨다. 그가 고개를 돌리자 역무원들은 말없이 어깨를 으쓱거려 보였다. 정박사는 가방에서 청진기를 꺼내서 조심스레 여자의 가슴에 집음부를 댔다.

"심장 박동엔 이상이 없네요. 일단 우리집으로 날라야겠으니 좀 도와주시오."

김씨가 면장갑 하나를 더 찾아서 박씨에게 건넸다. 박씨가 여자를 업었고, 김씨는 뒤에서 두 손으로 여자의 등을 받쳤다. 그들 모두 역사를 비워두고 정박사가 운전하는 차를 타고 의원으로 갔다. 여자를 의원으로 나르는 중에 역무원들은 이마에서 식은땀을 흘렸다. 가운데 끼어 앉아서 고개를 뒤로 젖힌 여자 버금가게 둘 다 낯빛이 창백했고, 짜르르르 전기가 흐르는 느낌에 줄곧 온몸을 떨었다.

이 세상 어느 누구보다도 아름다우며 몸에 전기가 흐르는 여자가 나타났다는 소문은 그날 안으로 읍 전체에 널리 퍼졌다. 남자들은 덤덤한 표정을 지으면서도 과연 얼마나 뛰어난 미인이기에 그런 소문이 나도는 걸까 하는 생각에 가슴이 설레었다. 반면에 여자들은 너나없이 실소를 머금으며 끌끌 혀를 찼다.

"외지 여자 하나가 발을 들였다 하면 곧바로 헛소문을 만들어낸다니깐. 사내들이란 어째 하나같이 그 모양일까?"

봉창의원은 일제 때 붉은 벽돌과 나무로 지은 단층 건물이었다. 아담하면서 세월의 때가 묻어 고풍스러운 멋을 뽐내는 건물 뒤쪽은 금잔디로 덮인 정원이었다. 대추나무와 살구나무가 자라는 정원엔 담쟁이덩굴 그늘 속에 둥근 탁자와 등받이 없는 벤치가 놓여 있었다. 동네 사람들이 오가다가 다리 힘을 풀고 숨을 돌리는 곳이었다.

닷새 만에 여자는 기운을 차리고 일어났다. 뺨에서 제법 발그스레한 빛이 돌았다. 한낮이면 의원 뒷문을 열고 뜰로 나가서, 벤치에 앉아 먼 산과 구름을 멍하니 바라보고 시간을 보냈다. 종이를 펼쳐놓고 무언가 끼적거릴 때도 있었다. 여자의 머리 위에선 늘 노랑나비가 팔랑댔고, 붉은머리오목눈이와 방울새 여럿이 발치와 원탁 위에 모여서 놀았다. 어떤 새는 겁없이 여자의 어깨에 내려앉아서 부리로 깃털 속을 뒤졌다.

어제나 오늘이나 정박사는 환자를 진료하느라 쉴 짬이 없었다. 부인이 곁에서 그를 도왔다. 원장 사모님으로 불리는 그이는 재작년에 나이가 예순을 넘어가면서 기력이 급격히 떨어져서 환자 돌보는 일을 매우 버거워했다. 그러나 규모가 워낙 작은 의원이었기에 따로 간호사를 두자고 말할 형편이 못 되었다. 엉겁결에 새 식구가 된 여자는 어느 날부터 스스로 알아서 의원 일을 돕기 시작했다. 침대 시트를 빨고 진료실을 청소하고, 물을 끓여서 주사기와 수술도구를 소독하는 일이 그녀의 몫이었다.

의원 건물엔 원장실을 겸한 진찰실과 수술실 이외에 방이 둘 더 있었다. 부엌이 딸린 방 하나는 정박사 내외의 살림방이었다. 여자는 오래도록 비워두었던 가구가 없는 골목 쪽의 작은 방에서 지냈다. 정박사는 결혼하여 도시에 나가 사는 막내딸에게 전화를 걸어서 안 입는 옷가지를 우편으로 보내게 했다. 여자는 그 옷들을 빨아서 햇볕에 보송보송하게 말려 벽에 걸거나 방구석에 개어놓고 하나씩 갈아입었다.

여자는 자신이 어디에서 왔으며 어디로 가는 길이었는지, 대체 무슨 사연이 있는지 밝히기를 꺼렸다. 정박사 내외가 뭐라고 물으면 두어 박자 뜸을 들였다가 고갯짓으로 대꾸했다.

"서울에서 왔어요?"

설레설레.

"다른 식구들은 아가씨가 여기 와 있는 거 알아요?"

절레절레.

"이 집에서 좀더 머무르고 싶어요?"

끄덕끄덕.

말을 알아듣는 걸로 보아 귀머거리나 벙어리는 아니었다. 새벽에 일터로 가는 길에, 그리고 해거름에 돌아오는 길에 동네 남자들은 일부러 길을 빙 돌아서 의원을 지나쳐갔다. 한번 여자를 보았으면 하는 바람에서였다. 어떤 날 여자는 뒤뜰에서 홑이불을 훌훌 털어 줄에 널고 있었다. 또 어느 날엔 방에서 창을 열고 하늘을 떠가는 구름을 멍하니 올려다보았다. 창틀에 팔을 올려놓고 깍지 낀 손으로 턱을 괸 모습이었다.

여자를 직접 목격한 사내들은 역무원들이 퍼뜨린 소문이 거짓이 아님을 알았다. 그녀는 티브이와 잡지에서 본 어떤 여자 이상으로 아름다웠다. 실제로 몸에서 전기가 흐르는지는 알아낼 길이 없었다. 하지만 스치듯이 잠깐 그녀를 보았을 경우에도 가슴이 쿵덕대면서 온몸이 저릿저릿해지는 느낌을 받았다. 처음에 이곳에 올 때 그녀는 너

풀거리는 파마 머리였다. 이젠 꼭뒤에서 머리칼을 한데 모아 붉은색 끈이나 초록색 나비리본으로 묶었다. 분홍빛 피부와 기름한 목, 어깨와 허리와 엉덩이의 모든 곡선에서 매혹이 넘쳤다.

"저 여자가 그 여자야?"

"그런가봐. 미인은 무슨 미인? 지난 겨울에 시집간 봉칠이 누나 뺑순이가 백 배 낫다."

의원 주위에 사는 동네 여자들은 그렇게 헛웃음을 켜면서도 틈만 나면 담 너머로 건너다보며 그녀의 일거수일투족을 살폈다. 여자는 움직임 하나하나가 가뭄 때 개울물 흐르듯이 조용하고 부드러웠다. 늘 실눈을 뜨고 눈꺼풀을 파르르 떨었으며, 해가 중천에 뜬 뒤에도 아직 잠에 빠져서 꿈을 꾸는 표정이었다. 비록 지금은 피치 못할 사정으로 이곳에 발이 묶여 있지만, 언제라도 기회가 오면 다른 하늘로 훌쩍 날아가버릴 것 같았다.

뭉게구름과 먹구름이 뒤섞여 금아산 위를 두텁게 덮은 날 정오에, 산달에 들어선 임산부의 남편에게서 의원으로 다급한 전화가 걸려왔다. 그 집엔 경운기밖엔 탈것이 없었는데 하필이면 그날 경운기가 고장났다. 정박사는 진료 가방을 챙겨들고 아내와 함께 차에 올랐다. 배웅하러 앞마당으로 나선 여자에게 정박사가 다짐을 주었다.

"내가 없는 중에 환자가 찾아오면 다른 병원으로 보내요."

한 시간 남짓 지났을 때였다. 뒷동산 포도밭에서 가지치기하던 한씨가 도끼로 자기 발등을 찍고 비명을 질렀다. 그는 피가 뚝뚝 떨어지는 다리를 끌고 언덕을 내려왔고, 구름 사이로 날아오는 햇살 아래 저수지 둔덕에서 돌부리에 걸려 엎어졌다. 마침 트럭을 몰고 지나가던 용사리 이장이 그를 발견했다. 한씨를 업고 의원으로 들어서며 이장이 외쳤다.

"원장님 계세요?"

빗자루로 바닥을 쓸던 여자가 허리를 펴고 고개를 돌렸다. 곧 포도밭 한씨를 수술실로 들여서 침대에 누이게 했다.

"왕진 나가셨나보네요?"

이장이 다시 묻자 여자는 보일 듯 말 듯 고개를 까닥였다. 그 다음부터 그녀가 보여준 행동은 두 사내를 어리둥절하게 만들었다. 조금도 머뭇대거나 쩔쩔매는 기색 없이 소독약으로 한씨의 발등에 엉긴 피를 닦아냈고, 마취약을 주사기에 넣어 발목에 놓았다. 마취약 기운이 퍼질 때를 기다려 봉합사로 찢어진 부위를 한 땀 한 땀 꿰맸으며, 상처에 약을 바르고 붕대로 발을 친친 감았다.

다시 한 시간이 지나서 의원으로 돌아온 정박사는 용사리 이장한테서 자초지종을 듣고 한참이나 허어허어 하고 감탄하며 입냄새를 풍겼다. 이장이 포도밭 한씨를 데리고 돌아간 뒤에 정박사는 여자를 원장실로 불렀다. 앞으로 두 손을 모은 여자한테 물었다.

"어디 병원에 있었는고?"

여자는 잠자코 고개를 숙이고 서서 양쪽 구두코를 맞붙이고 비벼댔다. 굳이 말하지 않아도 알겠다는 얼굴로 정박사는 자세를 풀었다. 아내가 들어가서 쉬고 있는 방을 턱으로 가리켰다.

"사실 저 사람은 진작 일에서 손을 뗐어야 할 정도로 몸이 시원치 않아요. 아가씨가 무슨 일로 이곳에 오게 되었는지는 모르겠으나, 언제든 가고 싶을 땐 떠나도 좋아요. 그때까지 내 곁에서 환자 진료를 도와주면 고맙겠소."

의원에서 골목 두 개를 돌아간 곳에 잡화 가게가 있었다. 여자는 정박사가 교회에 가면서 진료를 쉬는 일요일 낮에 의원을 나서 그 가게로 갔다. 역에서 의원으로 실려온 이후로 첫번째 외출이었다. 자기 집 마당에 쭈그리고 앉은 출성이네 엄마는 자꾸 꼬리치며 달려드는 강아지를 팔꿈치로 쥐어박으며 김칫거리를 다듬고 있었다. 일순간 훤히 열어놓은 대문 밖으로 무언가 소리없이 스쳐가는 느낌에 고개를 들었다. 곧장 칼을 양푼에 내려놓고 일어나서 대문으로 달려가 목을 길게 뽑았다.

의원집 여자가 골목 저쪽으로 걸어가는 게 보였다. 나비 여럿이 머리 위에서 팔랑거리며 그녀를 따라 날아갔다. 여자는 물 빠진 청바지를 입고 몸에 달라붙는 연둣빛 반소매 셔츠를 걸쳤다. 여자의 하체로 눈길을 내린 출성이네 엄마는 숨이 멎는 듯했다. 시원스레 뻗은 여자의 두 다리는 맨땅이 아니라 탄력 있는 고무판 위를 걸어가는 듯했다. 좁은 논둑 위를 걷듯이 곧게 직선으로 내딛는 걸음걸이에선 전혀 체중이 느껴지지 않았다.

그 시간에 봉산댁은 가게 안쪽 어둑한 방에 앉아서 신문을 접어 휘저으며 파리를 쫓고 있었다. 가게 바깥문에 허리 높이로 내건 공중전화로 다가서는 여자가 보였다. 봉산댁의 눈에 여자의 풍만한 가슴과 군살 한 점 없는 아랫배가 들어왔다. 이전까지 봉산댁은 가슴이 크고 허리가 굵거나, 또는 양쪽 다 살집이 없는 여자 이외엔 이 세상에 존재하지 않는 줄 알았다.

여자는 전화기에 동전을 넣고 귀에 수화기를 갖다댔다. 잠시 뒤에 미간을 살짝 찌푸리더니 수화기를 놓으며 돌아섰다. 딸가닥 하고 동전 떨어지는 소리가 들렸다. 여자는 동전을 회수하는 걸 잊고 그대로 가게 앞을 떠났다. 봉산댁은 축 처진 어깨로 멀어지는 여자를 넋을 잃고 바라보았다. 여자가 골목을 돌아서 사라질 때까지 침을 꿀꺽 삼키며 뚫어지게 궁둥이를 노려보았다. 뒤늦게 봉산댁은 자신이 여자한테서 야릇한 감정을 느끼고 있는 걸 깨달았다. 오금이 저릿저릿하면서 젖가슴에 응어리가 생긴 느낌에 지레 놀라서 둘둘 만 신문으로 자기 옆머리를 툭 때렸다.

'이게 무슨 일이람? 내가 정신이 나가도 단단히 나갔지!'

그날 여자를 직접 본 아낙네는 여러 명 더 있었다. 남편과 함께 경운기를 타고 비닐하우스로 가던 경자네 엄마, 고추밭에서 김을 매던 맹씨 부인, 자기 집 옥상에서 된장독 방충망을 고쳐 씌우던 배나무밭 영주댁은 여자가 느린 걸음으로 동네를 반 바퀴 돌고 의원으로 돌아가는 걸 보았다. 여자는 안절부절못하는 낯으로 줄곧 주위를 두리번거렸다.

아침부터 부슬비가 내리던 날, 동네 여자들은 어느 집 마루에 모여서 개떡을 쪄먹으며 의원집 여자를 헐뜯었다.

"과거가 보통 수상쩍은 여자가 아니야."

"마누라 있는 남정네하고 놀아나다가 들통나서 이곳으로 도망쳐온 게 틀림없어. 늘 무언가에 쫓기는 표정이잖아."

"온몸에서 요기가 자르르 흐르는 게 여간내기가 아닌 것 같아. 모두 서방 단속 잘해야겠어."

말은 그리 했지만 속으로는 영 떳떳하지 않았다. 솔직히 누구도 그녀의 아름다움을 의심하기 어려웠으며, 그녀한테서 음탕하다거나 요사스럽다는 느낌을 받은 적이 없었다. 여자는 언제나 행동거지가 신중하고 조심스러웠으며 입을 꾹 다물고 지냈다. 길에서 다른 사람과 마주치면 상대가 지나갈 때까지 한쪽으로 비켜서서 고개를 숙이고 기다렸다. 그리고 일 주일에 한 번씩 전화를 걸고자 의원에서 가게 사이를 오가는 게 바깥나들이의 전부였다.

어느 시기를 넘어가면서 동네 여자들은 전에 없이 잠자리에서 남편의 팔죽지를 당기며 보챘다. 온종일 논밭에서 일하고 중간에 막걸리 추렴을 벌이느라 온 뼈마디가 쑤시는 하루를 보낸 남편들은 무릎을 꿇고 싹싹 빌었다.

"여보, 제발. 몸이 천근만근이야."

급기야 더는 못 참고 눈을 부라리며 거칠게 손사래를 쳤는데, 상관없이 여자들은 막무가내로 남편의 허리 밑으로 파고들었다. 고추밭 맹씨는 밤마다 애들 방으로 기어들어가선 늦도록 천장을 바라보고 누워 개구리처럼 툭 튀어나온 눈을 끔벅였다. 애들이 돌아가며 아버지에게 같은 물음을 던졌다.

"안 주무세요? 그만 건너가세요. 불 끄고 자야지 내일 학교 가지요."

"오죽하면 내가 이러겠니. 안방에서 너희 엄마 코 고는 소리 들려오면 그때 건너가마."

아침에 일터로 나가는 남자들의 얼굴은 보기 딱할 정도로 까칠했다. 모두 허옇게 버짐이 일었고 눈이 퀭했다. 삽을 지팡이 삼아서 들길을 걷다가 다리 힘이 풀리는 바람에 맥없이 쓰러져 바닥에 코를 찧은 사내도 있었다. 자린고비 문씨는 동네 가게에서 얼음과자 하나 사 먹는 일이 없는 사람이었는데, 어느 날 아침에 불현듯 가게 문을 드르륵 열고 들어섰다. 봉산댁이 놀란 얼굴로 고개를 갸우뚱했다.

"혹시 잘못 들어오신 거 아니에요?"

"어째 아침부터 목이 바짝바짝 타네? 국이 너무 짰나?"

그는 드링크제를 두 개나 사서 한 입에 털어넣었다. 그랬는데도 가게를 나서 들판으로 들어서는 걸음걸이는 갓 돌이 지난 젖먹이처럼 정신없이 휘청거렸다. 하늘이 노랗게 보이는 증상도 전혀 가라앉지 않아서 몇 번이나 발을 멈추고 제자리에 주저앉았다.

유월 중순으로 들어서자 아침저녁 다르게 날씨가 무더워졌다. 벌써 더위를 먹어서 신경이 흐트러진 사내들은 조심성 없이 행동하다가 곧잘 사고를 당했다. 손가락과 발가락을 다친 이가 한둘이 아니었고, 찬물을 벌컥벌컥 들이켜거나 어째 맛이 간 듯한 음식을 들고는 쉽게 배탈났다. 괜히 나무 위에 올라갔다가 떨어져서 발목을 삔 이도 있었고, 십 년 전에 밭에서 돌을 고르다가 다친 허리가 갑자기 쑤셔와서 제대로 일을 보기 힘들다며 툴툴대는 이도 있었다.

그들은 다른 사람 모르게 일터를 슬며시 벗어나서 의원으로 향했다. 의원 앞마당으로 들어서면서 모든 사내가 여자한테서 주사를 맞는 광경을 떠올리고 히죽댔다. 늘 원장과 여자가 그들을 맞아주었다. 진찰을 한 뒤에 정박사가 증상이 가벼우니 약을 먹는 걸로 충분하다고 말하면 하나같이 앓는 소리를 내며 고집을 부렸다.

"원장님, 딱 한 대만 맞게 해주세요. 저는 원래 주사 체질이거든요."

어떤 이는 팔뚝에 맞으면 되는 주사를 꼭 엉덩이에 놔달라고 애원했다. 콩밭 장씨는 주사를 맞기 전에 무릎까지 바지를 다 내렸다. 그 꼴로 침대에서 위를 보고 눕는 만용을 부렸다가 원장한테 한마디 들었다.

"거기에 맞았다가 불구가 되고 싶은가?"

주사를 맞는 순간에 사내들은 발작을 일으켰다. 몇 번이나 침대에서 몸을 위로 높이 들었다가 내렸다. 여자가 손바닥으로 찰싹 엉덩이를 때릴 때, 주사를 놓을 때, 소독약을 묻힌 솜으로 주사 맞은 자리를 찍어서 누를 때 그들은 엄청난 전기 충격을 받았다.

집에 돌아가서도 쇠붙이에 손을 댈 때마다 깜짝깜짝 놀라며 몸을 떨었다. 밥을 먹던 중에 숟하게 숟가락을 떨어뜨렸고, 국을 마시려고 대접을 들었다가 그대로 뒤집어엎는 바람에 밥상을 엉망으로 만들었다. 하지만 며칠 지나서 몸에서 전기가 흐르는 느낌이 가시면 다시 이런저런 증상을 대며 의원을 찾았다. 피를 팔아서라도 주사를 맞으려 드는 마약 중독자들 같았다. 갈수록 의원은 분주해졌고, 집집마다 병원비로 나가는 돈의 액수가 급증했다.

정박사의 아내는 의원 일에서 손을 놓은 뒤로 시름시름 앓더니 급기야 몸져누웠다. 밥을 짓고 남편의 옷을 챙기는 일마저 새로 간호사가 된 여자에게 넘겨버렸다. 한 달가량 자리보전하다가 어느 날 새벽에 꿍 소리를 내고 일어나서 짐가방을 꾸렸다. 아들네 집에 가서 쉬고 오겠다는 것이었다.

"꼭 그래야겠소?"

그이는 해가 떠오르기 무섭게 정박사의 만류를 뿌리치고 방을 나섰다. 혼자서 가겠다는 걸 정박사가 차에 억지로 태워 역까지 데려다주었다. 역무원 박씨는 아침 햇살 속에서 정박사 내외가 헤어지는 광경을 지켜보았다. 서늘하면서 무거운 분위기가 두 내외 사이에 흘렀다. 기차가 플랫폼에 멈춰 서기 무섭게 정박사 부인은 승강구에 올라 객실 안으로 사라졌고, 기차가 출발하기 무섭게 정박사는 개찰구를 돌아나와서 자동차에 올랐다. 역무원 박씨는 그들이 말 한마디 나누는 일 없이 작별하는 걸 처음 보았다. 그래서 새로운 소문이 만들어져 금세 온 마을로 퍼져나갔다.

"원장 사모님은 다시는 돌아오지 않을 거래. 내외가 여러 날 심하게 다투었대. 모두 그 여자 때문이래."

원장과 여자가 수술실에서 서로 꼭 끌어안고 있는 걸 목격한 이가 있다는 소문이 뒤따랐다. 목격자가 누군지는 알려지지 않았다. 그들은 안방에서 같이 세 끼 식사를 하며, 저녁나절 내내 여자의 방에 불이 들어오지 않은 걸로 보아서 두 사람이 안방에서 밤을 보낸다는 소문도 있었다. 앞동산 교회에서 일요일이면 교인들은 원장 뒷전에서 쑥덕거렸고 장로 자격을 박탈해야 한다는 얘기까지 나왔다.

이런 소문과 무관하게 의원은 별 탈 없이 순조롭게 굴러갔다. 허구한 날 사내들이 주사를 맞으러 문 앞에 길게 줄을 섰다. 여자는 무표정한 얼굴로 원장 곁에서 진료 보조를 했고, 진찰실과 수술실을 정리하고 약을 조제하고 주사를 놓는 일에 게으름이 없었다. 그러던 어느 날, 고추밭으로 제초제를 치러 가던 맹씨는 의원 뒤뜰에서 원장의 속옷을 빨랫줄에 너는 여자를 보았다. 곁에 널린 건 여자의 속옷이었다. 맹씨는 곧장 달음박질쳐서 집으로 돌아갔다. 부엌에서 설거지하다가 동그란 눈으로 돌아보는 아내에게 와락 달려들며 외쳤다.

"여보, 내가 무얼 봤는지 알아? 두 사람 속옷이 바람에 사이좋게 펄럭거리고 있더라고!"

비구름이 낮게 깔린 일요일 오전에 원장은 여자와 함께 교회에 모습을 드러냈다. 나란히 앉아서 예배를 보았고, 귀가할 때도 후드득 떨어지는 빗방울 속에서 우산을 같이 쓰고 언덕길을 내려왔다. 할아버지와 손녀, 또는 아버지와 딸처럼 보였다. 골목에서 정박사와 헤어진 여자는 주보를 펴서 머리에 얹어 비를 가리고 가겟집으로 갔다. 여느 일요일처럼 그곳에서 어디론가 전화를 걸었는데 이번에도 상대방 쪽에선 받지 않았다. 여자는 낙담한 얼굴로 수화기를 내려놓았고,

동전을 회수하는 걸 잊은 채 그대로 비를 맞으며 의원으로 돌아갔다.

그렇게 여름이 가고 가을이 왔으나 원장의 부인은 돌아오지 않았다. 한 번 아들이 다녀갔다. 가래가 끓으면서 가슴이 답답하여 의원에 들른 배추밭 홍씨는 안방에서 정박사가 아들과 다투는 소리를 들었다. 아들의 목소리는 아버지보다 곱절로 컸다.

"지난 세월 어머니가 어떻게 살아오셨습니까? 어머니한테 이러시는 거 아닙니다."

"이놈아, 감히 누구 앞이라고 훈계를 늘어놓는 거냐? 또 그런 터무니없는 소리를 입에 올릴 거면 다시는 이곳에 발도 들이지 말거라."

자리를 박차고 의원을 나선 원장 아들은 자동차에 올라 시동을 걸었다. 그때 여자는 뒤뜰 벤치에 앉아 있었다. 아들은 차에서 내려 여자한테 다가갔고, 탁자 맞은쪽에 앉아서 한참 여자에게 무어라고 말했다. 여자는 원탁에 이마가 닿을 정도로 고개를 숙이고 잠자코 원장 아들의 얘기를 들었다. 차로 돌아가기 전에 원장 아들은 원탁 위에 탁 소리를 내며 봉투 하나를 내려놓았다.

아들이 다녀간 다음주 일요일에 정박사는 교회에 가지 않았다. 그가 주일 예배를 거르기는 처음 있는 일이었다. 햇살이 여간 따갑지 않은 한낮에, 점심때가 지나서 의원 뒷문이 열리고 여자가 밖으로 걸어나왔다. 이곳에 올 때의 옷차림이었다. 감색 원피스를 입고 팔뚝에 흰색 셔츠를 걸쳤으며 다른 손엔 작은 가방을 들었다. 여자는 뒤뜰 벤치에 앉아서 꼼짝 않고 무언가 곰곰이 생각했다.

얼마 만에 가방을 집어든 여자는 뜰을 빠져나와서 길로 나섰다. 고개를 한껏 뒤로 젖히고 하늘을 올려다보았다. 새들이 짙푸른 하늘을 가로질러 날아다녔고 잠자리들은 땅바닥 위를 낮게 떠다녔다. 저만치 여름이 멀어져갔는데도 길가 미루나무에선 마지막 남은 목숨을 다하여 매미들이 요란스레 울어댔다. 손차양으로 햇살을 가린 여자는 기차역 쪽을 물끄러미 바라보았다. 삼십 분 뒤에 역으로 기차가 들어오게 돼 있었다. 여자는 역으로 가는 길을 느릿느릿 걸어갔다. 가게 앞에 이르러 입술을 깨물더니 공중전화를 돌아보고 발을 멈추었다. 전화기로 다가가서 가방을 열어 동전을 꺼냈고, 수화기를 들어 귀에 대고 투입구에 동전을 넣었다.

가겟집 봉산댁은 엉덩이를 움직여 방의 문턱으로 붙어 앉으며 두 눈을 홉뜨고 여자의 움직임을 살폈다. 전화기 버튼을 차례로 누른 여자는 마른침을 삼키며 수화기를 다른 쪽 귀로 옮겨서 댔다. 지금껏 그녀는 한 번도 원하는 상대와 대화를 나누지 못했다. 그런데 뜻밖에도 이번엔 통화가 이루어졌다. 여자 스스로도 놀란 듯했다. 전화기 속으로 딸각 하고 동전 떨어지는 소리가 들리자 표정이 돌덩이처럼 굳었다. 이곳에 온 이후에 처음으로 여자는 입을 열었다. 한없이 맑고 깨끗하면서 가늘고 나약한 목소리였다.

"저예요. 그 동안, 잘 지내셨어요?"

뒤이어 여자는 상대의 얘기를 듣는지 말이 없었다. 가겟집 봉산댁은 여자의 뺨에서 경련이 이는 걸 보았다. 어깨와 팔과 두 다리도 덜덜덜 떨리고 있었다. 전화선까지 물결치듯이 흔들렸다. 여자가 다시 입술을 뗐다.

"하지만, 이제 와서, 저한테 그런 말씀,"

그때 상대가 일방적으로 전화를 끊은 듯했다. 여자는 귀에서 수화기를 떼어서 앞에 들고 들여다보다가 다시 귀에 댔다. 여자의 눈에서 눈물 두 줄기가 주르르 흘러 턱을 타고 땅으로 떨어졌다. 여자는 손등으로 눈물을 훔쳤고, 다음 순간 손에서 수화기를 놓쳤다. 여자는 오래도록 제자리에 우뚝 선 채로 울었다. 여자의 발부리 앞쪽은 눈물에 흠뻑 젖어서 짙은 먹빛으로 변했다.

이윽고 여자는 곧 쓰러질 듯이 비틀거리며 가게 앞을 떠났다. 체중을 느낄 수 없었던 걸음걸이는 온데간데없이 사라졌다. 질질 끌리는 여자의 구두 발자국이 땅바닥 위에 길게 이어졌다. 여자는 역으로 가는 길을 버리고 방향을 틀었다. 아무도 그녀가 어디로 가는지 알지 못했다. 출성이네 강아지가 꼬리치며 얼마만큼 그녀를 졸랑졸랑 따라가다가 고개를 갸웃하며 마을로 돌아갔다.

여자는 인적 없는 코스모스 길을 걸어 커다란 원을 그리고 마을에서 멀리 벗어났다. 논밭 사이로 난 길을 지나서 과수원을 돌아 언덕을 넘었다. 그 옛날 선비들이 꽃나무 꺾어놓고 시를 지으며 놀던 정자를 지나친 여자는 가파른 오솔길로 접어들었다. 햇살은 한여름 못지않게 뜨거웠다. 여자의 원피스 등마루가 어느 결에 땀에 흠뻑 젖었다. 얼굴이 홍옥처럼 빨갛게 익었고, 이마와 콧등과 목에서 쉬지 않고 땀방울이 굴렀다.

무릎이 꺾이면서 넘어지고 또 넘어지며 여자는 비탈길을 올라갔다. 저 아래로 제법 폭이 넓은 냇물이 흘러가는 깎아지른 절벽 바위 끝에 이르렀다. 그곳엔 바위에 깊이 뿌리를 내린 노송 한 그루가 있었다. 나무 그늘로 들어간 여자는 바위에 털썩 주저앉았다. 여전히 여자는 훌쩍이고 있었다. 눈물은 끝없이 턱을 타고 바위 위로 떨어졌다. 여자의 코에서도 물이 쏟아져나왔다. 셔츠를 돌돌 말아서 두 손에 쥔 여자는 거기에 얼굴을 박았다. 셔츠를 적신 눈물 콧물은 방울방울 무릎과 정강이로 떨어져내렸다.

그날 오후에 원장은 의원을 나서 도보로 동네를 돌았다. 뒷동산과 앞동산에도 올랐고 버스정류장에도 가보았다. 일단 의원으로 돌아간 정박사는 해거름에 기차역에 모습을 드러냈다. 역무원 김씨에게 다가가서 작은 목소리로 물었다.

"우리집 여자 못 보았는가?"

김씨는 지난 오월의 아침나절을 떠올리며 온몸을 푸르르 떨었다. 일부러 말을 돌려서 엉뚱한 소리로 되물었다.

"사모님 말씀이신가요? 아드님 댁에 가 계시지 않던가요?"

여자가 사라진 지 며칠 지나지 않아서 모든 동네 사람이 빠르게 그녀를 잊었다. 동네는 아무 일 없었던 것처럼 원래 모습으로 돌아갔다. 사내들은 가게 앞 평상에서 막걸리를 마시는 중에 잠깐 그녀를 떠올리고 짧게 숨을 내쉬었다. 하지만 막걸리를 한 잔 더 들이켠 뒤엔 올해 작황과 추곡 수매가에 대해서 이야기를 주고받았다. 여자들도 더는 그녀를 떠올리지 않았다. 낯선 여자 하나가 이곳에 와서 넉달 남짓 머물고 간 일을 말끔히 잊은 듯했다.

사나흘 의원 문을 닫아걸었던 정박사는 다시 창을 열어 공기를 갈았고, 추석 때 원장 아들이 어머니를 모시고 와서 내려놓고 홀로 돌아갔다. 원장 부인은 낯빛이 얼음장처럼 차가워졌으며 주름살과 흰 머리칼이 부쩍 늘었다. 어느 날 그이는 그 동안 여자가 쓰던 물건을 모조리 라면상자에 담아서 뒤뜰 건너 쓰레기장으로 가져가 불태웠다. 그날로 여름내 담쟁이덩굴 아래로 찾아와서 놀던 그 많던 새와 나비들은 자취를 감추었다. 정원의 모든 나무에선 잎사귀마다 누렇게 말라서 잔바람에 서둘러 바닥으로 떨어졌다.

모든 사람의 기억에서 지워진 여자, 세상에서 가장 아름다우며 누구에게도 나눠줄 수 없는 슬픔을 지닌 여자는 가을 한복판에 산비탈에서 흑염소를 치는 사내의 눈에 발견되었다. 그는 저 멀리 골짜기 건너편 절벽 위의 바위에 누군가 누워 있는 걸 보았다. 여름날엔 나뭇잎이 무성해서 눈에 잡히지 않던 바위였다. 반나절이 지나서 그가 다시 돌아보았을 때도 그곳 바위엔 누군가 똑같은 자세로 길게 누워 있었다.

게걸음으로 산비탈을 내려간 사내는 나무다리로 시내를 건넜다. 숨을 몰아쉬며 건너편 절벽으로 올라서서 너른 바위에 이른 사내는 한 여자를 보았다. 줄곧 마을을 훌쩍 벗어난 곳에서 살아온 까닭에 그는 그녀가 누군지 알지 못했다. 여자는 아랫배나 가슴이 오르내리는 기색이 전혀 없었다. 가까이 다가가서 무릎을 구부리고 여자의 얼굴을 들여다보았다. 마른나무처럼 야윌 대로 야윈 여자는 행여 무어라고 말을 건넸다간 곧바로 눈물을 쏟을 것 같은 얼굴이었다.

사내는 곁에 놓인 여자의 셔츠를 집어들었다. 셔츠에서 병이 도르르 굴러나왔다. 병뚜껑은 어디로 갔는지, 병 속에 무엇이 들어 있었는지 알 수 없었다. 사내는 그때 여자의 눈꺼풀이 파르르 떨리는 걸 보았다. 여자는 가늘게 절반쯤 눈을 뜬 상태였다. 그 눈은 새털구름이 떠가는 하늘을 향하고 있었다. 사내는 손을 들어 여자의 눈꺼풀을 쓸어서 눈을 마저 감겨주었다.

여자의 허리께에 놓인 가방이 보였다. 지퍼가 열린 가방 속엔 겉봉에 아무것도 적지 않은 편지가 한 움큼 들어 있었다. 사내는 지퍼를 닫아서 가방을 바로 세워놓았고, 흰털 셔츠를 펼쳐서 먼지를 털어 여자의 상체를 고루 덮어주었다. 서늘한 바람이 불어와 여자의 이마에 흐트러진 머리칼을 한쪽으로 날렸다. 여자는 그제야 표정이 풀어지면서 한결 편안한 낯으로 변했다. 여자의 얼굴에 가늘게 미소가 스쳤다. 어쩌면 앞으로는 오래도록 행복했던 기억만을 떠올리며 곤히 잠들 수 있을 듯했다.

사내는 여자 곁을 떠나서 비탈길을 도로 내려갔다. 나무다리를 건너 흑염소들이 풀을 뜯는 곳으로 올라갔다. 새끼 염소 한 마리가 가파른 언덕 흙구덩이에 발이 빠져 울고 있었다. 사내는 염소를 들어서 위쪽 반반한 땅에 올려놓았다. 직후에 골짜기 위쪽에서 저 아래 탁 트인 평야로 바람이 불어가기 시작했다. 몸을 가누기 힘들 만큼 거센 바람이었다. 사내는 손으로 바닥을 짚고 자세를 낮추어 뒤로 돌아서 맨바닥에 궁둥이를 붙이고 앉았다.

건너편 절벽 쪽을 살폈으나 바위도 소나무도 바위 위의 여자도 보이지 않았다. 눈에 들어오는 건 화려하고 찬란한 빛뿐이었다. 들국화와 구절초와 쑥부쟁이와 온갖 이름 모를 가을꽃들이 희고 노랗고 붉은 빛으로 계곡을 뒤덮으며 날아갔다. 코를 찌르는 꽃향기가 골짜기에 가득했다. 이 가을이 마저 가서 함박눈이 펑펑 쏟아질 때까지 쉬이 그치지 않을 것 같은 꽃바람이었다.

나무와 벽돌

내 상상 속에서 그는 안데스 산맥 너머의 초원을 걷고 있었다. 맑은 하늘, 상쾌한 바람, 짙푸른 풀밭, 하늘하

늘 흔들리는 들꽃. 시야가 훤히 트인 초원 한복판엔 침대가 하나 놓여 있었다. 침대 위로 올라간 사내는 큰대

자로 드러누웠다. 곧이어 세상에서 가장 편안하고 느긋하며 행복한 얼굴로 깊은 잠에 빠져들었다.

누구나 한두 번은 자기 집을 찾지 못하고 길을 헤맨 기억이 있을 것이다. 이사한 지 얼마 안 되었거나 탈진한 몸으로 귀가할 때, 잡념으로 머릿속이 어지러울 때 왕왕 이런 일이 벌어진다. 특히 풍경이 겹쳐 보이게 만드는 봄날 아지랑이는 우리 앞에 곧잘 미로를 펼쳐 보인다.

언제던가 독감에 걸려서 집에 박혀 지내다가 오랜만에 외출한 날, 일찍 일을 마치고 돌아와 동네 버스정류장에서 내렸을 때 나는 약 먹은 닭이 돼 있었다. 자꾸 한쪽으로 몸이 기울어졌고 목에선 *꼬꼬꼬꼬* 소리가 나왔다. 가장 먼저 눈에 들어온 약국은 다리에 힘이 풀린 사람의 눈엔 무릎 높이쯤 돼 보이는 콘크리트 계단을 세 개나 올라가야 했다. 약사는 '웬 닭이 약국에 다 들어오지?' 하는 얼굴로 나를 바라보았다. 드링크제를 사먹고 밖으로 돌아나왔다. 라일락 향기가 어지럼증을 부추기는 골목으로 접어들어 휘청대면서 얼마만큼 걸어갔다. 낯익은 가게가 저만치 보였고 내가 가끔 이용하는 우체통도 눈에 들어왔다.

길게 안도하는 한숨을 내쉬며 가게 앞을 지나서 전봇대를 끼고 왼쪽으로 돌았다. 그런데 그곳에 내가 사는 집은 없었고, 노란색 가방을 어깨에 멘 병아리들이 재잘대며 노는 널찍한 놀이터가 나왔다. 골목을 여러 개 더 돌았으나 집은 나타나지 않았다. 누구네 집 담에 등을 대고 서서 숨을 골랐다. 이마에선 땀이 비 오듯이 쏟아졌고 다리가 후들거렸다. 약수터에 다녀오던 옆집 노인이 나를 발견하지 않았더라면 아마도 아직까지 그 자리에 서 있을지 모르겠다. 노인이 바짝 다가서서 고개를 갸웃하며 내 눈을 들여다보는 순간, 어찌나 반가웠던지 와락 끌어안고 볼이라도 비비고 싶었다.

한번은 의정부에서 오밤중에 길을 잃었다. 당시에 나는 노량진에서 살고 있었다. 길이 시원스레 잘 뚫리는 시각에도 택시로 한 시간 이상 걸리는 거리였다. 그리고 의정부라면 경기도가 아니던가. 아무리 술을 많이 마셨다고 해도 그처럼 전혀 엉뚱한 곳에서 집을 찾고 있었다는 건 지금도 도무지 이해가 되질 않는다. 밤거리엔 오가는 행인이 없었다. 보도에 붙어서서 비상등을 깜박거리는 순찰차가 보였다. 나는 순찰차를 향해 두 손을 번쩍 들고 달려가며 만세를 불렀다. 너구리 둘이 의자를 뒤로 한껏 젖히고 앉아서 사이좋게 나란히 졸고 있었다. 창을 탕탕탕 두드리자 놀란 너구리들이 눈을 번쩍 뜨고 윗몸을 바로 세웠다.

운전석 너구리가 차창을 내렸고, 조수석 너구리는 허리에 찬 방망이에 손을 댔다. 내가 그들에게 외쳤다.

"야호, 마침 잘 만났어요! 여기가 노량진 맞지요?"

그러자 너구리들은 잠깐 멈칫하며 서로 얼굴을 바라보더니, 갑자기 상대의 어깨를 손바닥으로 세게 때려가며 배꼽이 빠져라 웃어댔다.

"노량진? 푸하하하하! 웬 노량진? 푸하하하하하!"

바다뿐 아니라 육지에도 버뮤다 삼각지대 같은 게 있다는 얘기를 들은 적이 있다. 이 세상 여기저기에 시간의 늪이나 공간의 블랙홀이라고 부르는 곳이 숨어 있다는 것이다. 특정한 시간대에 이곳에 발을 디디는 사람은 일순간 전혀 엉뚱한 지역으로 날아가버린다. 가령 좀 전까지 서울 남대문 앞길을 걷던 사람이 파리로 붕 날아가서, 개선문 꼭대기에서 샹젤리제 거리를 내려다보며 신음하는 일이 벌어질 수도 있다.

의정부에서 길을 잃고 헤맨 이후에, 한동안 나는 한밤중이나 안개가 짙게 낀 날이면 신경을 곤두세우고 길을 걸었다. 내가 막 발을 내디딘 땅바닥이 왠지 물렁물렁한 느낌이 든다 싶으면, 제자리 뜀뛰기 하듯이 재빨리 개구리처럼 폴짝 도약해서 그 자리를 벗어났다. 이 세상엔 내가 생전에 꼭 가보고 싶은 곳이 있는가 하면, 꿈에서도 방문하고 싶지 않은 땅 또한 적지 않기 때문이었다.

비자를 발급받고 비행기표를 사고 시차로 고생하는 일을 모조리 생략한 채 갑자기 허공을 날아가서, 이스탄불이나 아일랜드 해안이나 아스텍 유적지에서 쾌청한 아침을 맞는 일은 언제라도 대환영이다. 온종일 화려한 장례 행렬이 꼬리를 문다는 그 옛날 아샨티 왕국의 수도 쿠마시, 인도양 연안의 이름난 휴양지인 케냐의 몸바사에도 가보고 싶다. 그러나 한여름날 반바지에 러닝셔츠 차림으로 동네를 거닐다가 블랙홀에 빠지는 바람에, 졸지에 영하 칠십 도의 남극 맥머도 계곡으로 날아가서 동태가 되는 일은 다른 사람에게 양보하고 싶다.

지금은 일층에 은행이 세든 어마어마한 덩치의 건물이 서 있지만,

광화문 네거리 동아일보 건너편엔 한때 국제극장이 자리하고 있었다. 그곳에서 내가 한 사내를 만난 건 지금부터 오 년 전이었다. 그즈음에 나는 고향을 떠나 유랑하는 인디오들에 관한 책을 번역하고 있었다. 그 책의 저자는 이들에게서 공통된 몸짓과 표정을 읽어냈다. 눈동자에 초점이 없으며 끝없이 주위를 둘러본다. 눈을 자주 끔벅이며, 내처 들고 있던 물건을 어디에선가 놓쳐버린 듯이 줄기차게 두 손을 맞비빈다.

서대문에 위치한 출판사에 들러서 교정지를 돌려주고 거리로 나왔을 때였다. 무슨 일을 새로 시작하기엔 너무 늦었고 그만 하루 일과를 마무리하기엔 좀 이른 시각이었다. 나는 곧장 집으로 갈까, 아니면 종로3가나 충무로까지 걸어가서 영화를 한 편 보고 귀가할까 궁리했다. 아직 여름날인데 선선한 바람이 불고 있었고 하늘은 구름 한 점 없이 짙푸른 빛이었다. 산보하기에 딱 좋은 날씨에 취해서 터벅터벅 걷다보니 광화문 네거리 정류장이 나왔다.

버스를 기다리는 사람들 뒤쪽으로 두어 발짝 물러서서 주위를 살피는 사내가 눈으로 빨려들어왔다. 책에서 본 중남미 인디오들을 떠올리게 하는 사내였다. 손바닥을 맞비비며 눈을 빠르게 끔벅이는 것도 그러했고, 얼굴 생김새와 체구도 사진 화보의 인디오들과 매우 흡사했다. 중키에 깡마른 몸매, 새까맣게 탄 피부, 제비집을 엎은 것처럼 숱이 적고 부스스한 머리칼, 납작한 코, 툭 튀어나온 광대뼈. 사내는 나와 눈이 마주치자 움찔하며 황급히 다른 데로 고개를 틀었다.

얼마 만에 내가 여전히 자신을 쳐다보는 걸 알아채고 살얼음판을 걷듯이 조심조심 발을 떼서 내 앞으로 다가왔다. 모터를 단 것처럼 엄청나게 빠른 속도로 손바닥을 비비며 기어드는 목소리를 냈다.

"혹시 저를 아십니까?"

뒤이어 두 손을 펼쳐서 턱밑에 대고 훅 하고 입김을 불었다. 손바닥에 불이라도 난 듯한 동작이었다. 내가 머뭇거리자 그는 멋쩍은 미소를 머금었다.

"사실 저는 지금 난감한 상황에 처해 있습니다. 직장이 근처에 있는데요. 집에서 낮에 출근해서 밤새워 근무하고 다음날 낮에 퇴근하지요. 그런데 오늘 저는 그만 집으로 가는 길을 잃어버렸습니다. 여기서 버스를 타야 하는데, 우리 동네로 가는 버스 번호는 물론이고 동네 이름도 기억나질 않습니다. 어려운 부탁인 줄 알지만, 저를 좀 도와주실 수 있겠습니까?"

나는 사내의 행색을 살폈다. 위아래로 감색 제복을 입었고, 신문을 둘둘 말아서 바지 호주머니에 찌른 모습이었다. 어느 회사에서 야간 경비원으로 일하는 듯했다. 밤을 꼬박 새웠는지 두 눈에 검붉은 실핏줄이 도드라졌다. 제복의 왼쪽 가슴엔 흰색 실로 'K. K. M'이라는 글자가 박혀 있었다. 회사 이름의 머릿글자로 여겨졌다. 가건물 상사? 고구마 주식회사? 그러나 세상에 그런 이름의 회사는 있을 것 같지 않았다. 어쨌든 그 사내는 흙에서 막 캔 고구마하고도 닮아 보였다. 내가 물었다.

"지금 집엔 누가 있지요?"

사내가 벅벅 소리를 내며 뒤통수를 긁었다.

"아내 혼자 있습니다. 아들녀석은 학교에서 아직 돌아오지 않았을 겁니다."

그는 관자놀이에서 끈적끈적한 땀을 흘리고 있었다. 어찌해야 할지 몰라서 나는 얼마간 그와 말없이 마주 보고 서 있었다. 둘 다 표정과 자세가 딱딱하고 어색했기에 행인들이 의아해하는 눈으로 쳐다보았다. 그가 누군지 전혀 모르는 상태에서 과연 그를 도울 수 있을지 자신이 없었다. 하지만 일단 자리를 옮겨서 생각해보기로 했다. 나는 그를 데리고 뒷골목 커피숍으로 갔다. 냉커피를 한 잔씩 앞에 놓고 앉아 있는 중에 그는 줄곧 다른 자리를 둘러보았다. 혹시 아는 사람이 없나 살피는 듯했다.

내 머릿속으로 아마존의 어느 인디오 얘기가 흘러갔다. 그는 열 살 나이에 모든 가족이 하루 한 끼로 겨우겨우 살아가는 고향을 떠나서 도회지로 갔다. 일자리를 얻어서 돈을 모은 뒤에 집으로 돌아가서, 가족 모두를 통통한 올챙이배로 만드는 게 꿈이었다. 그런데 그날 벌어 그날 먹기에도 버거운 날이 하염없이 이어졌다. 햄 통조림 두 상자를 양 어깨에 하나씩 얹고 씩씩한 발걸음으로 고향으로 돌아간 건 집을 나선 지 십 년이 지났을 때였다.

그러나 예전의 울창하던 밀림은 온데간데없었고 시끄럽고 번화한 도시가 들어서 있었다. 빌딩숲 속에서 그는 하루에 햄 통조림 하나를 따서 먹으며 가족을 찾아다녔다. 통조림 두 상자를 깨끗이 먹어치운 뒤에 영 속이 거북한 아랫배를 움켜쥐고 다시 그곳을 떠났고, 지금은 통조림 공장에서 일하고 있다고 한다. 돈이 생기는 대로 절반은 통조림을 사서 자기 방에 쌓아두고, 나머지 돈으로는 가족의 인상착의를 적은 전단을 만들어 들고 휴일마다 거리를 돌아다닌다.

나는 손짓으로 내 앞의 사내에게 냉커피를 들라고 권했다. 그는 한 모금을 마셔서 목을 축이고 얼음 조각을 입에 물었다. 볼 한쪽이 불룩해진 얼굴로 허공을 응시하더니 볼 속에서 얼음이 저절로 다 녹을 때까지 기다렸다가 입술을 뗐다.

"사실 집을 잃어버린 게 이번이 처음이 아닙니다. 예전에 정류장 뒤쪽엔 국제극장이 서 있었지요. 은행 건물이 들어선 이후로 일 년에 한두 번 꼴로 집으로 가는 길을 잃어버렸습니다. 그 자리에 국제극장이 있을 때부터 그곳에서 집까지 왕복하는 생활을 되풀이했는데요. 그 극장이 사라져버리자 갑자기 그런 일이 벌어졌습니다."

"마지막으로 길을 잃은 게 언제지요?"

"지난 겨울입니다."

"그때는 어떻게 집을 찾아갔지요?"

"밤새도록 정류장에 서 있다가 다음날 낮에 다시 회사로 돌아갔습니다. 아내가 회사로 전화를 걸어왔습니다. 아내는 무슨 영문인지 제게 물었습니다만, 저는 사실대로 털어놓지 않았습니다. 회사 사정으로 이틀 연장 근무를 하게 되었다고 둘러댔지요."

북아메리카 원주민 가운데 사오마 족 사람들은 오늘날에도 로키 산맥 북서쪽에서 무리를 이루어 살고 있다. 토속 공예품을 만들어 중개상에게 팔아 생활비를 마련한다. 그들의 숫자는 여느 인디언 부족보다도 빠른 속도로 줄어들고 있다. 이런저런 이유에서 집을 나섰다가 길을 잃어버린 사람들, 그리하여 그날 안으로 집을 찾아서 돌아가지 못한 사람들이 귀가를 포기해버리기 때문이다. 그들은 단 하루라도 길을 잃고 집 밖에서 밤을 보낸 자의 영혼엔 악령이 깃든다고 믿는다.

나는 그들이 묘사한 이 악령의 그림을 본 적이 있다. 뜻밖에도 우리 나라 신라 시대의 처용과 비슷하게 생겼다. 집으로 악령이 들어오는 걸 막기 위해서 기와와 부적에 그려넣은, 두 눈을 부릅뜬 험악한 얼굴의 수호신 말이다. 또 어찌 보면 불교에 귀의한 중생을 보호하는 사천왕을 닮았다. 사오마 족은 이런 악령이 깃든 몸으로 집으로 돌아 갔다간 부족 전체를 망하게 만든다고 여긴다. 집으로 가는 길을 잃어 버린다는 것은 영원히 부랑자로 떠돌며 살아가는 신세가 된다는 걸 뜻했다.

사내는 다시 커피잔을 들어서 입술을 축였다. 그에게 물었다.

"집에 전화를 걸지 그러세요? 부인한테 물어보시면 되잖아요."

그는 단호하게 고개를 가로저었다. 그건 도저히 있을 수 없는 일이 라는 얼굴이었다.

"그럼 나한테 친구들 전화번호를 일러주세요. 내가 직접 전화를 걸 어서 집 주소나 동네 이름을 알아볼게요."

사내는 곱절로 난감한 표정을 지으며 음식 위에 내려앉은 파리처 럼 두 손을 또 맞비볐다.

"오래 전에 제 친구들은 모두 행방불명이 되었습니다. 집으로 돌아 온 친구는 아직까지 한 명도 없습니다."

나는 하마터면 손에 들고 있던 커피잔을 떨어뜨릴 뻔했다.

"친구들도 모두 집으로 가는 길을 잃어버렸다는 얘깁니까?"

사내가 말없이 고개를 주억거렸다. 나는 뒤로 상체를 젖혀서 거리 를 두고 그의 얼굴을 유심히 살폈다. 혹시 이 사내는 사오마 족 출신 이 아닌가 하는 느낌이 스쳤다. 사오마 족은 기록에 남아 있기로는 적어도 팔백 년이 넘는 역사를 지닌 부족으로 배를 만들고 고기를 잡 는 기술이 뛰어난 사람들이었다. 지난 팔백 년 안쪽에 그들 가운데 태평양 연안에서 고기를 잡다가 표류하여 이 땅으로 흘러들어온 사 람이 있을지도 모르는 일이었다. 지나가는 말처럼 넌지시 사내에게 물었다.

"사오마 족이라고 들어보셨습니까?"

그는 무슨 소리인지 모르겠다는 얼굴로 눈을 끔벅였다. 바로 그때 그를 도울 수 있는 너무나도 간단한 방법이 떠올라서 나도 모르게 실소가 나왔다.

"주민등록증에 나와 있잖아요. 집 주소 말이에요."

그는 이번에는 정말이지 커피잔에 코를 묻고 죽고 싶다는 얼굴이었다. 고개를 푹 숙이고 눈을 감은 채 한참 말이 없었다. 그가 팔자 좋게 잠을 자는 게 아닌가 하는 느낌이 들 정도였다.

"여보세요. 어서 주민등록증 꺼내보세요."

손바닥을 펼쳐서 그의 턱밑으로 내밀었다. 그러나 그는 여전히 아무런 움직임이 없었다. 그가 잠든 게 틀림없다는 느낌이 들자 약간 짜증이 일었다. 급기야 나는 손바닥으로 탁자를 탁 내리쳤다. 그가 화들짝 놀란 얼굴로 고개를 번쩍 들며 동그랗게 뜬 눈으로 나를 쳐다보았다. 그 눈엔 물기가 어려 있었다.

"한마디로 저는 구제불능입니다. 오늘 이런 일이 벌어질 줄 알았더라면, 주민등록증을 곧바로 갱신했을 겁니다. 한 달 전에 길에서 잃었습니다."

길에서 잃어버린 게 한두 가지가 아닌 사람이었다. 그가 아직까지 잃어버리지 않고 갖고 있는 건 무언지 궁금해졌다. 그때부터 나는 계속해서 묻고, 그는 줄기차게 고개를 가로젓는 일이 반복되었다. 가까운 친척 전화번호는? 몰라요. 옆 동네 이름은? 절레절레. 뒷동네 이름은? 한숨. 이러다가 날이 저물 것 같았다. 그런데 어느 순간에 그가 멈칫하더니 내 질문에 고개를 끄덕이는 믿어지지 않는 일이 벌어졌다.

"확실해요?"

"예."

그는 다행히 자기 회사 이름과 전화번호는 기억하고 있었다. 나는 곧장 그가 다니는 회사로 전화를 걸어서, 청첩장을 보낼 일이 있다고 둘러대고 그의 집 주소를 알아냈다. 지갑에서 명함을 한 장 꺼내서 뒤에 받아적었다. 커피숍을 나와서 같이 네거리 정류장으로 돌아갔다. 그는 자기 집 주소가 적힌 명함을 내게서 받아들고 폴짝폴짝 뛰며 몹시 기뻐했다. 주택복권 1등에 당첨되더라도 그렇게 좋아할 것 같지 않았다. 그는 주먹으로 자기 옆머리를 탁탁탁 때리면서 웃고 또 웃었다. 행선지 표지판에 자기 동네 이름이 적힌 버스가 나타나자 나를 돌아보지도 않고 쏜살같이 달려갔다.

그날 나는 그와 헤어지기 전에 우리집 전화번호를 적어주었던 것 같다. 어쩌면 그에게 준 명함이 내 명함이었는지도 모르겠다. 그때부터 오 년이 지나서 그가 내게 연락을 취해왔다. 영등포에 있는 친구의 사무실에 나가서 일을 보는데 전화벨이 울렸다. 아내였다.

"좀 전에 누가 전화를 걸어와서 당신을 찾았어요. 누구냐고 물었더니 머뭇거리다가 오만철이라고 하든가? 그 비슷한 이름을 웅얼거렸어요. 꼭 당신하고 통화를 해야 한다는 거예요. 그래서 그곳 사무실 전화번호를 일러주었어요."

전화를 끊고 나서 십 분쯤 지났을 때 다시 전화벨이 울렸다. 오 년이라면 짧은 세월은 아니었다. 그러나 나는 어렵지 않게 전화 목소리에서 그날의 사내를 떠올릴 수 있었다. 탁하고 느린데다가 더듬거리는 목소리로 그가 말했다.

"제가 달리 아는 사람이 있어야지요. 딱 한 번만 더 저를 도와주신다면 이 은혜를 영원히 잊지 않겠습니다. 오늘 또 저는 집으로 가는 길을 잃었습니다. 지금 이곳은 광화문입니다. 한때 크라운 제과가 있던 자리 앞이라면 아실지 모르겠네요."

　오늘날 그곳엔 크라운 베이커리가 서 있다. 같은 빵집인데 이름을 완전히 영어로 바꾼 것이다. 그 건물 이층엔 '나무와 벽돌'이라는 레스토랑이 있다. 후배한테 배필감을 소개시켜주기 위해서 한 번 들러서 맛이 괜찮은 해물 스파게티를 먹은 적이 있다. 나무와 벽돌은 집을 지을 때 쓰는 기본 재료이다. 처음엔 참 멋없는 이름이라고 여겨졌지만, 갈수록 단순하면서도 재미있는 이름이라는 느낌이 든다.

　"기억을 잘 더듬어보세요. 사실 지금 저는 좀 바쁘거든요."

　내 쪽에서 서둘러 전화를 끊어버리고 자리를 떠서 화장실로 갔다. 세면대에 물을 받으며 거울 속의 내 얼굴을 들여다보았다. 나는 그 사내를 무시해버리고 싶었다. 요즘 들어서 나 자신도 밖에서 술을 한 잔 걸친 날이면 집으로 가는 길을 잃는 일이 부쩍 늘고 있었다. 한 달 전엔 택시를 탔다가 쫓겨나듯이 도로 내렸다. 운전사가 행선지를 묻는데 계속해서 "어버버버" 하고 벙어리 소리를 냈던 것이다. 숨을 깊이 들이쉬고 세면대 찬물에 얼굴을 담갔다.

　안데스에서 사는 올산데라는 이름의 부족은 집을 나섰다가 길을 잃었을 경우에, '나는 길을 잃었다'거나 '나는 집을 잃었다'라는 표현을 쓰지 않는다. 대신에 '집이 나를 잃었다'라고 말한다. 나는 그 표현이 '가족이 나를 잃었다'라는 표현으로 들린다. 그게 그거 같지만, 후자의 경우엔 가족이 자신을 버렸다는 뉘앙스를 풍긴다. 얼굴에서 물을 뚝뚝 떨어뜨리며 창가로 다가가서 빌딩 숲을 바라보았다. 지금 크라운 베이커리 앞에 서 있을 사내의 가족이 뇌리를 스쳤다. 그를 영원히 잃어버리는 일이 생긴다면 과연 그의 아내와 아들은 어떤 반응을 보일까? 기뻐서 환호성을 올릴까? 아니면 말로 옮길 수 없는 상심에 빠져들게 될까?

화장실을 나서 사무실로 돌아들어갔을 때 그에게서 다시 전화가 걸려왔다. 의자에 걸쳐놓은 점퍼를 집어들고 슬리퍼를 구두로 바꿔 신으며 그에게 다짐을 주었다.

"한 시간쯤 걸릴 거예요. 길이 막히면 더 걸릴 수도 있으니까 그 자리에 꼼짝 말고 두 손 들고 서 있어요."

내가 탄 버스는 영등포역과 용산역과 서울역을 차례로 지나갔다. 나는 버스 창으로 거리를 내다보았다. 역전마다 삼삼오오 쭈그리고 앉거나 신문지를 깔고 누운 이들이 보였다. 그들 모두가 고향과 집과 가정을 잃어버린 인디오였다. 스스로 집을 떠난 인디오도 있을 것이고, 등을 떠밀려 거리로 쫓겨난 인디오도 있을 것이다. 실직하면서 가출한 내 친구 하나는 어렵게 여비를 마련해서 고향에 돌아갔다가, 부모님이 사시는 고향 집으로 선뜻 발을 들여놓지 못하고 뒷동산에서 눈을 맞으며 밤을 새우던 중에 동사했다.

나는 종로2가에서 버스를 내려 광화문까지 걸어갔다. 줄곧 기억 속에서 그 사내의 얼굴을 더듬었다. 십여 분 남짓 길을 걷는 중에, 어찌 된 일인지 거리를 오가는 대부분의 사내가 그 사내처럼 보였다. 한결같이 주위를 두리번거리는 기색이었다. 모두 길을 걷는 중간 중간에 손바닥을 맞비비는 걸 잊지 않았으며, 나와 눈이 마주치는 순간 재빨리 다른 데로 고개를 돌렸다. 마침내 광화문 크라운 베이커리에 이르렀을 때, 그곳에 그 사내는 없었다. 정류장 앞에 서서 숨을 고르고 좌우를 살피며 속으로 중얼거렸다.

'그 사내는 이곳에서 버스를 타려 했어. 오 년 전에 살던 집에서 이사를 한 모양이야. 국제극장이 있던 자리에서 서는 버스는 대개 서울 남쪽으로 가지만, 이곳 크라운 베이커리 앞에 서는 버스는 대부분 북쪽으로 가지.'

아메리카 대륙에 비유한다면, 이전에 그는 남미 아르헨티나의 혼곶에 살았는데 지금은 알래스카의 배로 곶에 산다는 얘기가 되었다. 시간이 꽤 흘러갔지만 좀처럼 사내는 나타나지 않았다. 시원한 바람이 은행나무 잎사귀를 살랑살랑 흔들며 불어갔다. 나는 휴대폰을 꺼내서 사무실로 전화를 걸었다. 전화를 받은 친구가 말했다.

"삼십 분쯤 전에 누군가 전화를 걸어와서 네 휴대폰 번호를 물었어. 무지하게 감이 멀더라고. 그런데 거기 어디야?"

그럴 기분이 아닌데도 내 입에서 농담이 나왔다.

"포르탈레자."

'포르탈레자'라고 하면 브라질 동쪽에 있는 도시 이름이다. 향수를 뜻하는 영어 단어의 발음은 '노스탤지어'이다. 발음이 비슷하다기보다는 상당히 다른 쪽에 가까운데도, 나는 며칠 전에 티브이에서 포르탈레자 거리를 보는 순간 반사적으로 '향수'를 떠올렸다. 세계의 동정을 전하는 다큐멘터리 화면엔 피켓을 들고 보도에 쭈그리고 앉은 사람들이 나왔다. 강제로 집을 철거당하면서 조상 대대로 살아온 터전을 잃어버린 인디오들이었다. 벌써 일 년 넘게 그 자리에서 밤낮없이 죽치고 있었다. 그들은 자신의 집을 돌려달라고 외쳐댔다. 집을 찾아주기 위한 모임으로 번역할 수 있는 '리스토어링 하우스'라는 이름의 단체가 그들을 후원하고 있었다.

나는 일부러 여유를 찾고 긴장을 누그러뜨리고자 제과점 안으로 들어갔다. 막 구워낸 빵만을 골라서 두 봉지에 나누어 담았다. 한 봉지는 집으로 가져가고 또 하나는 그 사내를 만나면 줄 생각이었다. 다시 밖으로 나왔을 때도 사내는 보이지 않았다. 나를 기다리다가 지쳐서 다른 데로 떠나간 걸까? 그사이에 집이 어딘지 기억나서 버스를 타고 가버린 걸까? 또는 공간의 블랙홀이라는 곳에 발을 디디는 바람에 머나먼 이역 땅으로 날아가버린 건 아닐까?

내 상상 속에서 그는 안데스 산맥 너머의 초원을 걷고 있었다. 맑은 하늘, 상쾌한 바람, 짙푸른 풀밭, 하늘하늘 흔들리는 들꽃. 시야가 훤히 트인 초원 한복판엔 침대가 하나 놓여 있었다. 사내는 침대를 향해 다가가서 입이 찢어지게 하품을 했다. 옷을 훌훌 벗어던지고, 깨끗하게 잘 빨아서 풀을 먹여 다린 흰색 파자마를 풀밭에서 집어들었다. 파자마를 입고 침대 위로 올라간 사내는 큰대자로 드러누웠다. 곧이어 세상에서 가장 편안하고 느긋하며 행복한 얼굴로 깊은 잠에 빠져들었다.

나는 양 손에 들린 빵봉지를 내려다보았다. 어떻게든 한 봉지는 이 자리에서 처치해야 할 것 같았다. 만일 그가 나타나지 않는다면, 길을 가는 사람 가운데 아무나 붙잡고 빵 봉지를 쥐여줘야겠다고 생각했다. 바로 그때 휴대폰이 울렸다. 칙칙거리는 잡음이 나더니 어둠 속에서 툭 튀어나오듯이 그 사내의 목소리가 들려왔다.

"여보세요? 여보세요? 제 목소리 들리세요?"

배경에서 바람이 휘몰아치는 소리가 들렸다. 내가 숨을 깊이 들이쉬었다가 토해내며 되물었다.

"듣고 있으니까 천천히 얘기해보세요. 거기가 어디예요?"

사내가 두어 박자 뜸을 들인 뒤에 울먹이는 소리로 대꾸했다.

"저는 집을 잃었어요. 아니, 실은 집이 저를 잃었어요."

"알아요. 그래서 댁을 도우려고 내가 여기 나온 거잖아요. 어서 빨리 이리로 오세요."

그가 더듬거렸다.

"하지만, 아까는 제가, 일단 통화를 해야겠다 싶어서 그렇게 얘기했던 거고."

이번에도 상대의 목소리는 몇 박자 간격을 두고 들려왔다. 마치 이전날 위성통화를 할 때 대화를 나누는 양자간에 서로 박자가 맞지 않았던 것과 흡사했다. 뒤이어 전화가 다시 칙칙거렸다. 내 입속에서 혀가 바짝 타들어갔다.

"지금 어디 있는 거예요?"

"저는 집에 갈 수 없어요. 여기는 아주 먼 곳이에요."

"무슨 소리예요? 이곳에서 집으로 가는 길을 잃었다고 했잖아요."

"저 대신 집에 전화를 걸어주세요. 아내와 아이에게, 저는 영원히 길을 잃었으니까 다시는 돌아갈 수 없다고 전해주시면 돼요. 전화번호는 팔사칠에 칠사……"

전화는 이제 무지막지하게 칙칙거려서 당장 끊어질 것 같았다. 미처 그가 불러주는 전화번호를 받아적을 겨를이 없었다. 다급하게 그에게 물었다.

"내가 그리로 갈 테니까 어서 위치를 말해봐요."

"여기가 어딘지 모르겠어요."

"주위를 잘 살펴보세요. 뭐가 보이죠?"

"끝없이 펼쳐진 초원. 침대처럼 푹신한 풀밭. 아무래도 이곳에서 한숨 눈을 붙여야 할 것 같습니다. 저는 오래도록 제대로 잠을 자지 못했거든요."

그리고 곧 전화가 먹통이 되었다. 재빨리 버튼을 눌러서 수신 전화 번호를 검색했다. 그러나 휴대폰은 아무 번호도 찾아내지 못했다. 어느 결에 나는 손에서 빵봉지를 둘 다 놓아버렸다. 바닥에 떨어진 봉지에서 팥빵이 굴러나왔다. 비둘기들이 바닥에 내려앉아서, 빙글빙글 원을 그리며 괜히 부리로 바닥을 쪼는 시늉을 하고 있었다. 눈에 뜨이지 않을 만큼씩 일제히 빵을 향해 접근하고 있었다. 몸이 성한 녀석은 한 마리도 없었다. 어느 놈은 다리 하나가 엉망으로 짓이겨졌고, 또 어떤 놈은 머리 절반이 날아갔는데도 용케 살아 있었다.

나는 가로수에 한쪽 어깨를 대고 서서 숨을 골랐다. 갑자기 피로가 밀려왔다. 오늘은 이쯤에서 모든 일을 접고 그만 집으로 돌아가고 싶었다. 멍한 얼굴로 하늘을 올려다보았다. 푹신푹신한 뭉게구름 한 조각이 새파란 하늘을 정처 없이 흘러가고 있었다. 구름 복판엔 사람 형상의 그림자가 짙게 드리워졌다. 마치 누군가 구름 위에 길게 누워서 곤히 잠자는 것처럼 보였다.

모래의 집

짙은 어둠 속에서 바람은 갈수록 거칠어졌다. 사각형 텐트는 바깥쪽에서 바닥에 닿은 자리부터 모래에 묻혔

다. 이윽고 모래 바람은 텐트를 타넘어 백사장을 건너서 언덕을 기어올라갔다. 윙윙윙윙 소리와 싸아아아 소

리가 뒤섞였다. 마침내 목조 이층집 앞에 이른 모래 바람은 수만 마리 작은 게처럼 벽을 타고 올라가기 시작

했다.

명정군 미풍리 여름 바닷가. 대기 속에서 벌어지는 이상한 변화를 가장 먼저 알아챈 건 개들이었다. 일순간 멀리 수평선 위에서 무언가 번쩍 하고 왼쪽에서 오른쪽 끝으로 날아갔다. 번갯불이나 날카로운 칼 같았다. 곧이어 그곳에 이불처럼 낮게 깔려 있던 뭉게구름이 바다 속으로 잠기듯이 눈 깜짝할 사이에 자취를 감추었다.

　서로 주둥이를 비비고 등에 올라타며 장난치던 개들은 우뚝 동작을 멈추고 바다를 돌아보았다. 땅 속 깊은 곳에서 응응응응 진동이 일었다. 개들은 바닷물과 모래톱 전체의 잔 떨림을 감지했다. 저만치 파라솔 그늘에 나란히 누운 이십대 남녀, 뒤쪽 언덕에 외로이 선 목조가옥에서 제각각 자기 일을 보는 삼십대 부부, 그 너머 산자락에 둥지를 튼 마을 주민 모두가 전혀 진동을 느끼지 못했다. 개들은 갑자기 신경이 날카로워졌다. 검둥이가 길게 목을 뽑으며 워어어 하고 울었다. 곁에 바짝 붙어선 누렁이는 낑낑 앓는 소리를 냈다. 나머지

한 놈은 흰털 암캐였는데, 겁먹은 나머지 뒷다리를 한껏 구부리고 몸을 낮춰 오줌을 누었다. 누렁이가 오줌 방울을 터는 흰둥이의 궁둥이 쪽으로 돌아가서 불두덩에 코를 대고 킁킁댔다.

당황한 암캐는 꼬리를 내리고 목을 움츠렸고, 몸을 틀어서 냅다 모래톱 위를 달리기 시작했다. 누렁이와 검둥이도 뜀박질에 뛰어들어 젖 먹던 힘을 다해 땡볕 속을 달렸다. 맨 앞에서 달리던 흰둥이가 모래 구덩이에 발이 빠지면서 모로 픽 쓰러졌다. 누렁이가 그대로 흰둥이를 덮쳐서 목을 한 입에 물어 거칠게 흔들어댔다. 그제야 그곳에 이른 검둥이는 여전히 암캐의 목을 물고 있는 누렁이의 뒷다리를 덥석 깨물었다. 다른 쪽 뒷다리마저 깊게 물어 뼈를 으스러뜨렸고 불알 두 쪽을 물어뜯었다.

"무슨 소리 못 들었어요?"

청색 파라솔 속의 여자가 바로 누운 자세에서 무릎을 세우며 청년을 돌아보았다.

"어디서 비명 소리가 들린 것 같지 않아요?"

청년은 여자의 얘기를 외면했다. 막 잠에 빠져들려던 참이었다. 온종일 빈둥거렸는데도 뼈마디가 쑤시며 여간 나른하지 않았다. 끙 소리를 내면서 여자한테 등을 보이고 돌아누웠다. 코앞에서 무언가 사각거리고 있었다. 청년은 가늘게 눈을 떴다. 눈에 들어오는 건 고운 모래뿐이었는데, 모래 알갱이들이 일제히 꼬물거리는 느낌이었다. 백사장 전체가 살아 있는 생명체 같았다.

청년은 턱을 들어 손바닥으로 괴고 다시 잘 바라보았다. 실제로 모래 속에선 수많은 벌레가 움직이고 있었다. 게처럼 생긴 것도 있고 진드기 같은 놈도 있었다. 하나같이 크기가 모래만했고 빛깔도 모래와 같았다. 무슨 까닭에선지 모든 벌레가 물가를 떠나서 모래톱 위쪽으로 바삐 달아나는 것처럼 보였다. 파라솔 곁엔 대여섯 발짝 거리에 연두색 사각 텐트가 있었다. 버너와 코펠과 라면봉지와 나무젓가락과 흰색 플라스틱 그릇이 보였다. 그것들은 햇살 속에서 모래 위에 아무렇게나 뒹굴고 있었다. 청년은 식기에도 벌레가 잔뜩 달라붙었을 거라는 생각에 신경이 곤두섰다.

그들은 어제 오후에 그곳에 왔다. 텐트를 친 뒤에 여자가 짐을 정리하는 동안, 청년 혼자서 물통을 들고 모래톱을 건너 언덕 위의 집으로 올라갔다. 나무로 만든 이층집이었다. 좁고 긴 판자를 잇대어 붙인 벽에 흰색 칠을 했고, 경사진 지붕엔 파란색과 빨간색을 칠했다. 집 뒤에 제법 크고 훤칠한 해송 한 그루가 서 있었다. 목조가옥과 소나무는 서로 잘 어울려서 아름답고 한가로운 풍경을 만들고 있었다. 청년은 목조가옥 현관문 곁에 있는 수돗가로 다가갔다. 뒷산 계곡물을 이백여 미터 길이의 관으로 받아서 쓰는 수도였다. 걸레를 빨던 집 주인 여자가 얼굴을 들었다. 청년이 고개를 꾸벅 숙이며 물통을 앞으로 내보였다.

"물 좀 받을까 해서요."

여자가 수도꼭지를 틀어서 청년에게 물이 흐르는 고무호스를 건넸다.

"어디서 오셨어요?"

"서울이요."

"애인하고 같이 오셨나보죠?"

청년은 대답 대신에 미소를 머금었다. 물통에 호스를 꽂고 몇 발짝 물러나서 집을 올려다보며 중얼거렸다.

"멋진 집이네요. 행복하시겠어요."

이제 졸음이 완전히 달아난 청년은 파라솔 그늘에서 천천히 윗몸을 일으켜세웠다. 어느 결에 뭉게구름이 사라진 수평선 위엔 짙은 먹구름이 떠 있었다. 그곳만 빼면 하늘은 더없이 푸르고 맑았다. 도시에 두고 온 여자가 눈앞을 스쳤다. 올 초에 학교를 마치고 직장에 들어간 여자였는데 회사 일이 밀려서 휴가가 가을로 미루어졌다. 청년은 가을엔 무슨 일이 있어도 꼭 그녀와 함께 여행을 나서야겠다고 생각했다. 그 이전에 한 여자와의 관계를 청산해야 했다. 모래를 한 줌 긁어모아서 손아귀에 가두며 어금니를 악물었다.

'깨끗이! 행여 뒤탈이 생기는 일이 없도록!'

그때 불현듯 불길한 기운이 가슴속으로 파고들었다. 누군가 하늘 저 멀리서 자신을 노려보는 것 같았다. 청년은 눈길을 떨어뜨리며 담배를 꺼내서 입에 물고 불을 붙였다. 바다에서 날아오는 쌉싸래하면서 유난히 비릿한 냄새가 영 비위에 거슬렸다. 청년은 헛구역질을 하며 한 모금밖에 빨지 않은 담배를 발치에 떨어뜨려 모래로 덮었다. 다시 고개를 들었을 때, 이번엔 수평선 위의 먹구름이 제자리에서 빠르게 뒤틀리는 게 보였다.

목조가옥 일층에선 주인 여자가 저녁 식탁을 차리고 있었다. 오늘 낮에 본 영화 장면이 자꾸 머릿속에 되살아났다. 며칠 전에 장을 보러 나갔다가 빌려온 비디오테이프 두 편이었다. 서로 테마와 구성이 비슷해서 한 영화가 다른 영화를 본뜬 것처럼 여겨졌다. 남자 주인공들은 어찌나 반질반질하며 미끈하게 생겼던지 얼굴에 연탄재라도 좀 발라야 사람 냄새가 날 것 같았다. 먼저 본 영화에서 남자 주인공의 애인은 같은 직장 여사원이었다. 점차 그녀에게 따분함을 느끼던 차에, 사장의 딸이 드레스 자락을 날리며 목젖을 드러내고 쾌활하게 웃는 얼굴로 나타났다. 둘은 첫눈에 서로에게 반하여 밤마다 달빛 부두에서 밀회를 나누었다. 어느 날 청년은 여사원 애인을 보트에 태우고 물놀이를 나가선 보트를 뒤집히게 하여 익사시켰다.

역시 날계란처럼 생긴 뒷 영화의 주인공 청년은 지금껏 사귀어온 여자의 목을 졸랐다. 여자는 그가 목을 간질이는 줄 알고 깔깔깔 웃더니 별안간 낯빛이 굳어지면서 발버둥친 뒤에 숨이 끊어졌다. 청년은 시체를 차에 실어 저수지로 가져가서 돌멩이를 잔뜩 매달아 빠뜨렸다. 그가 새 애인과 결혼식을 올리는 날 저수지에선 시체 한 구가 물 위로 불쑥 떠올랐다. 옷이 터져나갈 정도로 퉁퉁 부은 시체를 배경으로 핏물을 뚝뚝 흘리는 날카로운 펜글씨 자막이 화면 복판에 떴다.

'돌멩이 정도로는 많이 부족하다.'

여자는 식탁에 냅킨을 접어서 놓고 수저를 마른행주로 닦았다. 그녀의 어깨에서 가늘게 전율이 일었다. 손바닥으로 이마를 짚고 돌아선 여자는 너른 창으로 바다를 바라보았다. 모래톱 파라솔 아래 두 젊은이가 앉아 있었다. 그들은 어제 저녁부터 줄곧 같은 자리를 지키고 있었다. 여름날 이곳을 찾는 외지 사람은 거의 없었다. 우선 교통이 나빴고, 하늘에 큼지막한 구멍이라도 뚫렸는지 여느 바닷가보다 자외선이 곱절로 강했다. 이곳에 온 초기에 그녀는 비키니를 입고 집을 나서 바다로 내려간 적이 있었다. 모래톱 위를 걷는데 펄펄 끓는 물에 목까지 담그고 있는 느낌에 휩싸였다. 곧 호흡이 가빠오면서 팔다리에서 힘이 빠져 정신을 잃고 땡볕 속에 쓰러졌다. 때마침 근처를 지다가던 동네 아낙네들 때문에 목숨을 건질 수 있었다.

실내가 빠르게 어두워지고 있었다. 동해 바다여서 집 뒤쪽 산으로 해가 넘어가면 즉시 모래톱에 짙은 그늘이 드리워졌다. 두 남녀가 파라솔을 접는 게 보였다. 그들은 텐트 곁으로 자리를 옮겼다. 청년이 무언가를 들어올리며 고개를 뒤로 젖혔다. 여자도 고개를 젖혔다가 내리는 동작을 되풀이했다.

"저녁도 안 먹고 빈속에 술이라니, 젊음이 좋긴 좋구나."

창턱에 놓인 로즈마리와 라벤더 화분에 물을 주면서 목조가옥의 여자가 중얼거렸다. 자신이 다 늙은 노파 같다는 느낌에 픽 웃음이 나왔다. 모래톱의 젊은이들을 불러서 밥을 한 끼 먹일까 하다간 생각을 거두었다. 남편은 다른 사람들을 집에 들이는 걸 끔찍이 싫어했다. 친구들은 물론이고 다른 가족이 놀러오는 것도 꺼렸다. 여자는 처음 집을 짓고 이사하던 때를 떠올렸다. 당시에 그녀는 늘 한가롭고 느긋한 기분에 젖어 살았다. 그런데 바닷가 생활이 삼 년째로 접어들 즈음에 가슴속으로 스멀스멀 외로움이 파고들기 시작했다.

남편은 아내의 심경에 생긴 변화를 눈치채지 못했다. 새벽부터 밤늦게까지 이층 작업실에 박혀 지냈고, 나중엔 잠도 그곳 간이침대에서 잤다. 여자는 마지막으로 남편과 같이 침실에서 잠을 잔 게 언제인지 아득하게 여겨졌다. 그가 아래층으로 내려오는 건 식사할 때뿐이었다. 밥을 먹는 중에 그는 아내의 얼굴을 쳐다보지 않았다. 넋이 빠져나간 사람 같았으며, 자신이 지금 먹는 음식이 무언지도 몰랐다. 언젠가 콩나물국을 훌훌 마시는 그에게 여자가 물었다.

"간이 맞아요?"

남자가 국그릇을 내려놓으며 대답했다.

"알맞게 잘 구웠어."

그녀는 은근히 부아가 일었다. 내친김에 그 동안 참았던 얘기를 입에 올랐다.

"식사만은 제시간에 해야 하지 않겠어요? 때 되면 내려와요."

남자가 건성으로 대답했다.

"그래야겠지?"

"밤잠은 푹신한 침대에서 자는 게 좋지 않겠어요?"

"그래야겠어."

"장 보러 갈 때, 바람도 쐴 겸해서 같이 나서자고요."

무심한 얼굴로 그는 보일 듯 말 듯 고개를 끄덕였다. 그리고 그걸로 그만이었다. 밥을 다 먹기 무섭게 달아나듯이 자리를 떴다. 다다다닥 하고 그가 계단을 뛰어올라가는 소리가 집 안을 울렸다.

바닷가 젊은이들은 이미 텐트 속으로 사라졌다. 바닷물은 먹물빛으로 변했고 검푸른 하늘에 어느새 별 여럿이 돋았다. 사흘 전 일이 여자의 뇌리를 스쳤다. 그날 그녀는 차를 몰고 읍에 나가서 장을 봐갖고 돌아왔다. 시간은 석양녘이었다. 그녀가 집 앞에 이르렀을 때 남편은 수돗가에 쭈그리고 앉아서 대야에 물을 받아 손을 씻고 있었다. 그녀는 일부러 전조등을 켰다. 불빛에 갇힌 남편은 당황한 얼굴로 돌아보며 벌떡 일어났다. 쓰레기봉투를 뒤지다가 들킨 고양이 같았다. 차창을 내리고 밖으로 손을 내서 흔들며 그녀가 외쳤다.

"여보, 나예요. 뭘 그렇게 놀라는 거예요?"

오랜만에 장을 봐오는 것이어서 짐이 여간 많지 않았다. 커다란 쇼핑봉투만 네 개였다. 혼자서 나르려면 집과 자동차 사이를 여러 번 오가야 했다. 그녀는 남편과 대여섯 발짝 떨어진 곳까지 다가가서 꽃밭 옆에 차를 세우고 전조등과 엔진을 껐다. 당연히 남편이 차를 향해 다가올 거라고 여겼는데, 뜻밖에 그는 현관문 안으로 사라져버렸다.

오늘따라 그는 좀처럼 저녁 식탁에 나타나지 않았다. 아직 배가 덜 고픈 건지, 혼자서 몰래 누룽지라도 숨겨놓았다가 먹은 건지 알다가도 모를 일이었다. 여자는 가스레인지 불에 다시 국을 데우며 입술을 오므렸다.

　'십 분만 더 기다려보고, 그때도 안 내려오면 내 쪽에서 올라가봐야겠어.'

　이층 작업실에서 남자는 붓질을 멈추었다. 일에 몰두하다보니 어둠이 내린 것도 몰랐다. 의자를 떠나서 벽으로 다가가 전등 스위치를 올렸다. 순간 방 안이 대낮처럼 밝아졌다. 어둠과 빛 사이의 거리는 늘 그를 당황하게 만들었다. 갑자기 실내를 밝힌 불빛에서 그는 고막을 터뜨릴 듯한 소음을 느꼈다. 두 손으로 귀를 막고 잠자코 벽 앞에 서 있었다. 제정신이 돌아오자마자 따귀를 때리듯이 손바닥으로 탁 쳐서 스위치를 내렸다. 양초에 불을 붙여서 벽 모서리의 등받이 없는 나무의자에 올려놓았다.

　뒤이어 바다가 한눈에 들어오는 창을 등지고 캔버스 앞으로 돌아와 앉았다. 그는 며칠째 새 작품을 만드는 일에 푹 빠져 있었다. 이처럼 작업에 몰입하는 건 그에게 일상에 가까웠다. 하긴 자신이 결혼한 사람이며 아내와 같은 집에서 살고 있다는 사실을 새삼스레 떠올리곤 실소를 머금은 게 한두 번이 아니었다. 일 주일 전만 해도 그러했다. 커피잔을 들고 창가에 서서 잠시 쉬는데 한 여자가 백사장을 거니는 게 보였다. 꽤 오래도록 눈으로 그녀의 움직임을 좇았다. 여자는 옅은 푸른색 치마에 노란색 셔츠를 입고 양산을 든 차림새였다.

　'누구지? 윗동네 사람인가?'

　얼마 만에야 그녀가 아내라는 걸 알아챘다. 아내는 몸에 살이 많이 붙은 느낌을 주었다. 팔뚝이 꽤나 굵어 보였고 아랫배도 불룩 나온 듯했다. 뒤뚱대는 걸음걸이 또한 더없이 낯설어 보였다. 꼭 미련한 곰 같다고 그는 생각했다. 머리를 뒷덜미에서 한데 모아 묶었는데 그 모습도 낯설긴 매한가지였다. 늘 단발머리였던 아내가 언제 머리를 길러서 뒤로 묶기 시작했는지 기억나지 않았다.

물을 한 잔 마신 남자는 붓을 들고 캔버스로 눈을 돌렸다. 그때 바다 쪽에서 무언가 쌔애액 날아가는 소리가 들렸다.

'초음속 전투기? 폭죽? 어떤 정신 나간 놈이 이런 한갓진 곳에서 불꽃놀이를 하는 거지?'

순간 캔버스가 좌우로 크게 흔들렸다. 집 전체가 들썩인 느낌이었다. 그는 심한 현기증을 느끼고 두 다리를 벌려서 자세를 바로잡았다. 그 동안 무리한 탓에 스스로 몸의 중심을 잃고 기우뚱거린 듯했다. 아무래도 오늘은 서둘러 일을 마치고 잠자리에 들어야 할 것 같았다. 바로 그때였다. 누군가 별안간 노크도 없이 문을 밀고 작업실 안으로 발을 들여놓았다. 그는 눈을 부릅뜨고 고개를 번쩍 들었다. 아내였다. 그녀가 작업실에 모습을 보인 건 일 년도 더 된 일이었다.

그의 머리꼭지로 뜨거운 기운이 솟구쳤다. 그녀의 가슴팍을 겨누어 붓을 힘껏 날리고 싶은 충동이 일었다. 의자를 박차고 일어나서 와락 달려들어 이마로 얼굴을 들이받고 싶었다.

'무슨 일이 있어도 절대로 올라오지 말라고 했거늘!'

여자는 작업실 안으로 한 발짝 들어선 상태에서 남편을 바라보았다. 한쪽만 촛불 불빛을 받아서 음영이 뚜렷한 얼굴로 자신을 바라보는 남편이 유령처럼 보였다. 그의 오른손에 들린 붓이 부르르 떨렸고 눈빛에선 증오를 넘어선 살기가 번득였다. 좁은 골목길을 걸어가다가 비루먹은 개와 맞닥뜨리더라도 그런 표정을 짓는 일은 없을 듯했다. 둘 사이를 튼튼하면서 고집스러운 적막이 흘러갔다. 일 분, 이 분, 오 분, 족히 십 분 넘게 그들은 입을 꾹 다문 채 서로를 응시했다. 긴장이 팽팽하게 고조된 나머지 당장에 굉음을 내며 작업실이 통째로 폭발할 것 같았다.

어느덧 시간은 여덟시가 훌쩍 넘었다. 풀벌레 울음소리도 들리지 않는 고요 속에서, 언덕 위의 집은 이층 작업실에서만 희미한 불빛이 밖으로 새어나갔다. 그곳에서 바닷가 텐트까지는 백 보 거리였다. 텐트 속에선 아까부터 실랑이가 이어지고 있었다. 여자는 손바닥에 얼굴을 묻고 울먹이며 알아들을 수 없는 소리를 중얼거렸고, 청년은 계속 툴툴거리며 맥주를 들이켰다. 여자는 이미 주량 이상으로 많이 마셔서 가만히 앉아 있기도 버거웠다. 청년이 주먹을 쥐고 여자를 돌아보았다.

"왜 자꾸 질질 짜는 거야? 정신 사납게."

그는 실제로 주먹을 들어서 여자의 뒤통수를 쾅 쥐어박는 시늉을 했다. 텐트 입구의 알루미늄 기둥에 달아놓은 랜턴이 조금씩 움직이는 게 보였다. 오늘 처음으로 바람이 불고 있었다. 검은 바다에서 텐트 속으로 선선한 기운이 날아왔다. 청년은 새 병을 따서 주둥이에 입을 맞추고 벌컥벌컥 들이켰다. 미지근한 맥주는 보리차 같았지만 마시는 대로 술기운이 올라왔다. 이제 청년도 흠뻑 취해서 장난기가 가득한 목소리로 변해갔다.

"아줌마, 내가 무얼 어쨌다고 그러시는 건가요?"

"이봐요, 부인. 그쯤 해두시오. 누가 보겠소."

급기야 손가락으로 여자의 어깨를 쿡 찔렀다. 순간 여자가 텐트 저

122

쪽으로 힘없이 넘어갔다. 옆으로 누운 상태에서도 여자는 훌쩍거렸다. 치마가 당겨올라가면서 허벅지가 드러났다. 청년은 동공이 풀린 눈으로 여자의 허벅살을 물끄러미 내려다보았다. 단숨에 맥주를 마저 마시고 빈 병을 텐트 밖으로 던졌다. 랜턴은 시계불알처럼 눈에 뜨이게 흔들리고 있었다. 불빛을 받은 텐트 앞쪽 모래톱이 물결치듯이 위아래로 출렁이는 느낌을 주었다. 모래 바람이 텐트 속으로 휘익 불어들어왔다.

청년은 혼잣말로 투덜거리며 무릎걸음으로 나아가서 팔을 뻗었다. 기둥에 걸린 랜턴을 잡아채 바닥에 떨어뜨렸다. 다시 모래 바람이 불어와서 랜턴을 덮었다. 그랬는데도 랜턴에선 희미한 불빛이 흘러나왔다. 빗자루로 아무리 내리쳐도 쉬이 죽지 않고 꿈틀대는 바퀴벌레가 떠올랐다. 온몸에 오싹 소름이 돋은 청년은 침을 모아서 랜턴을 겨누어 탁 소리내서 뱉었다. 텐트 앞문 지퍼를 밑으로 내리자 시야가 칠흑으로 변했다. 어둠 속에서 청년은 여자 쪽으로 몸을 뉘었다. 손바닥으로 여자의 허벅살을 쓰다듬었다. 여자가 두 다리를 바짝 붙이며 몸을 뒤틀었다.

"이러지 말아요."

치마를 마저 걷어올린 청년은 억지로 여자의 가랑이를 벌리고 샅에 얼굴을 묻었다. 여자가 손바닥으로 남자의 뒤통수를 때렸다. 두어 번 그러더니 손에서 힘이 풀렸다. 그녀의 손바닥은 청년의 머리를 감싼 상태가 되었다. 얼마 지나지 않아서 청년은 여자의 샅에 뜨거운 콧김을 불어대며 코를 골았다. 여자도 훌쩍거림을 멈추고 색색 소리와 함께 잠들었다.

짙은 어둠 속에서 바람은 갈수록 거칠어졌다. 처음엔 물가의 모래를 불어서 날려올렸고, 점차 방향이 위로 옮겨갔다. 사각형 텐트는 바깥쪽에서 바닥에 닿은 자리부터 모래에 묻혔다. 이윽고 모래 바람은 텐트를 타넘어 백사장을 건너서 언덕을 기어올라갔다. 윙윙윙윙 소리와 쏴아아아 소리가 뒤섞였다. 마침내 목조 이층집 앞에 이른 모래 바람은 수만 마리 작은 게처럼 벽을 타고 올라가기 시작했다.

이층 작업실의 내외는 그제야 밖에서 바람이 부는 걸 알아챘다. 별 안간 창에서 요란하게 타다다다닥 소리가 들렸다. 남자가 놀란 얼굴로 고개를 뒤로 틀었다. 소나기? 그런데 어딘지 모르게 빗줄기가 창을 때리는 소리와 사뭇 달랐다. 고개를 갸웃하며 의자에서 일어난 남자가 창가로 다가갔다. 컴컴한 창에 얼굴을 바짝 들이댔는데 아무것도 보이는 게 없었다. 깊이 숨을 들이쉰 남자는 손을 들어 창을 열었고, 순간 아악 비명을 지르며 뒷걸음질쳤다. 좌르르륵 소리를 내며 방 안으로 모래가 쏟아져들어왔다. 남자는 손으로 얼굴을 덮고 바닥에 털썩 주저앉았다.

여자가 벽을 타고 돌아가서 두 손으로 힘껏 창을 밀어서 닫고 고리를 걸었다. 머리에 모래를 뒤집어쓴 남자 앞에 쭈그려앉았다.

"괜찮아요?"

모래를 털어주려 하자 남자가 손을 내저었다.

"안약 어디 있지?"

여자는 남자를 부축해서 일층으로 데리고 내려갔다. 욕실로 들어간 남자는 세면대에 물을 받고 얼굴을 담갔다. 그랬는데도 눈에서 모래 알갱이가 마저 빠져나가지 않았다. 두 눈을 홉뜨고 서서 샤워기 호스를 얼굴에 대고 물을 뿌렸다. 곁에서 기다리고 서 있던 여자가 수건을 건넸다. 내외는 욕실을 나서 주방으로 가서 식탁을 사이에 두고 마주 앉았다. 둘 다 아직 저녁을 먹지 않았지만 수저를 들고 싶은 마음이 일지 않았다.

이곳에 이사 온 이후로 이처럼 거친 모래 바람은 처음이었다. 맑고 쾌청하며 바람이 잔잔하기로 소문난 곳이었다. 명정군 미풍리라는 동네 이름이 이곳 기후를 말해주고 있었다. 남자는 한 방울 또 한 방울 두 눈에 번갈아 안약을 넣었다. 여자가 조심스레 입술을 뗐다.

"밖에 나가보는 게 어떨까요?"

남자가 눈을 부라리며 엉뚱한 논리를 내세워 받아쳤다.

"가긴 어딜 간다고 그래? 세상이 두 동강 나는 한이 있어도 사과나무를 심는 마음으로 끝까지 집을 지켜야지."

모래 바람은 지붕까지 집 전체를 에워싸고 맹렬한 공격을 퍼붓고 있었다. 바람이 휘몰아치는 소리와 모래 알갱이가 바깥벽과 창을 때리는 소리가 요란했다. 여자가 전자레인지 곁에 놓인 흑백 티브이를 켰다. 볼륨을 최대로 높이자 티브이 소리가 희미하게 귀에 잡혔다. 마침 일기예보가 나오고 있었다. 전국 어디에서도 특별한 기상 변화는 없었고 모든 바다에서 파도가 잠잠했다. 씨익 미소를 머금으며 기상 캐스터가 덧붙였다.

"미인이 모기에 잘 물린다는 속설이 있는데요. 하지만 특별한 유전자를 지닌 사람이 모기에 잘 물리는 것이라고 합니다. 조만간 자세한 연구 결과가 발표될 거라네요."

뉴스가 끝나고 드라마가 시작되었다. 두 사람은 아무 말 없이 티브이 화면을 응시했다. 일가족이 사이좋게 밥 먹고 웃고 떠드는 그저 그런 내용의 홈드라마가 한 시간 남짓 이어진 뒤에 오늘의 연예계 동향을 전하는 프로그램이 흘러나왔다. 인기 절정의 배우에게 사회자가 물었다.

"결혼한 지 반년쯤 되었죠? 아직 신혼이라고 볼 수 있겠는데요. 어때요? 신혼 기분이 깨소금 맛인가요?"

대답 대신에 배우는 고개를 뒤로 젖히고 웃음을 터뜨렸다. 능글능글한 사회자의 질문이 이어졌다.

"두 사람이 첫 키스한 장소는 어딥니까?"

배우는 멈칫하면서 허공을 바라보고 눈을 끔벅였다. 사회자가 '요놈 잘 만났다' 하는 낯으로 빙긋 웃었다.

"수상하군요. 그런 걸 바로 기억해내지 못하다니!"

화들짝 놀라며 배우가 외쳤다.

"아, 맞아 맞아! 압구정동에 있는 모니카라는 카페에서였어요!"

기다렸다는 듯이 사회자는 땡 하고 입으로 종소리를 냈고, 배우의 아내한테서 받아온 답변이 적힌 종이를 들어 보였다. 거기엔 경복궁 경회루라고 적혀 있었다. 사회자와 방청객들이 배꼽을 잡고 깔깔깔 웃는 가운데 배우의 얼굴이 빨갛게 달아올랐다.

이윽고 시간은 자정을 넘어갔고, 어느 순간에 갑자기 전기가 나가면서 실내가 암흑으로 변했다. 남자가 엉금엉금 기어 거실로 나가서 전화기를 찾았다. 그런데 전화마저 불통이었다. 남자는 송수화기로 전화통을 탕탕탕 내리쳤다. 여자가 냉장고 위에서 손전등을 찾아 들고 현관으로 갔다. 의자를 놓고 올라서서 계량기 뚜껑을 열고 능숙한 손놀림으로 안전차단기와 퓨즈를 점검했다.

"아무 이상 없는데요?"

안약을 한 통 다 넣었는데도 남자는 계속 눈에서 통증을 느꼈다. 거실 소파에 몸을 던지며 눈을 연거푸 깜박거렸다.

"정말 지독하게 쓰리네. 이러다가 장님 되는 거 아니야?"

여자가 다가서서 남자의 얼굴에 손전등 불빛을 비추었다. 토끼 눈으로 변한 남자는 눈두덩이 잔뜩 부어 있었다. 그가 눈을 치뜨며 버럭 소리쳤다.

"이 사람이? 불 비추지 말란 말이야!"

한번 나간 전기는 곧 되돌아올 생각이 없는 듯했다. 날이 밝을 때까지 기다리는 수밖에 없었다. 남자가 소파에서 일어나서 비척대며 침실로 들어갔다. 고개를 숙이고 손을 맞비비며 우두커니 서 있던 여자가 뒤따라 들어가서 남편 옆에 누웠다. 그가 한껏 좌우로 두 팔을 벌려서 여자를 밀어내고 널찍이 터를 잡았다. 두 사람은 잠자코 침대에 누워 있던 중에 차례로 잠들었다.

새벽 바닷가. 텐트는 어느새 모래에 깊이 파묻혔다. 모래 바람 속에서도 온 세상에 푸른빛이 돌면서 동이 트기 시작했다. 텐트 속에서 먼저 잠이 깬 건 여자였다. 여자는 참 이상하다고 생각했다.

'내가 꿈을 꾸는 걸까?'

어찌 된 게 손가락 하나 까닥일 수 없었다. 완벽한 어둠 속에서 무언가 엄청난 무게로 그녀의 온몸을 누르고 있었다. 얼굴과 목과 어깨와 가슴과 두 다리와 두 발 모두가 무언가에 짓눌린 상태였다. 여러 해 전의 백화점 붕괴사고가 떠올랐다. 사고가 난 지 열흘 만에 스무 살 난 여자 하나가 구조되었다. 기자가 묻고 그녀가 대답했다.

"무너진 건물 속에 누워 있던 중에 가장 공포스러웠던 건?"

"손가락 하나 움직일 수 없다는 사실이었어요."

죽음이라는 건 이처럼 옴짝달싹할 수 없는 상태를 말하는 걸 거라고 텐트 속의 여자는 생각했다. 점차 숨이 가빠왔다.

'나도 백화점에서 쇼핑을 하다가 붕괴사고가 벌어지는 바람에 이 지경이 된 걸까?'

곧이어 이곳은 바닷가라는 데 생각이 미쳤다. 한 남자와 여행을 왔고 간밤에 술을 많이 마셨으며 그와 다투었다. 그런데 그뒤는 생각나지 않았다. 여자는 불현듯 자신의 오른손이 말랑말랑한 무언가를 감싸고 있다는 느낌이 들었다. 비로소 손바닥 아래 남자의 뒤통수가 놓여 있다는 걸 알아챘다. 청년은 여자보다도 빠르게 의식을 잃어가고 있었다. 그녀의 샅에 얼굴을 깊이 묻은 탓에 한층 숨쉬기가 힘들었다. 느릿느릿한 코맹맹이 소리로 중얼거렸다.

"어떻게 된 거야? 내가 지금 어디에 코를 박고 있는 거지?"

목이 잠긴 여자는 아무런 소리도 낼 수 없었다. 얼마간 혼잣말로 투덜대던 남자가 말을 멈추었고, 서서히 뒤통수가 서늘하게 변해갔다. 마지막으로 가쁜 숨을 몰아쉬던 여자는 온몸에서 맥이 풀렸다. 그녀의 얼굴 위에서 작은 공간을 만들며 여태껏 버텨온 텐트 기둥이 우둑 소리를 내며 마저 부러졌다. 다음 순간 모래 더미가 텐트를 납작하게 무너뜨렸다.

모래 바람은 날이 훤히 밝은 뒤에도 기세가 누그러지지 않았다. 목조가옥 일층 침실에서 남자는 모래에 묻힌 채 눈을 떴다. 창을 닫아서 걸고 커튼까지 쳤는데 어떻게 모래가 집 안으로 들어온 건지 알 수 없었다. 남자는 머리와 얼굴에 잔뜩 묻은 모래를 털며 침대 위에 일어나 앉았다. 방바닥으로 두 발을 내렸다. 그곳도 온통 모래였다. 아내는 새근거리며 아직 잠들어 있었다. 남자는 살며시 침실을 나섰다. 거실은 말할 것도 없고 이층으로 통하는 계단도 모래에 덮여 있었다. 위로 올라가보니 작업실 바닥에도 모래가 그득했다.

창 밖 풍경은 전혀 눈에 들어오지 않았다. 밤과 낮이 바뀌어 시야에 희뿌연 빛이 드리워졌다는 차이가 있을 뿐이었다. 여전히 모래 알갱이는 요란하게 콩 볶는 소리를 내며 창을 때리고 있었다. 가슴이 벌렁거리면서 입속이 바짝 타들어간 남자는 후들거리는 다리로 다시 일층 주방으로 내려갔다. 냉장고를 열어 물병을 꺼냈다. 벌컥벌컥 물을 들이켰는데 물에서도 모래가 씹혔다. 식탁엔 어제 저녁때 아내가 차려놓은 음식이 그대로 놓여 있었다. 밥과 반찬과 국을 두꺼운 모래 층이 덮고 있었다.

'이러고 있을 때가 아니야. 더 늦기 전에 집을 탈출해야겠어.'

아내를 깨울까 하다간 고개를 가로저었다.

'저 사람은 체중이 많이 불어서 여간 행동이 굼뜨질 않아. 같이 나갔다간 둘 다 무사하지 못할 거야.'

일단 홀로 집을 빠져나가서 다른 사람들에게 도움을 청하여 아내를 구해내는 게 최선으로 여겨졌다. 거실 벽시계는 일곱시를 가리키고 있었다. 발뒤꿈치를 들고 침실로 들어간 남자는 장롱에서 긴팔셔츠와 점퍼를 꺼내서 입었다. 장롱과 벽 사이에 신문지로 싸서 넣어둔 등산화도 들어내서 신었다. 등산화 속으로 바지 밑을 넣어 끈을 단단히 조였고, 야구모자를 눈썹까지 눌러쓰고 마스크를 했다. 방문으로 다가서던 남자는 자신이 깜박 잊은 게 있다는 느낌이 들었다. 발걸음을 멈추고 돌아보니 아내는 여전히 얼굴을 위로 향하고 침대에 곧게 누워 있었다.

'만일 지금보다도 상황이 나빠진다면, 빠른 시일 내에 집으로 돌아오는 게 어려워질 수도 있어.'

곧장 화장대로 다가가서 서랍을 열었다. 아내는 그 동안 내외의 모든 통장과 도장과 현금카드를 도맡아 관리해왔다. 그것들을 모조리 꺼내서 점퍼 주머니에 넣었다. 그때 지진이라도 일어난 것처럼 집 전체가 흔들렸다. 금방이라도 집이 와르르 무너질 것 같았다. 마른침을 삼키며 아내를 바라보고 속으로 다짐을 주었다.

'우리한테 이 집이 얼마나 소중한지 잘 알지? 한 사람이라도 남아 있어야 해. 최대한 빨리 돌아올 테니까 집 잘 지키고 있어.'

마스크를 고쳐 쓰고 거실로 나가고자 문으로 다가갔다. 막 문턱을 넘으려는 순간 뒤에서 아내의 목소리가 날아왔다.

"어디 가요?"

그는 심장이 멎는 줄 알았다. 비수에 등을 깊이 찔린 느낌이었다. 짧게 숨을 들이켜며 뒤를 돌아보지 않은 채 대꾸했다.

"집 주위를 한번 둘러보려고."

여자가 윗몸을 일으켜 앉았다. 머리와 얼굴에서 침대로 모래가 쏟아져내렸다.

"같이 가요."

남자가 재빨리 말했다.

"금방 돌아올 거야."

그러자 여자는 서둘러 침대를 벗어나서 남자의 앞쪽으로 돌아와 얼굴을 들여다보았다. 그의 얼굴에선 실핏줄이 가득한 눈밖에 보이지 않았다. 모자와 마스크를 쓰고 등산화까지 신은 차림새는 먼 길을 떠나는 사람처럼 보였다. 여자가 떨리는 목소리를 냈다.

"나를 혼자 놔두지 말아요."

곧바로 여자는 장롱에서 점퍼를 꺼내 입고 머리에 스카프를 둘렀다. 남자는 중요한 순간에 모든 게 엉망이 되었다는 생각에 심한 낭

패감을 느꼈다. 여자가 그의 점퍼 밑자락을 잡아당겼다.

"뭐 해요?"

방을 나선 두 사람은 현관으로 내려섰다. 앞으로 나선 여자가 문 손잡이를 돌리고 어깨로 문을 밀었다. 그러나 문은 꿈쩍도 하지 않았다. 남자를 돌아보고 눈을 흘겼다.

"가만히 보고 있을 거예요?"

모래 바람은 그들이 밖으로 나오는 걸 결코 용납하지 않겠다는 듯이 완강하게 버텼다. 두 내외는 숨을 멈추고 한참 비지땀을 흘린 끝에 가까스로 문을 열고 집을 나섰다. 문이 등뒤에서 쾅 소리를 내며 닫혔다. 집 안에서 상상했던 것보다 문제가 심각했다. 두 사람은 눈을 뜰 수 없었고 똑바로 서 있는 것마저 불가능했다. 남자의 모자와 마스크가 돌풍에 쓸려 날아갔다. 무수한 모래 알갱이가 두 사람의 뺨과 목덜미와 팔뚝을 인정사정없이 때렸다. 한꺼번에 수십 개의 회초리에 온몸을 얻어맞는 느낌이었다. 남자가 손을 내저으며 모래 바람에게 외쳤다.

"아아악, 이러지 마!"

다음 순간 여자가 돌풍에 밀려서 뒷걸음질치다가 넘어졌고, 현관문에 뒤통수를 호되게 부딪히고 나뒹굴었다. 남자도 휘이익 날아가서 벽에 얼굴을 정통으로 부딪혔다. 코피가 터지면서 핏방울이 허공으로 날렸다. 여자가 장님처럼 손으로 벽을 더듬어 문 손잡이를 찾아냈다. 밖에선 앞으로 당겨야 문을 열 수 있었다. 그러나 바람이 워낙 거세게 밀고 있어서 문을 연다는 건 어림도 없는 일이었다. 남자가 땅바닥에서 큼지막한 돌을 집어들고 현관문 옆쪽 창을 깼다. 곧이어 둘 다 창을 통해서 집 안으로 몸을 날렸고, 거실 바닥에 떨어져선 데굴데굴 굴렀다. 남자가 두 손을 번쩍 들고 일어나며 소리쳤다.

"냉장고!"

두 사람은 주방으로 달려가서 젖 먹던 힘을 다해 냉장고를 밀어 거실로 내왔다. 냉장고로 모래 바람이 쏟아져들어오는 창을 막았다. 둘다 허리를 꺾고 입에서 모래를 토하며 숨을 헐떡거렸다. 이제 남자는 완전히 이성을 잃었다. 휴지를 뜯어서 피가 흐르는 콧구멍을 막고 잰걸음으로 거실에서 왔다갔다했다. 한참 신음 소리를 내다간 고함을 외쳐댔다. 나중엔 두 손으로 귀를 막고 아아아아 하고 길게 비명을 질렀다.

여자는 거실 소파에 팔짱을 끼고 앉아서 잠자코 남편을 바라보았다. 흥미진진한 볼거리라도 만난 것처럼 눈을 가늘게 뜨고 입을 약간 벌린 얼굴이었다. 남자는 몇 번이나 다시 현관으로 내려가서 문을 열려고 했다. 한 차례 밖에 나갔다가 곤혹을 치르고 되돌아온 일을 이미 까맣게 잊은 듯했다.

"하, 이거 정말 큰일났네? 난리야 난리. 여보, 당신도 뭐라고 한마디 해봐!"

낮 열두시쯤에 모래 바람은 이층 작업실 위의 지붕을 날려버렸다. 지붕과 천장이 뜯겨나가자 작업실에서 굉음이 일었다. 캔버스와 붓과 물감과 간이침대가 뒤죽박죽이 되어 서로 부딪치고 깨지고 찢어지는 소리였다. 모든 물건이 돌풍에 휩쓸려 하늘로 날아가버리면서그 소리는 사라졌다. 밖에서 두어 번 길게 사이렌이 울렸다. 바람이집을 휘감아 도는 소리 같기도 했다. 그 소리가 사라지자 남자가 머리칼을 쥐어뜯으며 이마로 벽을 들이받았다.

"근처까지 구조대가 왔다가 돌아간 모양이야."

거실엔 갈수록 많은 모래가 날아들어서 발목까지 깊이 빠졌다. 이곳도 더는 안전하지 않았다. 그들은 욕실로 들어갔다. 다행히 그곳엔 모래가 많지 않았다. 남자가 좌변기 뚜껑을 내리고 그 위에 앉았고 여자는 욕조 테두리 위에 엉덩이를 걸쳤다. 둘은 공포를 덜어내고자 줄곧 심호흡하며 말을 주고받았다.

"저주를 받은 모양이에요."

"우리가 무얼 잘못했기에?"

"바닷가에 있던 사람들은 어떻게 되었을까요?"

"누가 있었어?"

"두 젊은 남녀가 텐트를 치고 있었잖아요."

"나는 못 보았는데?"

"당신은 그런 사람이지요. 자기 자신밖에는 보지 못해요."

"내가 모래 바람을 부르기라도 한 것처럼 말하네?"

"그런 말 한 적 없어요."

"앞으로 우리는 어떻게 될까?"

"모래 바람이 스스로 알아서 그칠 때를 기다리는 수밖에요."

"이거 진짜 돌아버리겠네. 쫄딱 망해버렸어. 진작 둘 중의 하나라도 빠져나갔어야 하는데 그랬어. 그랬더라면 무슨 조치를 취할 수 있었을 텐데."

"모래 바람을 잠재울 방법이라도 있다는 건가요?"

"작업실 그림이 다 날아가버렸어. 지난 칠 년 동안 헛일을 했던 거야."

"정말 안됐네요."

"당신은 끝까지 나를 조롱하는구먼."

막 오후 두시가 지났을 때 이층 서재가 돌풍에 날아갔다. 책과 책장과 책상과 의자가 뒤섞여서 서로 부딪치고 깨지고 나뒹구는 소리가 욕실까지 들려왔다. 곧 그 소리도 사라졌고 바람 소리만 더욱 거칠어졌다.

여자는 욕실 창에서 파다다다닥 떨리는 소리가 나는 걸 알아챘다. 돌아보니 책 한 권이 중간쯤에서 활짝 펼쳐진 채 유리창 바깥쪽에 붙어 있었다. 마치 거대한 나비 같았다. 작은 활자들은 검정색 모래 알갱이처럼 보였다. 창이 뿌옇게 변한 터라 한 글자도 제대로 알아보기 어려웠다. 그러나 여러 번 읽은 책이어서 여자는 내용을 줄줄이 꿰고 있었다. '모래의 집' 이라는 제목의 소설이었다. 부부 두 사람이 더는 서로를 사랑하지 않게 되면서 집 안의 모든 물건이 모래로 변하는 내용이었다. 결혼반지, 결혼사진, 오디오세트, 카메라, 티브이, 그들이 살던 집, 그리고 나중엔 두 남녀까지도 모래로 변해버렸다.

거실에서 좌르르르 모래가 쏟아져내리는 소리가 났다. 바람은 계단을 통해서 아래층으로 엄청난 양의 모래를 퍼붓고 있었다. 이미 이층 모두가 바람에 날아갔다. 계단과 주방 사이의 기둥이 우두둑 부러지는 소리가 났고, 급기야 욕실이 통째로 흔들렸다. 욕실 천장과 벽에서 타일이 떨어지기 시작했다. 타일 조각은 두 사람의 머리와 어깨와 무릎과 발등을 때렸다. 남자가 하얗게 질린 얼굴로 변기 뚜껑에서 엉덩이를 떼고 엉거주춤하게 일어섰다. 여자를 향하여 두 팔을 쭉 뻗었다. 선생님한테 혼나고 벌 받는 초등학생 같은 모습이었다. 남자의 두 손은 사시나무처럼 떨렸다. 그는 여자에게 자기 손을 잡아달라고 애원하고 있었다.

하지만 여자는 입을 야무지게 다물고 고개를 다른 데로 틀었다. 집이 한쪽으로 급격히 기울어졌다. 벽에 사람 머리만한 구멍이 뚫리면서 모래가 무더기로 날아들어왔다. 남자가 아아아악 비명을 질렀다. 모래 더미를 가슴에 안고 바닥에 뒤로 벌렁 누우며 허옇게 뒤집힌 눈으로 외쳤다.

"여보! 나 좀 봐!"

보긴 뭘 보라는 거냐는 얼굴로 여자는 실소를 머금었다. 지금 같은 상황에선 모든 게 다만 구차스럽고 우스꽝스럽다는 느낌뿐이었다. 차라리 큰 소리로 한바탕 웃음을 터뜨리고 싶었다. 벽 구멍으로 날아든 모래 덩어리가 여자의 뺨을 후려쳤다. 타일 조각에 얻어맞은 손등에서 피가 줄줄 흘렀다. 여자는 손을 눈앞으로 들어올려서 손가락을 꼽으며 자기 나이를 헤아렸다. 서른다섯 살. 앞으로 십 년쯤 더 살고 싶다고 말하더라도 아무도 나무라지 않을 나이로 여겨졌다. 절명의 순간에 그녀는 뜻밖에 덤덤하면서 태연한 기분을 느꼈다. 심지어 배가 좀 고픈 듯해서 주방으로 가서 밥을 한술 뜰까 하는 생각마저 들었다.

고막을 찢을 듯이 벼락치는 소리가 나면서 욕실 천장이 돌풍에 날아갔다. 뒤이어 욕실뿐 아니라 거실과 침실과 현관 전체가 산산조각이 되어 하늘로 솟구쳐올라갔다. 남자와 여자도 온몸이 긁히고 찢어진 상태에서 하늘 높이 날아올랐다. 팔다리가 부러진 남자는 눈을 감고 입을 쩍 벌린 모습으로 정처 없이 허공을 떠다녔다. 여자는 모래 바람에 몸을 맡기고 부드럽게 헤엄치면서 주위를 스쳐 날아가는 물건들을 둘러보았다. 자신의 수영복과 셔츠와 양산과 샌들이 회오리바람 속에서 신나게 춤추는 게 보였다. 결혼사진이 담긴 액자, 장구를 들고 채를 쥔 손을 높이 쳐든 쪽머리 여자 인형, 나무판자와 찢어진 캔버스와 뿌리째 뽑힌 소나무 줄기도 보였다.

아까 욕실 창에 붙어 있던 책이 가까이 날아왔다. 여자는 그 책을 잡으려 했다. 그러나 손가락 끝에 닿았다 싶은 순간 그만 놓쳐버렸다. 낙담한 여자는 온몸에서 힘을 빼고 두 눈을 감았다. 미처 마지막 작별인사를 나눌 겨를이 없었다. 두 남녀는 돌풍의 롤러코스터를 타고 공중제비를 넘다가, 제각각 다른 방향으로 포물선을 그리며 순식간에 멀어져갔다.

프라이팬

"너너너너너, 여긴 웬일이야? 어어어딜 들어오는 거야?"

방으로 네 발을 다 들인 짐승은 눈에 핏발이 선 얼굴로 여자를 쳐다보았다. 이윽고 앞발을 들고 뒷발만으로

바닥을 딛고 똑바로 섰는데 키가 이 미터는 됨직했다. 그림자가 그대로 여자의 온몸을 덮었다.

젊은 여자가 모는 낡은 스쿠터가 붉은 하늘을 배경으로 저수지 둑길을 넘어 나타났다. 훤히 트인 들판 저 멀리 완만한 산등성이로 해가 넘어가는 시각이었다. 스쿠터는 우툴두툴한 길을 좀 빠르다 싶게 달려내려오더니 툭 튀어나온 돌덩이를 밟고 휘청댔다. 보자기에 싸서 뒤에 실은 보온병과 찻잔이 옆으로 쏠렸다.

여자는 반팔 흰색 셔츠에 매끄럽고 얇은 연둣빛 시폰 치마를 입었다. 아랫단을 가랑이에 모아서 넣고 궁둥이로 깔고 앉았는데도 치마 전체가 풍선처럼 부풀어 곧 터질 듯 퍼드덕거렸다. 여자는 스쿠터 손잡이를 꼭 그러쥐고 정면을 응시할 뿐, 옆이나 뒤를 돌아보지 않았다. 콧등과 이마에 주름이 잡혔다.

'어째 인간들이 주둥아리가 그 모양일까? 자기 식구들 앞에서도 그렇게 함부로 혀를 놀릴까? 손버릇은 또 어떻고!'

낚시터에 왔으면 고기 낚는 데 열을 올릴 일이지, 커피를 시켜 먹는 것부터가 여간 객쩍은 짓이 아니라고 여자는 생각했다.

"몸매 죽이는걸. 우리 연애 한번 할까? 저기 버드나무 그늘이 시원하고 푹신할 것 같은데 어때?"

파라솔을 축소시킨 모습의 우스꽝스러운 모자를 머리꼭지에 얹은 사내는 계속 이죽대며 여자의 가슴께를 내려다보았다. 여자는 보온병으로 사내의 얼굴을 후려치고 싶었다. 또다른 사내가 바늘에 미끼를 갈고 올라오더니, 땅바닥에 털썩 앉자마자 지렁이 토막이 말라서 들러붙은 손으로 여자의 치마를 들추고 허벅지를 훑었다.

"아이 참!"

여자가 사내의 손등을 손바닥으로 때리고 흰자위를 드러내자 주위 낚시꾼들이 일제히 돌아보았다. 모두 벌쭉벌쭉 웃는 낯이었다. 여자는 그 순간의 불쾌감이 지금껏 전혀 누그러지지 않았다. 다방 겸 경로당 분유깡통에 가득한 가래를 머리에서 발끝까지 뒤집어쓴 느낌이었다. 어서 돌아가서 수세미로 박박 문질러 허벅살을 닦아내고 싶은 마음뿐이었다.

일순간 무언가 눈앞을 스쳐가는 느낌에 여자는 냅다 침을 뱉었다. 잠자리가 침에 정통으로 얻어맞아 풀이 웃자란 도랑으로 곤두박질쳤다. 중심을 잃은 스쿠터는 다시 갈지자로 휘청거렸다.

'지금까지 뱉은 침을 다 모으면 저 도랑쯤은 너끈히 채울 수 있겠지?'

엉뚱한 데 생각이 미친 여자의 입가에 미소가 스쳤다. 한때 여자는 부지깽이나 연탄집게를 담벼락에 세우고 침을 날려서 맞히는 장난을 즐겼다. 수업료가 없어서 고등학교를 중퇴하고 집에서 빈둥댈 때였다. 한바탕 그 짓을 하고 나면 입속이 바짝 말랐지만 부글거리던 속이 적잖이 가라앉았다.

　'침으로 목표물을 맞히는 경기가 있다면 틀림없이 내가 우승할 거야!'

　여자는 어깨를 으쓱거리며 가속기 페달 역할을 하는 스쿠터 손잡이를 힘껏 비틀었다. 스쿠터가 세차게 바람을 가르고 달려나갔다. 가랑이에서 포르르 소리를 내며 빠져나온 치맛자락이 가슴팍을 덮으며 시야를 가렸다. 여자는 앞으로 폴짝 뛰어드는 개구리를 보지 못했다. 바퀴에 깔리는 찰나 개구리는 납작한 녹색 얼룩으로 변했다.

　사방으로 시원스레 펼쳐진 논에선 벼가 푸릇한 줄기를 뻗으며 무럭무럭 자라고 있었다. 들판 곳곳에서 허리를 구부리고 바삐 하루 일을 마무리하는 사람들이 보였다. 허공에선 멧새와 제비들이 어지러이 날며 날벌레를 쫓았다. 저 멀리 북쪽 하늘과 잇닿은 언덕은 목장이었다. 부드러운 곡선을 뽐내는 언덕엔 아직 샛노란 햇볕이 손바닥만큼 남아 있었다. 사진을 찍어 액자에 넣어서 벽에 걸면 어느 상점이든 잘 어울릴 풍경이었다.

　사실상 땅거미 지는 시골길을 신나게 달리는 건 스쿠터만이 아니었다. 혀를 길게 빼물고 숨이 턱에 닿도록 헉헉대며 사오십 발짝 뒤에서 시커먼 짐승이 스쿠터를 쫓고 있었다. 여느 건장한 어른 이상으로 몸무게가 많이 나가 보였다. 얼굴은 이목구비 모두 사람과 흡사한데 온몸에 털이 수북하고 송곳니가 꽤 길고 뾰족했다. 깊은 산길을 달리는 자동차 앞으로 불쑥 나타나서, 손뼉 치고 합창하며 야영지로 가는 일가족을 질겁하게 만들고 유유히 사라지던 영화 속 야수를 닮았다.

　오늘 이 짐승은 굳게 결심한 표정이었다. 스쿠터 꽁무니와 여자 뒷

머리에서 잠시도 눈을 떼지 않았다. 반드시 일을 저지르고야 말겠다는 듯이 눈에서 불꽃이 이글거렸다. 사타구니에서 살가죽을 뚫고 나온 새빨간 송곳은 아무리 두꺼운 판자도 간단히 구멍낼 것 같았다. 불에 달군 쇠꼬챙이도 그보다 뜨겁고 날카로워 보이진 않을 듯했다.

　충북 음성군 마령 저수지 동쪽 둔덕엔 오래 전부터 녹슨 컨테이너가 놓여 있었다. 사람들은 이 컨테이너에 사는 사나이를 두 가지 별명으로 불렀다. 인상이 워낙 험상궂기 때문에 산적이었고, 소리없는 움직임으로 곧잘 사람 간 떨어지게 만들어서 물귀신이었다. 풀벌레마저 잠든 밤에 낚시꾼들이 졸린 눈으로 야광찌를 바라보고 앉아 있을 때, 사나이는 물 속에서 솟듯이 별안간 모습을 드러내기 일쑤였다. 앙다문 입술에 낯이 새까맣게 그을렸으며, 늘 등산용 은빛 지팡이를 짚었고 암적색 야구모자를 눌러썼다.

　사나이는 매일 한낮에 한 번 한밤에 한 번 둘레가 십여 리 남짓한 저수지를 돌았다. 낚시꾼들한테 입어료를 받고 영수증을 끊어주는 게 일이었다. 입어료는 대부분 저수지조합에 갖다주고 일부를 챙겼다. 이따금 쓰레기를 치우는 길에 빈 병과 깡통을 주워서 내다 팔아 생활비를 보탰다. 다리 하나는 박달나무처럼 단단했지만 세월을 거스를 순 없어서 나날이 눈에 뜨이게 늙어갔다. 이런 생활을 십오 년째 이어오는 동안 그는 언제나 혼자였다. 말동무가 없었기에 밥 먹고 이 닦고 하품할 때를 빼곤 입술을 떼지 않았다.

　네 평짜리 컨테이너엔 조리대와 침대와 비닐 옷장이 놓여 있었다. 원래 유리가 없는 창으로 찬바람이 쌩쌩 날아드는 화장실은 컨테이너 뒤에 있었다. 사나이는 겨울날이면 그곳에서 아침마다 바지를 내리고 앉아서 덜덜 떨어야 했다. 이곳에 처음 왔을 때 그는 조만간 화장실을 안에 들이기로 마음먹었다. 중고 컨테이너를 하나 더 사서 잇대면 될 터였다. 그러나 워낙 입에 풀칠하기 바쁜 살림이어서 저절로 그 꿈은 꼬리를 내렸다.

어느 한겨울 아침에, 화장실에 쭈그리고 있던 사나이의 머릿속으로 갑자기 개가 떠올랐다. 밖에선 싸락눈이 떨어지고 있었다. 개는 눈을 맞으며 고개를 한쪽으로 기울이고 그를 멍하니 바라보고 있었다. 그의 얼굴에 반짝 불이 켜졌다.

'왜 진작 이 생각을 하지 못했지? 개 한 마리를 키우면 한결 적적함이 덜할 거야. 그믐날 밤에 저수지를 돌 때도 덜 무섭고, 음식 쓰레기도 대폭 줄일 수 있을 거야!'

동태가 되어 컨테이너로 돌아온 사나이는 어떤 개가 좋을지 궁리했다. 저수지 옆 동네에선 집집마다 개를 길렀다. 발에 밟힐 만큼 흔한 똥개, 아무한테나 송곳니를 드러내고 눈을 부라리는 이장집 도베르만, 줄을 끊고 달아날 생각밖에 없어 보이는 오리구이집 셰퍼드는 그냥 주더라도 키우고 싶지 않았다.

'기왕이면 진돗개가 좋겠지? 충성스럽고 용감하기로 따지자면 그 이상이 없다지 않은가.'

사나이는 비닐옷장에서 통장을 꺼내 펼쳤다. 얼굴에 대고 맨 아래 찍힌 숫자를 읽었다. 연탄을 백 장은 더 들여야 겨울을 날 수 있을 것이고, 쌀독도 거의 바닥나갔다. 혼자 사는 생활이지만 전기세며 물세 따위 잡다한 세금이 만만치 않았다. 그리고 또 돈 들어갈 일이 있었다. 앞으로도 네댓 번은 읍내 치과에 가서 치료를 받아야 했다. 의사 말로는 당최 성한 이빨이 남아 있질 않다는 것이었다.

"무얼 씹었기에 이빨이 이 지경으로 닳은 거예요? 잇몸도 성한 데없이 다 내려앉았어요."

뼈를 씹는 일은 유구한 역사를 지닌 사나이의 취미였다. 좀이 쑤실 때마다 상자에 모아둔 뼈 가운데 하나를 골라들고 씹었다. 닭뼈는 오도독오도독 씹다보면 금세 흔적도 없이 사라졌고, 돼지뼈나 소뼈는 다 씹어 없애기까지 여러 날 걸렸다. 큰 욕심 없이 살다가 잠자는 중에 꿈꾸듯이 조용히 가는 것, 그게 사나이의 유일한 바람이었다. 진돗개를 키우고 싶은 꿈이 생기기 전까지는 그러했다.

열흘 동안 꿈을 접었다가 펼치기를 되풀이하던 사나이는 장날에 통장과 도장을 챙겨들고 집을 나섰다. 버스를 타고 읍으로 가서 농협에 들러 거금 오만원을 찾았다.

"진돗개는 없소?"

사나이는 자신이 얼마 만에 말을 해본 건지 알 수 없었다. 입 밖에 소리를 내고서도 그게 말이 되는지 확신이 서지 않았다. 조심스레 개장수의 낯을 살폈다. 양푼에 얼굴을 묻고 김을 쐬며 국수를 먹던 개장수가 고개를 들었다.

"삼분지 일쯤 피가 섞인 놈이 있긴 한데."

개장수 앞엔 플라스틱 광주리가 놓여 있었다. 그 속에서 고만고만한 강아지들이 겨드랑이에 코를 묻고 서로 찰싹 붙어서 추위를 견디고 있었다. 털이 흰 놈이 한 마리, 갈색 강아지 둘, 나머지는 여러 색깔 털이 섞인 놈들이었다. 개장수가 흰색 강아지의 목덜미를 잡아올려서 빙 돌려 보였다.

"잘 키우면 백 퍼센트 순종보다 나아요. 순종은 아무리 먹여도 살이 쉽게 붙질 않아서 약으로 쓰기엔 좀 그렇지요."

사나이가 눈을 치뜨고 손사래를 쳤다. '자기 개를 잡아먹는 게 인간이오?' 하고 말하려 했으나 입에서 다른 얘기가 새어나갔다.

"자기 개를 잡아먹어도 인간이겠지요?"

고개를 갸웃하며 개장수가 강아지 값을 댔고, 잠시 머뭇거리던 사나이는 농협에서 찾은 돈에서 한 장을 뺀 돈을 내밀었다. 개장수가 입맛을 쩝 다시며 강아지를 내주었다. 사나이는 누가 채가기라도 할 것처럼 강아지를 가슴에 품고 부랴부랴 집으로 돌아갔다. 혁대가 풀려 허리 뒤에서 궁둥이 맨살이 하품하면서 한 뼘이나 드러난 것도 몰랐다.

'삼분지 일이면 어때? 어쨌든 진돗개는 진돗개니까!'

하루아침에 컨테이너 안의 공기가 확연히 달라졌다. 훈훈한 느낌이 돌면서 비릿한 살내가 나자 비로소 사람 사는 집 같아졌다. 늘 꺼칠했던 사나이의 얼굴에 십수 년 만에 처음 미소가 흘렀고 반드르르한 빛이 번졌다.

먹성은 그저 그런데 자라는 속도가 보통 빠른 강아지가 아니었다. 해가 바뀔 즈음엔 덩치가 두 배로 커져서 더는 강아지라고 부르기 무엇해졌다. 사나이는 처음부터 그 녀석을 "아가야" 또는 "애야" 하고 불렀다. 때로는 "아들아" 하고 불렀는데, 다른 식으로 부르면 쳐다볼 생각도 하질 않았다. "개똥아" 하면 눈동자를 굴리며 고개를 갸우뚱했고, "멍멍아" 하고 부르면 '누가 왔나?' 하고 밖을 내다보았다.

사나이는 개를 늘 친자식처럼 대했다. 둘은 같은 침상의 같은 이불에서 잠을 잤고 밥도 같은 상에서 먹었다. 밥이 설익은 날 사나이는 자기 입으로 잘 씹어서 개의 입에 넣어주었다. 기온이 뚝 떨어진 날엔 털옷을 입혀주고 양말도 신겼다. 주민세 고지서를 전하러 들른 이장에게 슬쩍 물어보았다.

"애를 제 호적에 올리는 방법은 없을까요? 그러면 건강보험 혜택도 받을 수 있을 텐데요."

이장이 바로 돌아서서 허공에 대고 툭 내뱉었다.

"미친 놈!"

설날 저녁때 외출한 사나이는 삼겹살을 들고 돌아왔다. 프라이팬에 신김치를 섞어서 구워 개와 함께 오붓하게 파티를 열었다. 달걀부치는 일 이외엔 써본 적이 없는 프라이팬이었다. 컨테이너 안이 고기 굽는 냄새와 연기로 가득 찼다. 둘 다 말없이 턱으로 침을 흘려가며 고기를 맛있게 먹었다. 배불리 먹어보자는 생각에 세 근을 사왔는데 순식간에 동났다. 신문지 위에 프라이팬을 뒤집어놓고, 벽에 등을 대고 앉아 두 다리를 뻗은 사나이는 두두룩한 배를 손으로 쓸었다. 순간 개의 얼굴에 미소가 흘렀다.

"허, 이 녀석 좀 보게. 꼭 사람처럼 웃잖아? 난생 처음 고기 맛을 보더니 머리가 살짝 돈 게로구먼."

개가 사나이에게 다가와서 곁에 붙어 앉았다. 끄윽 트림하더니 앞발을 들어 뒤통수를 벅벅 긁었다. 모든 행동이 사람과 아주 비슷했고, 길게 방귀도 뀌었다. 사나이는 개의 뒷덜미를 쓰다듬며 지난날을 들려주었다.

"걸음마를 시작한 뒤로 단 하루도 편히 쉬지 못했어. 소처럼 죽도록 일만 하며 살아왔지. 내가 가진 거라곤 몸뚱이가 전부였거든. 한창때는 누구보다도 허우대가 좋고 허릿심이 세서 쌀 두 가마니를 번쩍번쩍 들었어."

개의 볼을 잡아당겨 귓속에 입김을 불어넣으며 속삭였다.

"동네 여자들한테 인기가 괜찮았지. 모두 나만 보면 몸을 꼬고 야릇한 웃음을 흘렸어. 죽자사자 목에 매달리는 여자도 두엇 있었어. 그런데 힘에서 도무지 나를 당해내지 못하겠다나? 곁에 더 머물다가는 뼈도 못 추릴 것 같다며 모두 줄행랑쳐버렸지."

사나이는 한숨을 폭 내쉬었다. 추석이나 설날 같은 명절엔 아무리 맛있는 걸 많이 먹어도 뼛속으로 서늘하고 쓸쓸한 기운이 파고드는 걸 어쩔 수 없었다. 그는 한시도 가족을 가져본 적이 없었다. 경찰서와 면사무소에 불려다니며 갖은 면박과 수모를 당한 끝에 주민등록증을 만든 건 서른 살이 지나서였다.

"세상에 이런 외톨이 인생이 또 있을까?"

혼잣말로 중얼거리는 사나이의 얼굴을 개가 물끄러미 올려다보았다. 미간을 좁히며 축축한 혀로 손등을 핥았다. 사나이는 슬며시 손을 빼고 고개 돌려서 개를 외면하고 리모컨으로 티브이를 켰다. 설날 특집 쇼가 방영되고 있었다. 모든 출연자가 노래하고 춤추며 신나게 놀고 있었다. 멍하니 화면을 바라보다가 앞으로 나선 개는 티브이에서 무용수들이 춤추는 동작을 그대로 따라 했다. 뒷발로 바닥을 딛고 꼿꼿이 일어서서 엉덩이를 흔들며 사나이를 돌아보았다.

'어때요. 나도 이 정도면 잘 춘다고 볼 수 있겠지요?'

마치 그렇게 묻는 듯한 얼굴이었다. 사나이가 껄껄껄 웃었다.

"애야, 네 덕에 내가 배꼽을 잡을 날이 다 있구나!"

화기애애하고 달콤한 날이 두어 달 남짓 이어졌다. 뒷산 눈이 다 녹고 봄으로 접어들 즈음에 개한테서 뜻밖의 변화가 벌어지기 시작했다. 먼저 몸에 진돗개 피가 한 방울도 섞이지 않았다는 게 밝혀졌다. 갈수록 귀와 꼬리가 밑으로 축 처졌으며, 부드럽고 보송보송했던 흰 털은 얼룩덜룩한 빛깔로 바뀌었다. 꼭 탄광촌 시궁창에 거꾸로 처박

했다가 가까스로 살아나온 것 같았다. 저수지 옆 마을 담장마다 개나리가 만발할 때 개는 느닷없이 털갈이에 들어갔다.

털이 모조리 빠지기 무섭게 이번엔 곱슬곱슬한 검정 털이 수북이 자라서 온몸을 덮었다. 송곳니가 아랫입술을 타고 삐죽 나왔고, 털 한 올 없는 반들반들한 가슴팍 맨살엔 원숭이 궁둥이처럼 분홍빛이 짙게 번졌다. 문제는 거기서 끝나지 않았다. 불알이 제각각 복숭아만 해졌으며, 걸핏하면 "홋홋홋후" 하고 사람 웃음소리를 냈다. 사나이는 그 소리가 자신을 비웃는 것처럼 들렸다.

"세상에 이렇게 흉악하고 볼썽사납게 생긴 진돗개가 어디 있어? 내가 그놈을 그냥!"

주리를 틀어버릴 생각으로 소매를 걷고 장날 읍으로 달려갔다. 하지만 개장수는 보이지 않았다. 사나이는 개만 보면 얼굴이 저절로 찌푸려지면서 속이 메스꺼워졌다. 자꾸 먹은 게 거꾸로 올라오려 했으며 입에서 쓴 물이 돌았다. 조금이라도 거치적거린다 싶으면 발로 개를 걷어찼다. 나중엔 멀찍이 떨어져 꼼지락거려도 달려가서 걷어찼고 가만히 있어도 발길질했다.

밤새 가랑비가 내린 날 새벽에, 사나이는 이불 속에서 고약한 냄새를 풍기는 누런 반죽을 발견했다.

"똥? 똥!"

하늘엔 아직 먹구름이 짙게 깔려 있었다. 이런 날 이불과 요를 빨 생각을 하자니 머리끝까지 뜨거운 연기가 올라왔다. 개의 한쪽 볼을 꼬집어 쥐고 번쩍 손바닥을 들어 뺨을 후려쳤다.

"이놈! 감히 주인 나리께서 주무시는 이불 속에다가 일을 보다니 네가 지금 제정신이냐?"

그러자 개는 앞다리를 구부리고 궁둥이를 높이 들어서 꼬리를 살랑살랑 흔들었다. 따귀를 한 대 더 돌리자 낑낑거리며 구석으로 물러나선 바닥에 주둥이를 대고 엎드렸다. 사나이는 이불과 요를 둘둘 말아서 들고 마당으로 나갔다. 함지박에 물을 받아 빨래를 하는 중에도 화가 가라앉지 않았다. 얼굴이 귓불까지 붉어졌고 눈엔 물기가 맺혔다. 좀처럼 해가 나지 않아서 빨래가 다 마르기까지 여러 날 걸렸다. 그 동안 사나이는 딱딱한 나무 침상에서 아무것도 깔지 않고 잤다. 못이 박인 탓에 옆구리와 허리와 어깨와 등뼈 어느 곳 하나 쑤시지 않는 데가 없었다.

보름쯤 지나서 사나이가 물을 끓여 머리를 감을 때였다. 개가 기지개를 켜다가 엉겁결에 앞발로 대야를 건드렸다. 벽돌 위에 놓인 대야가 옆으로 넘어가면서 방 안이 물바다가 되었다. 사나이가 빗자루를 들어 개의 등짝을 인정사정없이 내리쳤다.

"이놈아, 너는 사람이 아니라 개란 말이다! 설령 사람이라고 해도 그렇지! 집 안에서 똥 누고 세숫대야를 엎는 사람이 어디 있어!"

개는 눈을 둥그렇게 뜨고 사나이를 쳐다보았다. 슬며시 컨테이너 밖으로 나가더니 어디를 쏘다니다가 저녁때야 돌아왔고, 발톱으로 바닥을 북북 긁으며 이빨을 드러내고 뭐라고 한참 구시렁댔다. 보다 못한 사나이가 버럭 소리쳤다.

"너 당장 일어나지 못해?"

개가 몸을 일으키는 순간, 사나이는 바닥에 한 손을 짚고 자세를 낮추며 돌려차기로 개를 걷어찼다. 옆구리를 챈 개는 제대로 숨을 쉬지 못했다. 얼마 만에 겨우 몸을 추스르더니 고개를 틀고 사나이를 빤히 바라보았다. 사나이가 주먹으로 이마를 쾅 쥐어박았는데도 눈 한 번

끔벅이지 않았다.

"이 자식이? 기껏 키워놓았더니 감히 나한테 반항하는 거야?"

급기야 사나이는 벽에서 거울을 떼어냈다.

"눈이 있으면 똑바로 보란 말이야! 너는 개, 나는 인간! 무슨 말인지 알아들었어?"

거울 속을 유심히 들여다보던 개는 입을 벌리며 뒷걸음질쳤다. 그 표정은 이렇게 외치고 있었다.

'그 동안 저 자는 나하고 같은 이불에서 잤고 같은 상에서 밥을 먹었고 늘 나를 아가라고 불렀어. 그리고 나에게 지금껏 살아오며 겪은 온갖 일을 시시콜콜히 들려주었어. 그런데 나는 인간이 아니었구나! 저 자가 나를 놀렸구나!'

그뒤로 개는 밤에 잠자리에서 이를 갈며 잠꼬대했다. 어떤 때는 사람의 쌍소리가 섞였다. 낮 시간에도 조금만 비위에 거슬리면 사나이를 노려보았고, 허구한 날 옷장 앞에 웅크리고 앉아서 골똘히 생각에 잠겼다. 물을 얻어 마시러 들른 낚시꾼들이 컨테이너를 들여다보고 두 팔을 벌렸다.

"와우! 저거 개 맞아요? 덩치가 송아지 뺨칠 정도네? 진짜 무시무시하게 생겼구먼!"

이런저런 일로 실랑이를 벌일 때, 이제 개는 사나이에게 힘에서 조금도 밀리지 않았다. 사나이는 숱하게 개한테 떠밀려 나동그라졌다. 숨막히는 긴장과 침묵이 이어지는 가운데 컨테이너에선 따뜻한 기운이 사라졌다. 참다 못한 사나이는 읍에 나가서 목걸이와 줄을 사왔고, 점심상을 물리자마자 개더러 가까이 오라고 손짓했다. 한참 머뭇적대던 개가 입을 꾹 다물고 다가앉자 사나이는 뒤에 놓인 목걸이를 집어들었다.

"오늘부터 너는 밖에 나가서 살아야 해. 오가는 사람들을 무는 일이 생겨선 안 되니까 이걸 채우고 줄로 묶어놓아야겠다."

목덜미를 잡아서 목걸이를 씌우려는 순간, 개는 그대로 사나이의 손을 물어버렸다. 비명을 지르는 사나이의 손등에서 피가 뚝뚝 떨어져내렸다. 다음 순간 눈을 부릅뜨고 뒷다리로 일어선 개는 제자리에서 펄쩍펄쩍 뛰었다. 머리꼭지가 천장에 닿을 듯했다. 개가 승냥이 울음소리를 내며 으르렁댔다. 사나이의 귀엔 영락없는 사람 목소리로 들렸다.

"어림 반 푼어치도 없는 소리 하고 자빠졌네? 이 늙은이가 완전히 정신이 돌아버렸어!"

질겁하여 아예 뒤로 누운 사나이는 온 뼈마디를 덜덜덜 떨었다. 식은땀을 흘리며 오줌을 지렸고, 개와 다시 눈이 마주치자 신음 소리를 냈다. 개가 얼굴을 들이대며 덧붙였다.

"그 동안 속이 곪아터지려는 걸 이를 악물고 견뎌왔는데 더는 안 되겠어. 또 엉뚱한 수작을 하려 들었다간 각오해. 내가 너를 이 줄로 묶어서 마당에 내놓을 테니까!"

한여름날 저수지엔 연일 밤낮없이 낚시꾼이 몰려들었다. 물 반 고기 반이 아니라 물 반 사람 반이었다. 사나이는 축 처진 어깨로 발을 질질 끌며 저수지를 돌았다. 입어료를 받고 쓰레기를 치우는 동안 개가 눈빛을 번득이며 따라다녔다. 낚시꾼들은 자라목을 하고 숨을 죽인 채 개가 지나가기만 기다렸다.

이장이 도베르만을 데리고 컨테이너에 다녀갔다. 저만치 컨테이너가 눈에 들어왔을 때 도베르만은 코를 킁킁대더니 우뚝 멈춰 섰다.

앞다리를 길게 뻗고 버티며 더는 한 치도 움직이지 않으려 했다.

"이놈이 왜 이 지랄이야? 쥐약을 먹었나?"

거칠게 줄을 잡아챘지만 꿈쩍도 하지 않았다. 하는 수 없이 소나무에 도베르만을 매어놓고 혼자서 컨테이너 앞마당으로 들어갔다. 이장의 두 다리가 눈에 뜨이게 후들거렸다. 걸음을 멈춘 이장은 고개를 숙이고 정신없이 떨리는 자신의 다리를 내려다보았다.

"오잉? 이게 뭐야? 풍이 왔나?"

인기척에 사나이가 문을 열고 내다보았다. 이장이 마른침을 삼키며 기어드는 목소리로 읊조렸다.

"개를 풀어서 기르면 안 되잖아요. 그렇죠?"

그가 사나이한테 경어를 쓰기는 처음이었다.

"다른 개들은 말할 것도 없고, 동네 사람들하고 낚시꾼 모두 기를 펴기 어렵잖아요. 그렇죠?"

뒤이어 고개를 틀고 소나무를 돌아보았다. 도베르만은 엉거주춤한 자세로 바닥에 닿도록 엉덩이를 내리고 똥을 누고 있었다. 그 꼴을 바라보는 이장의 낯이 하얗게 변했다. 자빠질 듯이 뒷걸음치면서 징징 짜는 어린애 목소리로 횡설수설했다.

"만일 무슨 일 생기면 다 당신 책임이야. 너무 무섭잖아. 뭐가 내리려나? 하늘이 영 꾸물거리네? 난 몰라. 무서우니까 알아서 해. 집사람이 밥상을 다 차렸는지 모르겠네?"

바깥출입을 중단한 개는 컨테이너 안에서 주로 티브이를 보며 시간을 보냈다. 유선방송에 가입한 티브이는 온종일 프로그램을 내보냈다. 개는 등받이의자 위에 책상다리를 하고 앉아서 티브이를 보았다. 앞쪽 탁자엔 늘 통닭이나 돼지족발 같은 음식이 쌓여 있었다. 광

고전단을 물어와서 바닥에 펼쳐놓고 주둥이로 가리키는 대로 사나이가 시킨 음식이었다. 개는 앞발 두 개로 음식을 들고 씹으며 티브이를 보았다. 개가 가장 즐긴 프로는 국산 영화였다. 치고받는 건달 영화를 볼 때는 권투선수처럼 앞발을 번갈아 뻗는 시늉을 했다. 멜로드라마에서 키스 신이 나오면 두 발로 얼굴을 가리고 화면을 몰래 훔쳐보았다.

저수지를 돌던 중에 사나이는 몇 번이나 멀리 달아날까 생각했다. 하지만 이곳을 떠난다면 굶어 죽는 건 시간문제로 여겨졌다. 컨테이너로 돌아가서 개 앞으로 다가앉으며 목을 조아렸다. 호주머니를 비워 바닥에 돈을 내려놓았다.

"오늘은 낚시꾼이 많지 않네요. 바람이 많이 불어서 그런가봐요."

티브이 화면에 눈을 박은 개는 짧게 고개를 까닥였다. 무슨 얘기인지 알아들었으니 티브이 보는 데 방해하지 말고 물러나 앉으라는 얘기였다. 문 앞 맨바닥에서 담요를 뒤집어쓰고 웅크리고 누워 잠을 청하며 사나이는 숨죽여 울었다.

'말년에 외로움을 좀 덜어볼까 했던 건데 이런 신세가 될 줄은 몰랐어. 창피해서 어디 가서 하소연도 못 하겠고 이 일을 어째? 개만도 못한 인생이로구나!'

개가 의자를 떠나 사나이에게 다가와서 등을 토닥거렸다.

"울 것까진 없잖아? 서로 의지해서 외로움을 달래며 사이좋게 지내도록 하자고."

개는 점차 거울에 익숙해졌다. 아침마다 세수한 뒤엔 꼭 거울을 들여다보았다. 티브이에서 화장법 강좌가 나오자 사나이를 돌아보고 앞발을 들어 화면을 가리켰다. 사나이는 곧장 읍으로 달려가서 화장품을 사왔다. 얼굴에 로션을 바른 개는 머리칼에 무스를 칠해서 발톱으로 빗어넘겼다. 거울 앞에 다가서더니 매우 흡족한 표정을 지었다. 밖에선 동네 암캐 여럿이 컨테이너 주위를 맴돌았다. 개가 뒷발로 서서 열린 창문으로 내다보았다. 즉시 암캐들이 돌아서서 꼬리를 들고 엉덩이를 보여주었다. 그러자 개는 몹시 따분한 표정을 지어 보이며 창을 닫았다.

젊은 여자가 모는 스쿠터는 이제 정미소를 지나쳐서 오른쪽으로 크게 반원을 그리며 길을 바꾸었다. 잠시 뒤에 송아지만한 시커먼 짐승도 스쿠터가 접어든 길로 성큼 발을 들여놓았다. 짐승의 턱을 타고 끈끈한 흰색 침이 주르륵 떨어졌다. 여름날인데도 침에선 희뿌연 김이 올랐다. 오늘까지 그 짐승은 스쿠터를 모는 젊은 여자와 대여섯 차례 부딪쳤다. 그때마다 몸을 낮추고 여자를 올려다보며 수줍은 미소를 머금었다. 하지만 여자는 매번 쌀쌀맞게 쏘아붙였다.

"저리 비키지 못해? 꼭 생긴 것하곤! 어떻게 저리 지지리도 못생겼을까? 낯짝이 그 모양이니 다른 암캐들이 거들떠나 보겠니?"

불과 이십 분 전에도 낚시터로 접어드는 길목에서 그 여자를 만났다. 여자는 몹시 골나서 식식대는 얼굴이었다. 길을 막고 길게 엎드린 개를 보자 윗몸을 뒤로 젖히며 스쿠터를 세웠다.

"어머! 깜짝 놀랐잖아!"

개는 바로 몸을 일으키며 한껏 부드러운 표정을 지으려 애썼다. 그러자 여자가 빙긋 웃었다.

"꼭 머리에 무스를 바른 것 같구나? 너 같은 똥개도 멋을 부릴 줄 아는가보지?"

뒤이어 여자는 개를 향해 침을 뱉었다. 허공을 날아간 침은 그대로 개의 콧등을 맞히었다. 당황한 개는 옆으로 비켜서 길을 내주었다. 여자가 한 손으로 코를 막으며 다른 손을 흔들어 냄새를 쫓는 시늉을 했다.

"개나 주인이나 어쩌면 저리 더럽게 생겼을까? 아이, 재수 없어!"

그러곤 다시 윗니로 혓바닥의 침을 긁어모아서 뱉었다. 이번에도 개를 향해 정확히 날아간 침은 눈두덩을 때렸다. 곧이어 스쿠터는 요란한 엔진 소리를 내며 언덕길로 올라섰다. 개는 어리벙벙한 얼굴로 빠르게 멀어지는 스쿠터를 멍하니 쳐다보다가 갑자기 어금니를 악물더니 스쿠터의 뒤를 쫓기 시작했다.

여름날 저녁 하늘엔 이제 붉은 기운이 다 가셨다. 어둠이 깔린 읍내로 들어간 여자는 다방 앞에서 스쿠터를 떠났다. 그뒤로 커피를 끓이고 잔을 닦고 손님을 맞고 배웅하는 일로 저녁 시간을 보냈다. 마침내 손님이 끊어지고 마담 언니마저 퇴근하자 탁자를 닦고 바닥을 쓸기 시작했다. 골목으로 술 취한 사내들이 고래고래 소리지르며 지나갔다. 어떤 사내가 밖에서 문고리를 두드려댔다.

"뭐야? 벌써 끝났어?"

여자는 쓰레받기를 살며시 탁자 위에 내려놓았다. 이내 골목이 잠잠해졌고, 윙 하고 울리던 냉장고 소리도 뚝 끊어졌다. 두 팔을 들고 기지개를 켠 여자는 실내 화장실에서 이를 닦고 낯을 씻었다. 수건으로 머리를 비비며 등을 다 끄고 주방 옆방으로 들어갔을 땐 이미 열한시를 넘어섰다. 어느 순간에 누군가 안마당에서 다방으로 통하는 문을 여는 소리가 들렸다. 화장대 앞에 앉아서 얼굴에 크림을 바르던 여자는 방문 쪽으로 고개를 돌렸다.

"마담 언니? 무얼 놓고 가셨나?"

그러나 방문을 발로 밀고 성큼 들어서는 건 마담 언니가 아니었다. 여자의 손에 들렸던 크림 통이 바닥으로 떨어졌다. 여자가 의자에서 엉덩이를 절반쯤 떼며 외쳤다.

"너너너너너, 여긴 웬일이야? 어어어딜 들어오는 거야?"

방으로 네 발을 다 들인 짐승은 눈에 핏발이 선 얼굴로 여자를 쳐다보았다. 이윽고 앞발을 들고 뒷발만으로 바닥을 딛고 똑바로 섰는데 키가 이 미터는 됨직했다. 뒤통수 쪽에 백열등이 붙어 있어서 그림자가 그대로 여자의 온몸을 덮었다.

'어떻게 개가 저런 자세로 설 수 있는 거지? 얼굴도 사람하고 너무 비슷해! 지금 저 개가 나를 보고 웃는 거 맞아?'

개가 바짝 다가서서 여자의 어깨에 앞발을 올려놓았다.

"어머, 왜 이러는 거야! 이 손, 아니 이 발 저리 치우지 못해?"

다음 순간 개는 화장대 위에서 수건을 집어 여자의 입을 틀어막았다. 여자가 몸을 뒤틀며 반항하자 호되게 따귀를 올려붙였고, 방바닥으로 여자를 끌어내려서 길게 뉘었다. 수건을 입에 문 여자가 속으로 외쳤다.

'어머나, 옷을 찢으면 어떻게 해! 야, 이 개새끼야! 나쁜 놈아! 무얼 하려는 거야? 어? 사람 소리를 내네? 제가 댁한테 모욕을 주었다고요? 그게 무슨 소리예요? 좋아요, 다 인정할게요! 하지만 그게 이런 벌을 받을 만한 잘못인가요? 어쨌든 당신은 개잖아요! 아, 제발 이러지 말아요!'

개한테 깔린 상태에서 여자는 눈을 감고 좌우로 팔을 뻗어서 방바닥을 휘저었다. 쓰레기통이 쓰러지고 주전자가 뒤집혔다. 신문지 위에 뒤집어놓은 프라이팬이 손끝에 와 닿았다. 여자는 프라이팬을 들어서 힘껏 개의 뒤통수를 내리쳤다. 하지만 개는 조금도 움찔하는 기색이 없었다. 계속 허리를 움직이며 혀로 여자의 얼굴을 핥았다.

깊은 밤. 하늘에 별이 총총 빛나는 밤. 가로등 불빛마저 다만 외롭고 쓸쓸한 밤. 고단한 나머지 어느 누구도 다른 사람의 곤경을 돌아볼 여유가 없는 밤. 프라이팬은 그뒤로도 십여 차례 더 개를 공격했다. 일순간 프라이팬의 단단한 테두리 부위가 딱 하고 개의 뒤통수에 부딪치는 소리가 났다. 곧 개는 동작을 멈추었고, 입에서 핏물이 섞인 침 한 줄기가 여자의 얼굴로 흘러내렸다.

잠깐 멀리서 사이렌 소리가 울리다가 사라졌다. 사지를 파르르 떨던 개는 이내 여자 위에서 온몸이 축 늘어졌다. 잠시 방 안에 고요가 돌아왔나 싶더니, 처량하면서 낮은 여자의 울음소리가 창문 틈새를 통해서 인적이 끊긴 골목으로 흘러나가기 시작했다.

선인장

이윽고 남자는 숨을 고르며 창에서 돌아섰다. 어디선가 싸아아아아 하고 바람 불어가는 소리가 들렸다. 아내

가 주문하여 들여놓은 화분이 눈으로 빨려들어왔다. 오늘 아침까지 텅 비었던 화분엔 커다란 식물이 들어서

있었다. 키와 몸피가 아내와 비슷했으며, 사람의 다리처럼 아래쪽이 두 줄기로 갈라졌고 빛깔도 아내의 다리

와 똑같았다.

남편이 안방으로 들어갔을 때, 아내는 청치마를 벗어 바닥에 아무렇게나 떨어뜨리고 화장대 거울 앞에 다가서 있었다. 여전히 무스탕 점퍼를 걸치고 잿빛 팬티스타킹을 신은 모습이었다. 점퍼 밑으로 온통 잘 부풀린 호밀빵 반죽 같아서 어디부터 허벅지이고 장딴지인지 분명히 가르기 어려웠다. 금세라도 스타킹 곳곳이 투두두둑 터져서 살이 비어져올라올 것 같았다.

두 팔을 옆으로 어정쩡하게 벌린 여자는 발을 조금씩 움직여 작은 원을 그리고 돌아섰다. 티브이 어린이 프로그램에서 북극곰이나 펭귄으로 분장한 사람 같았다. 남편을 쳐다보는 얼굴은 곧 눈물을 쏟을 듯했고 목소리가 바르르 떨렸다.

"여보, 나 좀 어떻게 해줘요."

네댓 발짝 거리에서 남자는 '진짜 엄청나네?' 하고 속으로 감탄했다. 점점 눈을 크게 뜨며 앞으로 바짝 다가서서 털썩 무릎을 꿇었다.

아내의 두 다리를 와락 끌어안고 뽀뽀라도 할 듯한 기세였다. 이번엔 입에서 목소리가 새어나갔다.

"통나무가 따로 없어."

급기야 여자는 입을 삐죽대더니 흑 울음을 터뜨렸다. 남자가 허리를 펴고 일어나서 주먹을 그러쥐고 어깨를 축으로 삼아 팔을 휘돌렸다. 아내의 등 쪽으로 돌아가서 점퍼를 벗겨 화장대 의자에 내려놓고, 검정색 스웨터와 흰색 속옷을 머리 위로 올려서 점퍼에 겹쳐놓고 브래지어 호크에 손을 댔다. 여자가 양 어깨를 번갈아 재게 흔들었다.

"그건 놔두고 스타킹부터 좀."

그러나 순식간에 호크가 풀리며 겨드랑이로 돌아가는 띠가 늘어졌다. 여자는 재빨리 브래지어 컵을 가슴과 함께 두 손으로 감싸쥐었다. 어깨끈이 따로 없는 누드 브래지어였다. 여자는 무릎을 구부릴 수도 허리를 굽힐 수도 없었다. 이런 몸으로 어떻게 회사에서 집까지 왔는지 스스로도 알 수 없었다. 버스로 이동할 때나 길을 걸을 때 이를 악물고 천 단위로 숫자를 헤아렸던 것만 떠올랐다. 다리엔 아예 감각이 없었다. 시멘트 통 속에 담갔다가 꺼낸 지 반나절쯤 지나서 시멘트가 단단히 굳은 것 같은 느낌이었다.

여자는 두 컷짜리 만화에서 비슷한 곤경에 빠진 사람을 본 적이 있었다. 바다 가운데 통통배가 떠 있고, 배고픈 갈매기들이 퀭한 눈으로 파도에 쓸릴 듯 낮게 날아다녔다. 까칠한 얼굴에 수염이 웃자란 사내가 등뒤로 손목이 묶인 채 덜덜덜 떨며 고물 끝 의자에 앉아 있었다. 시멘트 반죽이 가득한 양동이에 무릎 밑까지 다리가 푹 잠겼다. 사내는 이미 반죽이 다 굳어서 옴짝달싹할 수 없었다. 앞에 놓인 소파에 몸을 묻고 다리를 꼰 보스는 어금니에 시가를 물고 있었다.

연기로 도넛을 만들어 동동 띄우며, 양동이와 함께 바다 속으로 들어가서 물고기 밥이 되기 직전의 사내에게 물었다.

"어때? 새 구두가 마음에 들어?"

남자는 아내 뒤에서 팬티스타킹 허리 밴드를 당겼다 놓았다 하며 콧김을 내뿜었다. 아내한테서 풍기는 시큼한 땀냄새에 숨이 막히면서 재채기가 나오려 했다. 절레절레 고개를 흔들며 손바닥을 비볐다.

"잘 안 돼. 궁둥이도 커졌나봐."

뒤로 팔을 돌린 여자는 귓바퀴 위에만 겨우 남은 남편의 성깃한 머리칼을 꽉 움켜쥐고 좌우로 흔들었다.

"그럼 앞으로 와서 해봐요. 온몸이 끈적거려서 어서 씻고 싶어요."

아내한테 머리칼이 잡힌 남자가 질겁하여 비명을 질렀다.

"제발!"

남자는 아내의 손을 따라서 시계추처럼 윗몸을 움직였다. 일순간 여자가 머리칼을 놓자 그대로 엉덩방아를 찧었다. 무언가 허공을 풀풀 날아서 방바닥에 내려앉았다. 남자는 손바닥으로 민둥민둥한 머리꼭지를 쓰다듬으며 고개를 숙였고, 머리칼 한 줌을 집어서 눈에 댔다. 흰 머리칼이 섞인 걸로 보아서 자신의 것이 틀림없었다.

'이럴 수가! 너무해!'

남자는 다리를 길게 뻗고 엉엉 울고 싶었다. 머리칼 한 올이라도 더 빠질까봐 가려운 걸 꾹 참고 열흘에 한 번 머리를 감을까 말까 했으며, 언제 마지막으로 빗질했는지는 기억도 나지 않았다. 끙 소리를 내며 머리칼을 바지 주머니에 넣고 일어나서 아내 앞으로 돌아가 다시 무릎을 꿇었다.

손가락 끝을 아내의 배꼽 양옆에 갖다대고 뱃살을 깊이 찔렀고, 갈

퀴처럼 스타킹 밴드를 잡아서 조심스레 벗겨내렸다. 팬티도 얼떨결에 돌돌 말리며 내려왔다. 또다시 땀냄새가 얼굴로 달려드는 바람에 남자는 숨을 멈추었다. 잠자코 그의 움직임을 지켜보던 여자가 다시 흐느끼기 시작했다. 형광등 불빛에 반짝이는 남편의 대머리로 눈물이 뚝뚝 떨어졌다. 신나게 미끄럼을 지치며 이마로 내려온 눈물방울은 눈썹 위에서 잠시 쉬다가 콧등을 타고 또르르르 굴렀다. 여자는 남편한테 업혀 욕실로 가는 중에도 가슴을 감싸서 쥔 브래지어에서 손을 떼지 않았다. 바쁠 때는 스스럼없이 남편 앞에서 알몸으로 옷을 갈아입던 사람이었다.

남자는 아내를 세면대 옆 벽에 등을 붙여 세우고 욕조에 더운 물을 받았다. 평소보다 십 킬로는 몸무게가 늘어난 듯한 아내를 업어 나르느라 녹초가 되어 몹시 헐떡거렸다. 주먹으로 등허리를 두드리며 힐끗 아내를 쳐다보았다. 아내는 윗니로 입술을 깨물고 눈을 감고 있었다. 계속 눈물을 흘렸지만 더는 울음소리를 내지 않았다.

'지금 당신이 무슨 생각 하는지 알아맞혀볼까?'

남자는 하마터면 그렇게 물을 뻔했다. 입이 근질거리는 걸 가까스로 참았다. 욕조에 물이 절반쯤 찼을 때, 물에 떠다니는 걸 노려보다가 손으로 건져올렸다. 날개가 너덜너덜해진 엄지손톱만한 나방이었다. 그놈은 아직 살아서 날개를 파닥거렸다. 나방을 변기에 떨어뜨려 물을 내리고, 엉거주춤한 자세로 다시 아내를 업고 욕조를 등지고 돌아섰다. 욕조 속으로 아내를 내리려다가 그만 손이 미끄러졌다. 물속으로 첨벙 들어가면서 여자는 벽에 옆머리를 부딪혔다.

"여보, 왜 그래?"

남자가 끔벅거리는 눈으로 돌아보았다. 낯을 잔뜩 찌푸린 여자는 뭐라고 혼잣말하며 손으로 옆머리를 문질렀다.

"이런, 조심하지 않고선. 어디 얼마만한 혹이 났는지 만져봅시다."

남자가 손을 내밀자 여자는 그의 대머리를 손바닥으로 타다닥 때렸다. 어느 결에 여자는 손에서 브래지어를 놓쳤다. 뱃살 위쪽에 떨어진 브래지어는 그대로 물에 둥둥 떠 있었다. 남자는 푸르죽죽한 아내의 허벅지와 힘없이 처진 젖가슴을 바라보았고, 돋움인쇄를 한 종이처럼 브래지어 자국이 젖가슴에 뚜렷이 남은 걸 보았다. 아내의 얼굴은 마스카라가 지워지면서 눈두덩과 눈 밑에 검은 얼룩이 번졌다.

다음날 여자는 출근하지 못했다. 밤새 앓다가 새벽에 잠깐 눈을 붙였고, 동창이 훤해진 뒤에도 몸을 일으키지 못했다. 다리는 이제 발목까지 허벅지와 두께가 비슷해졌으며 에스키모 털신을 신은 것처럼 두 발 모두 두툼해졌다. 그리고 살갗의 푸른빛이 한층 짙어졌다. 남자는 집게손가락으로 아내의 종아리를 쿡 찔러보았다. 각기병 환자처럼 움푹 들어가더니 손을 떼고 한참 지나서야 살이 되올라왔다.

남자는 회사에 가자마자 아내의 직장으로 전화를 걸었다. 전화를 받은 상대는 통화중에 줄곧 "그건 이리 들여봐" "저건 잘 보이게 앞쪽에 올려놓아야지" 하고 누군가한테 외쳤다. 남자가 기껏 이야기를 마치자 상대가 물었다.

"뭐라고요?"

한숨을 내쉰 남자가 처음으로 돌아가서 "안사람이 어제부터 또" 하고 운을 떼는데 전화가 툭 끊어졌다. 수화기를 내려서 들여다보던 남자는 괜히 후후 입김을 불어댔다. 전자수첩을 꺼내 자판을 두드리며 다시 전화를 걸고 또 걸었다. 어머니는 일찌감치 경로당에 나가신 듯했고, 제수가 나른한 목소리로 전화를 받았다. 배경에서 여러 남녀가 수다를 떠는 소리가 들렸다. 남자가 물었다.

"지금 거실 소파에 누워서 티브이로 〈주부만세〉 보는 중이지요?"

"어머, 어떻게 아셨어요?"

멈칫하던 제수는 곧 배꼽을 잡고 깔깔거렸다. 그러나 남자한테서 사정을 듣더니 웃음을 뚝 그치고 헛기침하여 목청을 가다듬었다.

"중요한 모임이 있어서 바로 나가봐야 하는데 어쩌지요?"

누이와 어렵게 통화가 이루어졌다. 배경에서 세탁기 돌아가는 소리가 났다.

"오빠? 웬일로 나한테 전화를 다 하시고? 무슨 좋은 일 있어요?"

"음, 있지. 네 올케 언니 다리가 드럼통보다도 두꺼워졌다."

"어머머머!"

"어머머머고 뭐고 간에, 오늘 하루만 시간 좀 빌리자."

시누이는 곧장 오빠네 집에 가서 물수건으로 올케의 얼굴을 닦아주고 흰죽을 쑤어 먹였다. 유치원에서 애들이 돌아올 시간이 되어 돌아가면서 파출부를 불렀다. 남자가 퇴근하여 귀가하자 오리너구리처럼 입이 튀어나온 파출부가 기다렸다는 듯이 손가방을 흔들며 현관으로 달려와 손을 벌렸다. 남자한테서 돈을 낚아채 구겨쥐고 구두에 발을 꿰며 돌아보는 눈에 핏발이 섰으며 입으로 식식 소리를 냈다. 가방으로 냅다 남자의 머리를 후려치고 돌려치고 두 발로 이단 옆차기를 날려도 직성이 풀리지 않을 얼굴이었다.

"똥오줌 받는 일이라는 거 미리 얘기했어야죠!"

다음다음날도 여자는 결근했다. 남자가 보기에 여자의 다리는 부기가 좀 가라앉은 것 같기도 했고 어제 더 부은 것 같기도 했다. 푸른 빛이 연둣빛으로 바뀐 것 하나는 분명했다. 남자는 어제와 그제 미리 줄자로 다리 두께를 재놓을 걸 잘못했다며 뒤통수를 긁었다. 환자 치다꺼리에 이골이 난 다른 파출부를 불렀다. 파출부가 마른걸레를 듬뿍 담은 비닐가방과 플라스틱 변기를 들고 씩씩한 걸음으로 나타난 건 점심때가 다 되어서였다. 남자가 한마디 했다.

"씩씩하면 다예요? 지금이 몇시에요?"

아내가 말렸다.

"놔두고 빨리 출근하세요. 하루 더 쉬면 나아질 거예요. 전에도 이런 적 있잖아요."

아내는 남편의 눈을 피해 돌아누우며 바깥쪽으로 손을 털었다. 남자가 허공에 대고 내뱉었다.

"젠장. 이렇게 심한 적은 없었단 말이야!"

다음다음다음날엔 남자도 출근하지 못했다. 여자의 다리는 작년 가을 결혼기념일 여행 때 같이 손잡고 껴안았던 태백산 주목만큼이나 두껍게 변했다. 여자는 남편이 입에 넣어준 미음을 이불에 다 토했고 눈동자가 허옇게 돌아갔으며 혀가 꼬였다.

"갸갸갸. 오셔갸갸갸."

어서 나가보라는 얘기였다. 남자가 아내의 어깨를 흔들어댔다.

"여보, 괜찮아? 목소리가 왜 그래?"

막상 묻고 나니 자신이 좀 매정하다는 느낌이 들었다. 마른침을 삼키고 다음 질문을 던졌다.

"여보, 많이 아프지?"

역시 아내는 대꾸하지 않았다. 방을 나서던 남자는 손잡이를 잡고 냅다 문을 당겨서 이마로 쾅 들이받았다. 곧 구급차를 불러 아내를 병원으로 날랐다. 밖엔 진눈깨비가 내리고 있어서 여간 길이 막히지 않았다. 구급차 속에서 배에 안전띠를 두르고 죽은 듯이 누운 아내를 멍하니 바라보던 남자는 창에 꼭뒤를 대고 있다가 잠들었다. 창틀에 머리칼이 끼어 몇 올 또 빠져나가고 입가로 침이 흐르는 것도 몰랐다. 응급실에서 여자의 다리를 본 젊은 의사는 다짜고짜 남자의 멱살을 틀어쥐었다.

"당신, 이 환자 남편 맞아요? 이 지경이 되도록 그냥 집에 놔두었어요? 이 양반 사람 잡을 사람이네?"

여자는 꼼짝 않고 이동침대에 누운 채 네댓 개 방을 옮겨다니며 컴퓨터단층사진을 수십 장 찍혔고 검사라는 검사는 다 받았다. 그사이에 남자는 회사에 전화를 몇 통 넣었으며, 느린 걸음으로 식당에 가서 점심을 들었다. 된장찌개가 많이 짰지만 바닥에 눌어붙은 감자까지 박박 긁어서 먹었다. 식당을 나서 자판기에서 커피를 뽑아 들고 하늘을 올려다보았다. 그곳이 병원이라는 사실을 잊고 고개를 갸웃했다.

"웬 구급차가 이렇게 많지?"

오후 늦게 진찰 결과가 나왔다. 의사가 안경을 이마로 올리며 차트를 들여다보았다.

"지금으로선 직업병에서 비롯된 부종하고 결합한 윌슨 병으로 보여요. 윌슨 씨 병이라고도 부르지요."

"미스터 윌슨? 이 병을 처음 발견한 분인가보죠? 지금 어디 사시는지요?"

의사가 무슨 뚱딴지 같은 소리인가 하고 남자를 빤히 쳐다보다가 차트로 눈을 돌렸다.

"간에 구리가 비정상적으로 많이 쌓여서 생기는 희귀한 유전병인데 주로 신경계에 탈이 나지요. 현재 우리나라에 이런 환자는 어지간한 병실 하나에 몰아넣을 정도밖에 안 돼요."

어렸을 땐 멀쩡하다가 나이가 들면서 차츰 하반신부터 온몸이 마비되고 시력이 떨어진다는 것이었다. 언어장애가 먼저 오기도 하는데, 환자 쪽 집안에 이런 증상을 보인 다른 사람은 없냐고 의사가 물었다. 말이 끝나기도 전에 남자가 고개를 가로젓자 의사는 차트를 책상 위에 패대기쳤다. 종이 한 장이 휙 날아서 남자의 가슴팍에 달라붙었다.

"어떻게 잘 생각해보지도 않고 도리질부터 하는 겁니까?"

"제 아내는 고아입니다."

의사가 한 방 얻어맞은 표정으로 눈을 흘기며 어금니 사이로 소리를 냈다.

"틀림없이 환자 부모 가운데 한 분은 이 병으로 돌아가셨을 거요."

"그런 얘기는 못 들었는데요. 혹시 격세유전이 아닐까요?"

의사는 아예 책상 쪽으로 의자를 빙 돌린 뒤에 인터폰 수화기에 손을 올리고 우뚝 움직임을 멈추었다.

"둘 중에 하나를 고르세요. 안전하게 입원시켜서 경과를 보겠습니까? 아니면 일단 집으로 데려가서 투약하며 지켜보겠습니까?"

사흘이 더 지나서 여자는 의식이 돌아왔다. 멀뚱멀뚱 천장을 바라보다가 옆에 남편이 앉아 있는 걸 알아채고 어깨를 파닥 떨었다.

"놀라긴? 좀 어때?"

여자는 목소리도 또렷했다.

"여기가 어디죠?"

"입원 수속 밟아서 오늘 이리로 옮겼어. 빈방이 나질 않아서 보통 애먹지 않았어."

여자가 눈을 흡뜨며 펄쩍 뛰었다.

"다리 좀 부은 것 갖고 입원은 무슨 입원?"

"부은 정도가 아니라 허리 밑으로 완전히 마비되었어."

"그게 그거죠. 어서 집으로 갑시다."

여자는 붉으락푸르락하는 낯으로 매일 집을 그리워하는 노래를 외쳐 불렀고, 남자는 그건 절대로 안 될 말씀이라며 귀를 막았다. 수간호사가 고꾸라져 바닥에 코를 찧을 듯이 달려와서 조용히 하든지 나가서 싸우든지 하라며 삿대질했다. 여자의 두 다리는 부기가 올랐다가 내렸다가 푸르게 변했다가 연둣빛으로 돌아가기를 거듭했다. 나날이 눈이 나빠졌고, 곧잘 손 떨리는 증상이 나타나서 수저를 놀리지 못했다. 하지만 남자는 아내한테 올 때마다 환호성을 올렸다.

"아아, 어제보다 한결 나아졌네? 현대 의학이 좋기는 좋구나!"

그렇게 한 달이 가고 두 달이 가고 석 달이 갔다. 일 년이 가고 또다시 반년이 갔다. 이제 병원에서도 여자를 치료하는 일에서 눈에 뜨이게 열성이 줄었다. 서로 등을 떠밀며 입원실로 들어온 의사와 간호사는 대충 맥을 짚어보고 대충 주사를 놓았다. 한번은 여자 곁에 엎드려 잠깐 눈을 붙이던 남편의 팔뚝에 주사 바늘을 꽂으려 했다.

그 동안 남자는 지금껏 살아온 생애에서 가장 바쁜 세월을 보냈다. 입원비를 대고자 집을 팔고 전셋집으로 이사했다. 또 돈이 바닥나자 전셋집을 내놓고 월세방으로 옮겼다. 열 평짜리 원룸이었다. 꼭 필요한 세간만 들였고, 팔 수 있는 건 팔고 친척들에게 나눠주고 아무도 거들떠보지 않는 건 재활용센터에 넘겼다. 원룸은 앞서 살던 집보다 많이 비좁았지만 전망이 좋았다. 창으로 하늘이 한눈에 다 들어왔으며, 저 멀리 나무들이 하늘로 쏘아대듯이 늘 새들이 오르락내리락하는 공원이 보였다.

남자는 직장에서도 열심히 일했다. 누구에게도 털어놓지 않았기에 그에게 무슨 일이 있는지 아는 이가 없었다. 늘 무뚝뚝하고 퉁명스럽던 돌덩이가 별안간 부드럽고 사근사근한 솜사탕으로 변하여 동료들을 어지럽게 만들었다. 거의 말을 놓고 지내던 거래처 사람은 오랜만에 남자를 다시 보았을 때 전혀 다른 사람인 줄 알았다. 남자가 활짝 웃으며 다가서서 팔을 내밀었다.

"신수가 훤해졌네? 손이나 한번 잡아봅시다."

거래처 사람이 놀라서 물러서며 손사래를 쳤다.

"어허, 징그럽게 왜 이러시나? 뉘신지 먼저 밝혀야지요!"

그도 그럴 것이, 남자는 얼굴에 잔주름이 가득 덮였고 눈이 한 치 넘게 들어갔으며 볼이 귀로 돌아가 붙었다. 게다가 솜털 한 가닥 찾을 수 없는 반들반들한 중머리가 되어서 이발료와 샴푸와 염색약과 깨끗이 인연을 끊었다. 한때 단골로 드나들던 구내 이발소 주인은 남자가 지나가면 한없이 아쉬운 얼굴로 쩝쩝 입맛을 다셨다. 그는 퇴근하는 대로 병원으로 가서 아내와 저녁 시간을 보냈고, 아내가 잠든 뒤에 집으로 돌아가다가 가끔 동네 포장마차에 들렀다. 검약하는 생활로 바꾸면서 원래 주량이 소주 두 병이던 것을 반 병으로 대폭 줄였다.

남자는 반 병 술의 자유와 고독과 단출함을 사랑했다. 많고 적고 크고 작고 병들고 건강한 차이가 있을 뿐, 이 세상에 하찮거나 비천한 것은 없다는 깨달음도 얻었다. 어쩌다가 괜찮은 말상대가 생길 때도 있었다. 눈송이가 폴폴 날리는 날 밤에 단무지 한 조각을 열 번쯤 나눠 씹으며 소주를 홀짝이는데, 방울 없는 검정 털모자를 눌러쓴 옆자리 사내가 닭똥집을 시켜 복판에 놓으며 손바닥을 보여주었다.

"같이 드시지요?"

남자가 씩 웃었다.

"고맙습니다. 사실 아까부터 닭똥집 생각을 하고 있었거든요."

그러나 그는 젓가락을 들었다 놓았다 하며 좀처럼 안주를 집지 못했다. 검정 털모자가 건배를 청했다. 잔을 비우자마자 털모자는 젓가락으로 닭똥집을 집어서 소금을 찍어 앞으로 내밀었다.

"아아 하세요."

남자는 털모자가 시키는 대로 눈을 감고 아아 했고, 털모자는 그의 입속으로 닭똥집을 쑥 넣어주었다. 닭똥집이 다 들어가기도 전에 그가 입술을 닫는 바람에 젓가락이 이빨 사이에 끼었다. 털모자가 간신히 젓가락을 빼내자 그의 입에서 턱으로 침이 주르륵 흘러내렸다. 남자는 맛을 음미하며 천천히 안주를 씹어서 꿀꺽 삼키고 멸칫국물을 마신 뒤에 털모자에게 신통력을 보여주었다.

"글 쓰는 분이시죠?"

"아니, 어떻게 아셨어요?"

"한때 시를 썼지만 지금은 소설?"

털모자는 엉겁결에 그의 어깨를 장작 패듯이 내리쳤다.

"이것 참 대단하시군요!"

또 얻어맞을까봐 두 손을 들고 방어자세를 취한 남자에게 털모자는 오늘 글 하나를 막 끝내고 혼자서 뒤풀이하는 중이라고 말해주었고, 자리를 옮겨 한잔 더 걸치려는데 동무가 되어줄 수 있겠느냐고 물었다. 남자는 대답 대신에 남은 닭똥집을 한꺼번에 여럿 입에 넣고 우적우적 씹었다. 두 사람은 주먹만한 눈이 펑펑 쏟아지는 골목길을 코트 깃을 세우고 걸어 큰길가 생맥주집으로 갔고, 그곳에서 밤을 잊은 개똥철학자들 틈에 끼어 인사불성이 되도록 마셨다. 남자는 털모자에게 지난 이삼 년 사이에 아내한테 생긴 일에 대해서 더듬더듬 들려주었으며, 이야기 끝에 짧게 덧붙였다.

"늦은 감이 없지 않지만, 이제야 약간 철이 드는 느낌입니다."

겨울 철새들이 시베리아 집으로 돌아갔을 때 그의 아내는 퇴원했다. 남편이 집을 팔고 두 번이나 이사한 사실을 모르는 여자는 휠체어를 탄 채 원룸으로 들어서자마자 입을 벌리고 눈을 희번덕거렸다. 벽에 걸린 자신의 옷, 신발장의 자기 구두, 결혼할 때 친구들이 사준 냉장고, 칠이 벗겨진 가스레인지를 천천히 돌아보았고, 그가 바짝 들이댄 등을 내려다보았다.

"뭐 해요? 어서 업히지 않고선?"

남자의 등은 열두어 살 소년의 등보다 좁아 보였다. 뒤로 올린 손은 탄광촌 개울에 보름쯤 담갔다가 꺼낸 걸레처럼 검고 쭈글쭈글했으며, 앙상한 손가락은 영화에 나오는 외계인같이 끝마디만 유난히 굵어 보였다. 손목에 결혼 시계를 차고 있었는데, 줄이 다 낡아서 오늘 어디서 잃어버리더라도 전혀 이상할 게 없을 것 같았다. 여자는 남자의 어깨에 두 손을 올리고 앞으로 윗몸을 숙였다. 허리를 곧게 펴는 순간, 무릎이 툭 꺾이면서 남자는 여자를 휠체어에 도로 내려놓았다.

"잠깐잠깐. 밑에 뭐가 떨어졌어."

바닥에 손을 짚고 엎드려서 무언가를 줍는 척했다. 몰래 숨을 깊이 들이쉰 뒤에, 다시 손을 뒤로 돌리고 여자의 다리 사이에 등을 댔다. 여자를 침대로 나르기까지 수십 년 세월이 흐른 느낌이었다. 침대에 여자를 누이고 조절지레를 움직여 침대 위쪽을 높이고 뒷목에 베개를 받쳐주었고, 겨우 몸의 중심을 잡아서 한 발 한 발 옮겨 화장실로 갔다. 안에서 문을 닫자마자 옆구리에 손목을 대고 가슴을 내밀었다. 여자를 나르는 중에 삐끗한 허리에서 끊어질 듯한 통증이 일었다. 세면대에 손을 짚고 신음하며 거울을 들여다보았다. 이윽고 거울 속의 얼굴이 보름달로 변하여 자신을 향해 미소짓는 걸 보았다.

"네 아내가 집으로 돌아왔어. 좋지? 좋으면 좋다고 솔직하게 말해!"

남자는 여자가 병원에 가 있는 동안 집에서 혼자 잘 먹고 잘 살았다. 그러나 아내가 없는 집은 이미 집이 아니었다. 납골당 속으로 발을 들이는 기분이었고, 등이란 등을 다 켜도 어둠이 여전했다. 밤마다 꿈에 달걀귀신 처녀귀신 고깔모자귀신 몽달귀신이 번갈아 나와서 혀를 빼물고 날뛰는 쇼를 보여주었다. 그런 곳은 절대로 집으로 불러선 안 된다고 그는 믿었다. 매일 드나드는 사람이 바뀌고 곳곳에 코딱지와 가래침과 털이 묻어 있고, 퀴퀴한 곰팡내와 수상한 살냄새에 속이 뒤집히는 삼등 여관과 다를 바 없었다. 아무리 쓸고 닦아도 지저분하고 낯선 느낌이 가시지 않았다.

안주인이 돌아오면서 비로소 집은 완성되었고 생기와 산소가 넘쳐흘렀다. 안주인과 오래 떨어져 지낸 가구들이 일제히 기뻐하며 합창했다. 옷들은 옷걸이에 걸린 채 신나게 춤추었고, 신발장에서 구두와 샌들은 뒤꿈치로 바닥을 두드리며 경쾌한 소리를 냈다. 가스레인지는 전에 없이 힘차게 불길을 피워올렸고, 안주인이 손수 감을 떠다가 만든 커튼은 봄이 왔음을 반기며 물결쳤다.

남자는 아침마다 아내가 잠에서 깨어나기 두 시간 전에 일어났다. 먼저 아내의 요도에 이어진 비닐호스 끝을 뽑고 화장실에 통을 가져

174

다가 부셨다. 세수하고 문 밖에 나가서 신문을 들여 침대 머리맡에 갖다놓고 쌀을 씻어 안쳤다. 창 밖에 동이 트고 새들의 노랫소리가 가까워질 때, 커튼을 젖히고 음악을 틀면 아내가 눈을 뜨고 기지개를 켜며 배시시 웃었다.

"잘 잤어요? 좋은 꿈 꾸었어요?"

남자가 물수건과 세숫대야를 들고 다가서며 아침 인사를 건넸다. 침대 위를 높이고 이불을 걷고 아내의 얼굴과 손발을 차례로 닦아주었다. 밝고 매끄러운 초록색을 띤 다리는 이 세상 어떤 보석보다 아름다웠다. 그 위에 오톨도톨하고 자잘한 흰색 반점이 가득 뿌려져 있었다. 남편이 자신을 옆으로 돌려 누이려 하자 여자는 낯을 붉히며 손을 내저었다.

"나중에."

"지금 하는 게 좋아요."

관장하여 변을 보게 하는 데 가장 많은 시간이 흘렀다. 뒤이어 남자는 침대 옆 탁자에 상을 차렸고, 또다른 탁자엔 점심을 미리 보아서 그릇마다 뚜껑을 덮어놓았다. 어느 틈에 남자는 와이셔츠를 입고 넥타이를 맨 차림으로 변해 있었다. 한 숟갈씩 천천히 밥을 떠서 아내의 입에 넣어주는 모습은 옷차림이나 행동이나 친절한 레스토랑 종업원을 떠올리게 했다.

일 주일에 다섯 번 파출부가 와서 오후에 네댓 시간씩 여자를 돌보았다. 다른 가족들은 병문안과 소풍을 혼동한 게 틀림없었다. 하루 날 잡아서 우르르 몰려와 탕수육과 통닭과 피자를 잔뜩 시켜놓고 왁자지껄 떠들며 놀다가 돌아가선 꿩 구워 먹은 소식이었다. 그들은 처음부터 그런 사람들이었다. 십 년 전에 남자가 여자를 집으로 데려와서 인사시켰을 때, 그들은 여자가 일찍이 부모를 여의고 보육원에서 자랐다는 사실을 알고 벌레 대하듯이 멀찍이 물러앉으며 눈을 흘겼다. 여자가 거실 소파에 앉아서 손수건으로 식은땀을 찍어내는 동안, 남자를 주방으로 데리고 가서 빙 둘러섰다.

"네가 뭐에 홀려도 단단히 홀린 모양이구나. 사막 같은 데서 바람에 쓸려온 거나 다름없는 애를 어떻게 한 식구로 들일 수 있겠니?"

"형, 아버지께서 저세상에서 뭐라고 하실지 궁금하지 않아요?"

"오빠, 미리 얘기하지 그랬어요? 아직 결혼 안 한 내 친구 가운데 집안 반반한 애들이 쌓이고 쌓였는데!"

이후에 두 사람은 따로 살림을 냈고, 온갖 수모와 손가락질을 당하며 삼 년을 버틴 끝에 결혼식을 올릴 수 있었다. 그런데 다시 몇 번 해가 바뀌어도 여자는 좀처럼 아이를 갖지 못했다. 하필 복날에 나타난 시어머니는 며느리를 개처럼 끌고 병원으로 데려갔다. 진찰을 받아본 결과 여자는 석녀라는 게 밝혀졌다. 일이 그쯤 되자 여태껏 말을 삼가던 제수까지 빙긋빙긋 웃으며 대놓고 우쭐댔다.

"하늘이 내려주셔야지 사람 뜻대로 되는 일은 아닌가봐요. 막내를 호적에 넣어드릴 테니까 데려다 키우시겠어요?"

제수는 아들만 셋을 두었고, 방앗간에서 가래떡 뽑듯이 마음만 먹으면 언제든 아들을 또 낳을 자신이 있다는 소리를 입에 달고 다니는 사람이었다. 남자와 여자는 많은 날 밤잠을 설치며 이 문제를 놓고 고민했다. 추석 때 모든 가족이 모인 자리에서 남자가 제수를 돌아보고 어렵게 입술을 뗐다.

"키울게요."

"키우다니요?"

176

"막내 말이에요."

제수는 즉시 펄펄 끓는 물을 솥째 뒤집어쓴 표정을 지었다. 방 가운데 엎드려 곤히 자는 두 살배기 막내아들을 뒷덜미를 잡아 번쩍 들어서 품에 꼭 안으며 궁둥이를 돌려 앉았다.

"아주버님도 참? 그냥 한번 해본 소리를 갖고 그러시면 안 되지요. 애를 낳을 때 얼마나 고생했는데!"

일요일이면 남자는 동네 꽃가게에 가서 꽃을 사왔다. 온갖 봄꽃이 흐드러지게 핀 화분과 꽃병이 창 쪽 선반에 줄지어 놓였다. 어떤 날은 여자가 직접 꽃가게에 전화를 걸어서 꽃을 시켰다. 그렇게 꽃에 파묻힌 채 삼월이 가고 사월이 갔다. 여자는 이제 허벅지를 지나서 허리 위로 초록색이 번졌고 가슴에도 푸르스름한 기운이 비쳤다. 살갗이 푸르게 변한 모든 부위가 신경이 무뎌져서 어디에 심하게 긁혀도 몰랐다. 긁힌 자리에선 맑은 물이 방울방울 흘러나왔다.

어느 날 남자가 퇴근하여 돌아오니 현관 신발장 옆에 화분이 놓여 있었다. 어른 하나가 들어가도 될 너비에 높이는 허벅지에 이르렀다. 화분을 창가로 옮기며 물었다.

"당신이 시켰어요?"

여자가 고개를 끄덕였다.

"무엇에 쓰려고?"

"심을 게 있어서요."

"이만한 화분에 들어가는 나무를 팔지 모르겠네? 내일 퇴근하면서 들러볼게요."

여자는 이번엔 고개를 가로저었다.

"언제 같이 가서 사요."

사실상 외출은 엄두를 내기 힘든 일이었다. 딱 한 번 남자가 여자를 휠체어에 태워서 공원에 간 적이 있었다. 바람이 선선하긴 해도 햇살이 어찌나 따뜻하고 간지러운지 유모차를 탄 젖먹이들까지 배꼽을 드러내고 까르르 웃었다. 그런 날씨에 여자는 감기에 걸려서 여러 날 고생했다.

오월도 가고 막 유월로 접어든 날, 남자는 회사에서 안 좋은 일을 겪고 귀가했다. 내색하지 않으려 했으나 금세 알아챈 여자는 눈을 깜박거리며 안절부절못했다. 저녁을 먹는 내내 둘 다 아무 말이 없었다. 남자가 설거지하고 빨래하고 바닥을 걸레로 훔치고 빨래를 너는 모습을 여자는 줄곧 놓치지 않고 지켜보았다. 불을 끄고 누운 자리에서 그가 마침내 입을 열었다.

"여름휴가를 좀 일찍 신청했어요. 가고 싶은 곳 있으면 말해봐요."

여자가 한참 만에 조그맣게 말했다.

"사막."

"사막?"

"음, 사막."

"바다도 있고 산도 많은데?"

"발이 푹푹 빠지는 사막. 허벅지까지 모래에 묻혀서 가만히 있어도 쓰러지지 않고 서 있을 수 있는 사막. 내가 태어나서 자란 사막. 아무도 나를 보고 혀를 차는 일이 없는 사막. 바람이 불고 하늘이 파랗고, 낮은 뜨겁고 밤은 엄청나게 추운 사막."

그날 새벽에 남자는 아내와 함께 사막을 여행하는 꿈을 꾸었다. 구름 그림자가 겹겹으로 달려가는 모래 언덕을 나란히 넘다가 그만 아내를 잃었다. 아무리 둘러보아도 눈에 들어오는 건 모래와 하늘과 구름뿐이었다. 정신없이 엎어지고 구르고 나둥그러지며 아내를 부르고 뛰어다녔다. 곳곳에 사람과 짐승 뼈가 뒹굴고 있었고, 송아지만한 전갈 수십 마리가 꼬리 침을 곧추세우고 입에서 주황색 거품을 뿜으며 쫓아왔다.

가위눌려 깨어난 남자는 자신이 울고 있는 걸 알았다. 한겨울날 아내가 회사에서 돌아와서 치마를 벗고 화장대 앞에 서 있던 모습이 떠올랐다. 아내는 그날 밤 자리에 누운 뒤로 다시는 일어나지 못했고, 지금껏 남자는 아내가 있는 데서 눈물을 보인 적이 없었다. 어둠 속에서 남자는 이불을 끌어올려 얼굴을 덮었다. 얼마 만에 이불이 벗겨져내려가면서 따뜻한 손이 얼굴에 와 닿았다. 그 손은 그의 눈 밑에서 눈물을 닦아냈다.

"울지 말아요. 당신은 아무 잘못 없어요."

여자는 남편의 가슴에 손을 얹고 토닥거리며 자장가를 불러주었다. 그는 그때부터 아침까지 푹 잤다. 여느 날처럼 아내와 같이 아침을 들었고, 여느 날처럼 헤어지면서 손을 꼭 쥐었다가 놓았다. 그런데 그날따라 유난히 아내의 손이 차갑고 딱딱하게 느껴졌으며, 목과 어깻죽지에도 처음으로 푸른빛이 비쳤다. 현관으로 내려서서 구두를 신으며 돌아보는데 아내가 무슨 말을 하려는지 입을 우물거리는 게 보였다. 남자는 마음이 약해질까 싶어서 가볍게 손을 흔들어 보이고 곧 돌아서서 집을 나섰다.

그날 저녁때 남자는 일이 밀려서 제시간에 일어서지 못했다. 집에 전화했으나 받는 이가 없었다. 컴퓨터를 끄고 책상을 치울 때 시간은 밤 열시였다. 사무실을 뜨기 직전에 전화했지만 이번에도 받지 않았다. 회사를 나서는 대로 택시를 잡아탔다. 팔순은 돼 보이는 운전기사는 발힘이 없고 눈이 흐려서 좀처럼 속도를 내지 못했다.

"할아버지, 빨리 좀 갑시다."

기사가 속도를 더 떨어뜨리며 남자를 흘겨보고 한없이 느린 목소리로 대꾸했다.

"그렇게 말씀을 하실 것 같으면, 많이, 마아아않이, 섭섭, 섭섭하지요. 할아버지라니요? 저보다 별로 어려 보이지 않는구먼요."

남자는 동네 골목으로 들어서서 택시에서 내리기 무섭게 고개를 구십 도 젖히고 원룸 건물을 올려다보았다. 어디서 날아왔는지 물방울 하나가 대머리에 톡 떨어져 터졌다. 다른 집엔 다 불이 들어왔으나 그의 집만 창문이 컴컴했다. 혀를 살짝 내밀고 놀리듯이 밖으로 커튼 밑자락이 비어져나온 게 보였다. 건물로 들어가서 승강기 앞으로 달려갔다. 승강기는 다른 층에 머물며 좀처럼 내려올 생각을 하지 않았다. 발을 구르다가 결국 계단 입구로 갔다.

한달음에 계단을 달려올라가서 자기 집이 있는 낭하에서 걸음을 늦추었다. 숨이 턱 끝까지 차올랐고 무릎이 후들거렸다. 그런데 정작 집 앞에 이른 남자는 벽에 등을 대고 서서 두 다리를 쭉 폈다. 멀리 찬란한 도시의 불빛이 보였다. 어디선가 사람들이 한꺼번에 웃음을 터뜨리는 소리가 들렸고 고기 볶는 냄새가 났다. 남자는 세상에 나서 지금처럼 시간이 흐르는 게 두려운 적이 없었다.

옆집에서 시계초침 소리가 복도로 새어나와서 기차 바퀴 구르는 소리만큼이나 커졌다. 복도 저 끝에서 누군가 이쪽을 바라보는 듯하여 돌아보니 공기 속으로 꺼지듯이 사라졌다. 위아래 검은 옷을 입고 옛날 갓처럼 생긴 모자를 쓴 사내였다. 문을 향해 돌아선 남자는 호주머니에서 열쇠를 꺼내 구멍에 맞추었다. 좀처럼 열쇠가 구멍 속으로 들어가지 않았다. 그는 자신이 일부러 열쇠를 구멍에 제대로 맞추지 않고 미루적대고 있음을 알아챘다.

숨을 깊이 들이쉬어서 멈춘 뒤에 딸각 소리를 내며 문을 열었고, 집으로 들어서서 현관에 가만히 서 있었다. 젖처럼 달고 비릿한 냄새가 날아왔다. 침대 위쪽 창이 활짝 열려 있었고, 바람에 커튼이 가만가만 흔들리는 게 보였다. 냉장고가 윙 소리를 내다가 잠잠해지자 실내는 완벽한 적막에 휩싸였다.

"여보?"

작은 소리로 불렀지만 대답이 없었다. 다시 목으로 기어드는 소리를 냈다.

"몇 번 전화했거든요. 안 받기에 깊이 잠들었나보다고 생각했어요."

벽을 더듬어 전등 스위치를 올렸다. 개수대 옆 작은 등에서 주황색 불이 들어왔다. 흐릿한 불빛에 드러난 침대엔 아무도 없었다. 구두를 신은 채 올라서서 창가로 다가갔다. 창턱에 허리를 대고 윗몸을 굽혀 밑을 내려다보았다. 바닥에서 두 발이 떨어지면서 곧 추락할 듯이 온몸이 앞으로 쏠렸다. 가로등 불빛을 받은 골목엔 아무도 없었고 뒹구는 물체도 보이지 않았다.

이윽고 남자는 숨을 고르며 창에서 돌아섰다. 어디선가 쏴아아아아 하고 바람 불어가는 소리가 들렸다. 침대 밑에 이불이 떨어져 있었고, 그 옆으로 아내의 요도에 이어졌던 비닐호스가 길게 늘어진 게 보였다. 호스 끝은 화분과 꽃병이 놓인 선반 쪽을 가리키고 있었다. 아내가 주문하여 들여놓은 화분이 눈으로 빨려들어왔다. 오늘 아침까지 텅 비었던 화분엔 커다란 식물이 들어서 있었다. 키와 몸피가 아내와 비슷했으며, 사람의 다리처럼 아래쪽이 두 줄기로 갈라졌고 빛깔도 아내의 다리와 똑같았다.

"여보? 당신?"

한 발짝 앞으로 다가섰다. 더는 나아갈 수 없었다. 고운 모래로 덮인 가파른 언덕에 서 있는 것처럼 자꾸 발이 뒤로 미끄러졌다. 또다시 세찬 바람이 불어왔고, 바람에 얻어맞은 뺨이 몹시 쓰렸다. 남자는 휘청대면서 손을 내저었다. 잠깐 낙타 울음과 딸랑대는 종소리가 들렸다. 직후에 선인장 쪽에서 여자 목소리가 날아왔다. 사막 저 건너편 다른 세상에서 날아오는 것처럼 아득하면서, 바람에 부서져 곧 흩어질 듯이 가늘고 메마른 목소리였다.

오랜만에 일어서보니 정말 좋네요. 저는 늘 이곳에 서 있을 거니까 아무 걱정 말아요. 혼자서도 밥 꼭 챙겨 드시고 건강하셔야 해요? 그동안 당신 애 많이 썼어요. 고마움 영원히 잊지 않을게요. 오늘따라 몸이 많이 고단해요. 이곳까지 오는 데 하루가 다 갔거든요. 그럼 나 먼저 잘게요. 안녕.

시계추

한가로운 여름날 토요일 오후에 여자와 다정하게 밀어를 속삭이며 강둑을 거닌 게 인간이 아직 네 발로 기던

아득한 옛날로 여겨졌다. 피로와 졸음이 삼각파도처럼 밀려왔다. 형숙에게서 등을 돌리고 터벅터벅 걸어가는

데, 턱이 빠지게 한껏 벌려 하품하는 입에서 탄식이 흘러나왔다. "내 잘난 능력으로는 도무지 읽어낼 재간이

없구나. 종잡을 수 없는 마음이여!"

가을날 아침에 단양시 초평면 서기 김찬욱은 파출소 앞에서 트럭 짐칸에 올랐다. 아낙네 대여섯을 함께 태운 트럭은 북쪽 명사산으로 출발하여 임업도로를 중간쯤 올라간 곳에서 탑승자들을 부려놓았다. 찬욱은 일요일을 맞아 단풍놀이를 겸하여 부수입을 올리고, 운좋으면 같이 가는 아낙네들한테서 괜찮은 여자를 소개받을 수 있을까 하여 따라나선 길이었다. 도토리 줍기가 뜻밖의 호황을 누리는 해여서 하루에 반 가마니 줍는 건 일도 아니었다. 그만한 도토리 줍는 삯이 육만원이니 고추 따는 삯의 곱절이었다. 땡볕 들녘에서 얼굴 지져가며 고추 따는 아낙네들이 도토리 트럭이 지나갈 때마다 입을 닷 발 내미는 것도 무리가 아니었다.

　트럭을 떠나 숲으로 발을 들이니 거짓말 안 보태고 우박 쏟아지듯이 도토리가 투두두둑 머리와 어깨를 때렸다. 찬욱은 점심때가 되기도 전에 비닐자루를 절반 가까이 채웠다. 신바람 나서 나무그늘에 앉아 도시락을 먹을 땐 막걸리를 거푸 들이켜 낯이 불콰해졌다. 아낙네들과 운전사 홍씨가 둘러앉아 지켜보는 가운데 일어나 노래까지 한 곡 뽑았다. 학창 시절 교정에서 여수 앞바다를 내려다보며 즐겨 부른 가곡 〈내 고향 남쪽바다〉였다. 트로트에 익숙한 좌중의 귀는 잠깐 낯선 음악에 멈칫했다. 그러나 찬욱이 눈을 지그시 감고 비행기 날개처럼 두 팔 벌려 물결치며 열창하는 걸 바라보는 중에 저절로 흥이 났다. 노래가 끝나자 박수갈채가 터졌고 앙코르 소리가 뒤따랐다. 찬욱은 손을 앞으로 뻗어 허공을 다지는 동작으로 좌중을 진정시킨 뒤에 목을 가다듬고, 철물점 장씨 부인이 눈을 부라리며 외쳐댄 신청곡 〈사랑의 미로〉를 부르기 시작했다.

기분이 고조되어 오만해진 게 문제였다. 한 옥타브 높게 음을 잡는 모험을 감행했는데, 앞 소절은 장씨 부인이 따라 부르는 데 힘입어 무사히 넘어갔다. 그러나 그대 작은 가슴에 심은 사랑에 상처를 주지 마라는 대목에서 영원히 지울 수 없는 상처를 입었다. 수건을 돌돌 말아 삼킨 것처럼 목이 탁 막히며 노래가 중단되었고 혈압이 치솟았다. 뻣뻣하게 선 상태에서 얼굴이 홍시빛으로 바뀐 찬욱은 목과 관자놀이에 핏줄이 튀어나왔고, 깜박 의식을 잃고 휘청거렸다. 운전사 홍씨가 재빨리 일어나 겨드랑이에 팔을 껴서 뒤쪽 벼랑으로 굴러떨어지는 걸 막았다. 찬욱은 기껏 맛있게 먹은 밥과 막걸리를 다 토하고 한참 지나서야 허리를 바로 세우고 앉았다.

그사이에 다른 사람들은 어디로 갔는지 알 수 없었다. 그들이 훑고 지나간 일대엔 벌레 먹은 도토리만 눈에 띄었다. 어느새 해가 서녘으로 자리를 옮겨간 뒤여서 이러다간 오전 내내 애쓴 보람 없이 일당을 못 챙기겠구나 싶었다. 보조 자루를 꺼내 아가리를 벌려 쥐고, 아낙네들이 지나간 걸로 보이는 방향과 직각을 이루어 게걸음으로 비탈을 내려갔다. 나무들이 빽빽하고 길이 나지 않아서 발을 옮길 때마다 다리가 후들거렸고 등골로 식은땀이 흘렀다. 예상했던 대로 그곳은 도토리 천지여서 찬욱의 핏기 가신 얼굴에 희미하게 미소가 어렸다. 그는 도토리 주울 때 꼭 지켜야 하는 원칙을 알고 있었다. 나뭇가지에 긁히지 않게 수건으로 머리를 감싸거나 모자를 쓸 것, 낙엽을 잘못 밟고 허방 짚어 발목을 삘 우려가 있으므로 너무 가파른 곳을 피할 것, 독사에 물릴지 모르므로 반드시 장갑을 낄 것, 혼자 다니지 말 것. 네 가지 항목 가운데 찬욱이 지킨 건 모자를 쓴 게 전부였다. 아까만 해도 면장갑을 끼고 있었는데 어디에 흘렸는지 기억나지 않았다. 다행히 얼굴을 다치거나 발목을 삐거나 곤두박이치는 일은 생기지 않았다. 그런데 유난히 통통한 도토리가 도르르 구르는 걸 쫓아서 낙엽 속으로 손을 넣는 순간 따끔한 통증에 신음을 삼켰다. 손을 빼서 들여다보니 손등에 또렷이 이빨 자국이 나 있었다. 뒤이어 눈에 들어온 건 낙엽 위로 딸려올라왔다가 황급히 꼬리를 감추고 사라지는 붉은색 뱀이었다.

찬욱은 엎어지고 고꾸라지고 뒤집어지며 헤매다가 해거름에 아낙네들한테 구조되었고, 트럭에 실려 시내 병원으로 갔다. 담당 의사는 배구공 크기로 부푼 손을 보고 기적이라는 소리를 열 번은 되뇌었다. 찬욱은 만취했을 때처럼 흐릿한 정신으로 끙끙 앓으며 사흘을 보내고 의식이 돌아왔다. 손에서 부기가 빠진 뒤에 또 사흘을 병원 침대에 누워 지냈는데, 어느 순간부터 갑자기 스스로 알다가도 모를 능력이 생겼다. 간호사가 드나들 때마다 뚫어지게 얼굴을 바라보면 지금 무슨 생각을 하는지 알아챌 수 있었다. 한번은 간호사의 표정에서 '퇴근길에 동네 할인점에 들러 스타킹을 사야지' 하고 속으로 중얼거리는 걸 읽어냈고, 또 한번은 수간호사한테 별것 아닌 일로 꾸지람 들은 일을 곱씹으며 분을 삭이는 걸 알아챘다. 다음날 아침에 체온을 재러 나타난 간호사는 이번 주말에 애인과 충주호로 놀러가서 유람선을 탈 건지 월악산에 오를 건지 고민했다. 찬욱이 간호사에게 턱짓으로 창 밖을 가리켰다. "유람선 관광도 좋지만, 이런 계절에 단풍 구경 안 하면 언제 하겠어요?" 간호사가 깜짝 놀라서 입을 벌렸다. "제가 무슨 생각 하는지 어떻게 아셨어요?" 다음 순간 그녀는 속으로 '귀신이 따로 없네?' 하고 중얼거렸고, 찬욱이 한마디를 보탰다. "만일 제가 귀신이라면 뱀 따위 때문에 이 고생을 하겠습니까?"

현업으로 돌아간 날 아침에 찬욱은 면사무소에서 면장과 커피를 나누었다. "뜻하지 않은 사고로 욕보았소. 병원에 한번 들러봐야겠다 하면서도 영 시간이 나질 않더라고. 조심하지 않고선? 며칠 더 쉬게 하려 했는데 워낙 바쁜 철이라 불러들였으니 이해해줘요" 하고 면장이 안쓰러운 낯으로 말하는 순간, 찬욱은 그가 지금 거짓말하고 있음을 알아챘다. 면장의 가슴속을 흐르는 문장은 전혀 다른 것이었다. '이 머저리 등신 쪼다 팔푼이야. 도토리 줍는 건 치마 두른 이들의 일이지 남정네가 따라나설 일이냐? 고추가 아깝다. 일 주일 푹 쉬었으니 내년 여름휴가는 없는 줄 알아.' 뒤이어 그만 가서 일 보라고 손짓했다. 소파에서 엉덩이를 떼며 찬욱이 툭 던진 얘기는 면장의 얼굴을 잿빛으로 만들었다. "제 고추는 제가 알아서 잘 다룰 테니 걱정 붙들어매십시오. 월차휴가를 다 반납해서라도 내년 여름휴가는 꼭 받아먹어야겠습니다." 자기 자리로 돌아온 찬욱은 직원들과 눈인사했다. 그 순간 그들의 마음을 속속들이 읽어냈다. 농지담당 박주임은 '같이 붕어낚시 가겠더니 집에서 푹 쉬어야겠다고 해놓고선! 이놈아, 아줌마들이 그렇게 좋으냐?' 하고 중얼거렸고, 개발담당 임서기는 부드득 이를 갈고 있었다. '네 업무 대신 처리하느라 머리털이 한 움큼은 빠졌다. 나중에 두고 보자고!' 찬욱을 조금이라도 걱정해주는 건 사회복지 9급 황현자밖에 없었다. 찬욱은 그녀가 자신을 짝사랑하고 있음을 처음 알았다. '제발 덤벙대지 말고 몸조심하세요. 자기가 행여 불구가 되면 내 마음이 변할지도 몰라요.'

월급날 직원들은 퇴근하자마자 새로 이사한 양주임 집에 모였다. 저녁상을 물리자마자 화투판이 벌어졌다. 찬욱은 원래 고스톱에 젬병이어서 꿈에서도 돈을 따본 적이 없었다. 아직 몸이 성치 않은지라 슬쩍 빠지려 했는데, 고스톱의 달인으로 이름난 임서기가 팔뚝을 잡고 놔주지 않았다. 빙긋빙긋 웃는 그의 속마음을 읽고 찬욱은 움찔했다. '네 녀석 지갑을 빈 껍데기로 만들어야 그때 고생하며 속 뒤집혔던 게 좀 가라앉을 것 같다, 이 염병할 놈아.' 모두 다섯이 고스톱을 시작했다. 결론부터 얘기하면 찬욱은 화장실에 다녀오느라 일부러 져준 판을 빼고 선을 놓친 판이 없었다. 매번 다른 이들의 얼굴에서 그들이 어떤 화투장을 들고 있는지 알아냈다. 게다가 제각각 이번 판에서 노리는 게 오광인지 청단인지 홍단인지 고도리인지, 삼 점을 내는 즉시 스톱할 건지 한 바퀴 더 패가 돈 뒤에 스톱할 건지를 족집게처럼 읽어냈다. 마침내 미리 약속한 열한시에 판이 끝났을 때, 찬욱의 호주머니란 호주머니는 지폐가 꽉 들어차서 이리 비어져나오고 저리 비어져나와 몸을 가누기 힘들었다. 앞으로 두어 달은 휴직원 내고 팔도유람하며 펑펑 놀아도 그 돈을 다 못 쓸 것 같았다.

작년에서 올해로 넘어오는 겨울은 찬욱의 생애에서 가장 화려하고 용감무쌍한 날의 연속이었다. 싸락눈이 날리는 날 그는 면사무소 창 밖을 멍하니 내다보며 상념에 젖어들었다. 마지막으로 여자와 눈을 맞으며 걸어본 게 석기시대만큼이나 먼 옛날로 여겨졌다. 그가 지금 껏 사귄 여자는 셋이었다. 모두 그를 떠나가며 "당신은 여자의 마음을 몰라도 너무 몰라요" 하고 쏘아붙였다. 사실 그는 어떤 여자를 만날 때도 그녀가 원하는 걸 제대로 읽어낸 적이 없었다. 어디 따뜻한데 들어가서 몸을 녹이고 싶어하는 여자한테는 눈보라 몰아치는 강가에 나가 시원하게 바람이나 쐬자고 말했고, 떡볶이집을 지나치며 침을 꿀꺽 삼키는 여자 앞에선 "저런 불결한 음식 먹으면 십중팔구 배탈 나요" 하고 중얼거렸다. 집에 바래다주기를 바라는 여자한테는 "급한 일이 있어 먼저 갈게요" 하고 말하고 홱 돌아섰고, 속옷 살 것이 있고 여기저기 들를 데가 있어 혼자 가겠다는 여자를 돌려세우고 "오늘은 왠지 대문 앞까지 꼭 데려다주고 싶으니 거절하지 말아요" 하고 억지를 부렸다. 찬욱은 뜻하지 않은 일로 생긴 능력을 한껏 발휘하여, 새해엔 기필코 자신과 잘 어울리는 여자를 찾아내서 일생일대의 소망인 단란한 가정을 이루기로 다짐했다.

싸락눈이 날리는 풍경 속에서 찬욱은 검정색 세단이 길 건너 농협 앞에 멈춰 서는 걸 보았다. 조수석에 앉은 사내가 차창을 내리고 밖으로 담배꽁초를 버렸다. 그는 면사무소 쪽을 힐끗 쳐다보고 다시 창을 올렸는데, 그 짧은 순간 찬욱은 사내의 표정에서 까마귀보다도 검은 마음을 읽어냈다. '마침 거리에 오가는 사람이 없으니 잘됐다. 후닥닥 털고 튀자!' 찬욱은 곧 자리를 박차고 면사무소를 나서 검정색 세단으로 달려갔다. 조수석 사내가 신문지에 싼 기다란 물건을 들고 차에서 내리고 있었다. 바짝 다가선 찬욱은 다짜고짜 사내의 귀를 잡고 속삭였다. "친구여, 혹시 공기총은 사냥할 때 쓰는 게 아닌지?" 사내는 얼떨결에 공기총을 떨어뜨렸다. 찬욱이 사내의 귀를 바짝 당겨서 귓불을 살짝 깨물었다가 놔주고 멱살을 틀어쥐었다. "전과 십범이 모자라서 또 별을 보태려고 그러니? 네 이름이 뭐니?" 순간 사내는 머릿속으로 자기 이름을 떠올렸고, 그걸 읽어낸 찬욱이 목소리를 높였다. "양찬욱! 성은 다르지만 이름이 나하고 같구나. 냉큼 주민등록번호 대지 못할꼬!" 사내는 이번엔 자신의 주민등록번호를 떠올렸고, 순간 찬욱의 눈에서 번쩍 불꽃이 튀었다. "731217? 이놈아, 오늘이 네 생일이잖아! 귀빠진 좋은 날 이게 무슨 짓이야!" 그러자 온몸에서 힘이 쭉 빠져나간 사내는 바닥에 털썩 무릎을 꿇으며 외마디 소리를 냈다. "형님!"

직후에 운전석 사내가 문을 박차고 나와서 차를 앞으로 돌아 찬욱에게 달려왔다. 어둑한 날씨에 어울리지 않게 색안경을 쓴 사내가 물었다. "왜 이러십니까?" 찬욱은 곧바로 "자네 이름은 무언가?" 하고 물었고, 그가 머뭇대자 냅다 따귀를 올려붙였다. "누가 별명 대라고 했어? 돌망치! 별명이 그게 뭐냐? 차라리 돌대가리라고 해라! 어서 이 녀석 태워서 꺼져. 앞으로 내가 전국 레이더를 일 년 열두 달 작동시켜 일거수일투족을 지켜볼 테니까, 다시는 엉뚱한 생각 말고 착하게 살아!" 사내는 색안경이 흘러내려 콧등에 걸린 것도 모르고 딱 소리나게 양쪽 구두를 맞붙이며 부동자세를 취했다. "네, 형님! 명심하겠습니다!" 뒤이어 여전히 바들바들 떨며 바닥에 무릎을 꿇고 머리를 조아린 사내를 일으켜 차에 태우고 총알처럼 사라졌다.

초평면에서 범죄를 막고 모든 가족의 평화를 지키는 찬욱의 눈부신 활동은 겨우내 계속되었다. 주류 도매점 창고를 털려고 옆 도시에서 출장 온 도둑 셋이 황금다방에서 쏙닥이다가 찬욱에게 붙들렸다. 그들은 뒤통수를 주먹으로 쾅쾅쾅 얻어맞고, 즉석에서 반성문을 중편소설 분량쯤 쓰고 손도장까지 찍은 뒤에 훈방 조치되었다. 땅문서를 위조하여 오달리 맹씨 담배밭을 꿀꺽하려던 부동산 중개업자는 영광슈퍼 앞에서 찬욱과 눈이 마주치는 찰나 속마음을 들켰다. 그는 곧 찬욱에게 끌려 저수지로 갔고, 얼음판에서 오체투지한 자세로 손발이 닳도록 비는 수모를 당했다. 당장 중개소 문을 닫고 동네를 떠나라는 즉결 처분을 받고 그날 밤으로 자취를 감추었다. 낚시점 과부 함안댁을 덮쳐서 아랫배를 붙여보려는 흑심을 품고 야밤에 담을 넘으려던 사과밭 딸기코 오영감은 찬욱의 손에 불알이 잡혔다. "떨어져서 등뼈 다치면 이거 백날 달고 다녀야 아무 소용없어요." 손님이 먹다 남긴 김빠진 맥주에 소주를 섞어 생맥주로 속여 팔던 통닭집 주인 백씨는 덜덜 떨리는 손으로 피눈물 나는 내용의 각서를 쓰고 풀려났다. '다시는 같은 짓을 되풀이하지 않겠거니와, 앞으로 석 달간 모든 손님에게 맥주와 소주와 통닭을 원가로 팔겠습니다.'

남의 집 차를 길게 긁고 뺑소니친 화장품 가게 윤씨는 차 주인을 찾아가서 자수하여 광명을 찾았으며, 정부를 만나러 시내로 들어가려다가 화장품 가게에 들러 가장 비싼 향수를 사갖고 나오던 양조장 왕씨는 찬욱에게 붙들려 '가화만사성'의 뜻풀이 강의를 듣고 곧바로 차를 돌려 집으로 돌아가서 아내에게 두 손으로 향수를 바쳤다. 어린아이와 청소년들도 결코 안녕하지 못했다. 길 가는 여학생을 붙잡아 돈을 빼앗고 겁탈하려던 고등학생 둘은 백주 대로에서 머리털이 다 벗겨지도록 원산폭격을 받았고, 따돌림당하던 끝에 자살하려고 면에서 가장 높은 건물을 고르던 중학생은 찬욱이 사준 자장면에 눈물을 섞어 먹으며 새로운 용기와 희망을 공급받았으며, 그 아이를 따돌리던 급우들은 분식집에서 찬욱의 손에 뒷덜미를 잡혔다. "오정식은 어려서 엄마 여의고 아버지는 실업자이고 할머니가 집에 병들어 누워 계셔. 이런 친구를 따뜻이 감싸주지는 못할망정 외톨이로 만들고 허구한 날 볶아대선 올바른 인간이라고 볼 수 있겠니 아니면 볼 수 없다고 말해야 옳겠니?" 하는 좀 까다로운 질문을 받고 줄행랑친 뒤에 다시는 오정식 비슷한 아이 근처에도 얼씬거리지 않았다.

온 세상에 백화가 만발한 봄날, 찰랑대는 파마머리에 청색 투피스를 입고 팔에 핸드백을 건 아가씨가 여행가방을 끌고 초평면에 나타났다. 서울 신설동사거리 간호보조학원을 나와서 몇 군데 병원을 옮겨다니다가 고향으로 돌아온 안형숙이라는 아가씨였다. 올해 나이 스물다섯으로 이곳엔 부모님과 고등학교 다니는 남동생이 살고 있었다. 병원을 옮기는 족족 눈빛이 수상한 원장과 업무과장들한테 걸려서 신체의 위협을 받다가 초평면 보건소에 자리가 나자마자 낙향한 것이었다. 형숙은 다시 부모와 같은 집에서 살면서 오랜만에 두 다리 뻗고 자게 되었다. 이전에 스무 살까지 이곳에서 살 때도 감히 형숙을 집적거리는 사람이 없었다. 아버지가 공수특전단 상사 출신인데다가 왕년에 면 씨름대회를 네 해 연속 휩쓴 장대한 기골이었기 때문이었다. 세월이 흐르긴 했지만 현재 양돈업을 하는 그의 완력은 여전히 살아 있는 전설이었다. 이백 근이 넘는 돼지를 가볍게 들고 만세를 외친 게 재작년 일이었다. 쌀 두 가마니를 등에 지고 나르다가 "어허, 이게 언제 풀어졌지?" 하고 쌀을 짊어진 채 두 손을 내려 운동화 끈을 고쳐 맨 일도 있었다.

안형숙과 김찬욱의 첫 만남은 면사무소와 파출소 앞뜰에서 철쭉이 활짝 핀 날에 이루어졌다. 형숙은 주민등록등본을 떼러 면사무소에 들렀고 민원담당 찬욱이 그 일을 처리했다. 신청서에 적힌 대로 컴퓨터에 이름과 주소를 입력하는 순간 그녀가 재채기했는데, 침 한 방울이 날아와 그의 콧등을 때렸다. 낯을 찌푸리며 고개를 든 찬욱은 자신이 절대로 골낼 일이 아님을 알아챘다. 이곳 면사무소에 온 지 다섯 해가 지나는 동안 그녀처럼 자기 마음에 쏙 드는 여자를 보기는 처음이었다. 야무지게 다문 입술이며 쭉 뻗은 높은 콧날과 숯검정 눈썹, 고개를 옆으로 약간 기울이고 눈을 반짝이는 모습은 천사와 악마가 간통하여 만든 최고 걸작이라고 그는 멋대로 해석했다. 얼굴 왼쪽은 순결하고 부드러운 느낌이 가득했고, 오른쪽 얼굴은 누구도 말을 붙이지 못할 만큼 당돌하고 서늘한 기운이 넘쳤다. 찬욱은 그녀의 마음을 읽어내고자 온 정신을 미간에 모았다. '뭐 해요? 어서 빨리 떼줘요' 하고 그녀의 얼굴은 말하고 있었다. 그녀가 입가에 싸늘한 미소를 머금으며 '맹랑한 사람이네? 사람 얼굴을 이렇게 빤히 쳐다봐도 되는 거야?' 하고 속으로 중얼거리는 순간, 그는 가슴이 터질 듯한 두려움에 고개를 툭 떨어뜨렸다.

다음날부터 찬욱의 생활은 그녀를 한복판에 놓고 이루어졌다. 그녀와 이미 한가족이 된 것 같은 느낌마저 들었다. 아침에 눈뜨면 천장에서 그녀의 얼굴이 내려다보며 씽긋 웃었고, 펄떡펄떡 뛰는 가슴에 손바닥을 대고 숨을 고르며 화장실에 가면 그곳 거울에서도 아름답고 도도한 얼굴이 빙긋 웃고 있었다. 국그릇에도 천사의 얼굴이 비쳤고, 출근길에 돌아본 상점 진열장 유리마다 악마가 들어앉아 있었다. 머리털을 뽑아 훅 불어서 수많은 분신을 만드는 중국 원숭이가 그녀로 탈바꿈한 것 같았다. 보건소는 그의 집에서 면사무소로 가는 길 중간에 있었다. 그는 이전까지 늘 점심을 면사무소 옆 식당에서 사먹었는데, 형숙을 볼 수 있는 기회를 늘리고자 자전거를 빌려 타고 집에 돌아가 점심을 먹기 시작했다. 그러나 야속하게도 그녀는 당최 보건소 밖으로 얼굴을 내비치지 않았다. 찬욱이 첫 대면 이후에 그녀를 다시 본 건 한 달쯤 지났을 때였다. 장터 형제갈비집에서 직원들과 술을 마시는데 그녀가 문을 열고 들어섰다. 찬욱과 눈이 마주치자 고개를 돌리며 목을 뽑고 안쪽을 휘 둘러보았다. 구두를 벗고 올라서면서 다시 그를 슬쩍 돌아보았다. 순간 찬욱은 그녀의 마음을 읽어냈다. '면사무소에서 본 그 사람이잖아? 왜 저리 놀라는 표정이지?'

형숙은 찬욱 일행이 앉은 자리에서 식탁 하나를 건넌 곳에 자리를 잡고 앉았다. 찬욱과 마주 보는 자세였는데, 볼이 빨개진 그녀의 마음속으로 과격한 문장이 흘러갔다. '왜 이리 늦어? 이 계집애들이 약속을 뭐로 아는 거야? 확 목을 졸라서 죽여버릴까보다!' 형숙의 고교 동창들이 나타난 건 제법 시간이 흐른 뒤였다. 형숙은 입을 씰룩이며 눈을 흘겼지만 친구들과 합석한 직후부터 깔깔대며 수다를 늘어놓았다. 찬욱은 뻗질나게 고개를 들어 형숙을 바라보았다. 그러나 그녀는 다시는 그에게 눈길을 주지 않았다. 박주임이 찬욱의 어깨를 손바닥으로 때렸다. "이 친구야, 정신 차려. 집에 누룽지 숨겨놓고 왔어? 자, 어서 마시자구." 술잔을 비워 내려놓는 순간, 찬욱은 놀랍게도 그녀가 자신에 대해서 신경을 집중하는 걸 알아챘다. '인물이 쓸 만하네? 총각? 유부남? 아이 참, 내가 왜 자꾸 쓸데없는 생각을 하지? 벌써 술에 취했나?' 뒤이어 형숙의 친구 하나가 고개를 들어 찬욱을 쓱 쳐다보았다. 헛웃음 짓는 그녀의 콧등에 주름이 잡혔다. '계집애, 서울에서 오래 지내서 눈이 좀 높아졌나 했더니 전혀 아니네?' 찬욱은 비로소 형숙이 친구들에게 자신에 대한 관심을 밝혔음을 알았다. 과연 형숙의 표정은 '나는 저렇게 텁텁하고 무난하게 생긴 남자가 좋더라'

하고 중얼거리고 있었다.

  일 주일 뒤에 찬욱은 장미 꽃다발을 들고 보건소를 찾았다. 가는 날이 장날이라고 형숙은 월차휴가중이었다. 보건소장은 오십대 후반의 여의사였다. "여기 놓으면 환자들한테 좋을 것 같아서 사왔습니다." 찬욱은 꽃다발에 끼웠던 편지를 슬쩍 빼서 호주머니에 넣었다. 소장이 미소짓는 얼굴로 꽃다발을 받으며 손으로 찬욱의 점퍼 주머니를 가리켰다. "그 편지도 놓고 가요. 내가 내일 전해줄게. 총각처녀들이 서로 좋아하는 거, 자연스럽고 보기 좋은 일이에요." 찬욱은 편지를 도로 꺼내 책상에 내려놓고 꽁지 빠지게 달아났다. '언제 시간 나면 점심이나 같이 하자'는 내용의 짤막한 편지였는데 형숙에게선 일언반구 돌아오는 얘기가 없었다. 다음주 토요일에 찬욱은 그녀가 시내로 가는 버스에 오르는 걸 보았다. 창가에 앉은 형숙은 하늘을 올려다보았고, 먼 거리에서 찬욱은 그녀의 표정을 읽어냈다. '날씨가 참 맑네? 시골 햇살이 보통 눈부신 게 아니야. 양산을 하나 장만해야겠어. 화사한 복사꽃 무늬 있는 걸로.' 이틀 지나서 인터넷 쇼핑몰에선 초평면 보건소로 복사꽃 향기가 물씬 풍기는 양산을 배달했다.

  월요일 낮에 찬욱은 면사무소 창을 통해서 농협공판장에서 나오는 형숙을 보았다. 그녀가 자신의 눈에 뜨이는 횟수가 갑자기 늘었다는 사실만으로도 그는 행복했다. 그녀는 꽃무늬 양산을 활짝 펴서 그늘을 만들어 그 속으로 들어갔다. 빨간 양말을 신은 맨다리에 무릎이 드러나는 흰색 주름치마를 입고 위에 빨간 카디건을 걸친 모습이었다. 온몸에서 생기와 육감이 흘러넘쳤다. 찬욱은 그대로 달려나가서 형숙을 번쩍 안고 미래를 향해 내달리고 싶은 욕구를 느꼈다. 주먹을 불끈 쥐고 외쳤다. '누구든 저 여자를 넘보면 끝장나는 줄 알아!' 바로 그때 형숙은 막 지나쳐가는 승용차를 눈으로 좇았다. 찬욱은 그녀의 표정에서 주말에 승용차를 타고 드라이브하고 싶은 마음을 읽어냈고, 즉시 그녀를 향해 오른손을 번쩍 들어 보였다. "당신이 원하신다면!" 하고 외치자 옆자리 직원들이 돌아보았다. 곧장 고향 후배가 영업사원으로 있는 단양시 자동차대리점에 전화를 걸었고, 토요일 오전에 번쩍거리는 쥐색 승용차가 면사무소 앞에 나타났다.

찬욱은 점심때 퇴근하는 즉시 차를 몰고 보건소 앞으로 갔다. 문이 열리면서 옆걸음으로 걸어나온 형숙은 연분홍색 원피스 차림이었다. 그녀는 찬욱 쪽으로 등을 돌리고 허리를 구부려 샌들에 묻은 무언가를 떼어냈다. 찬욱은 그녀의 월악산만한 엉덩이와 희뿌연 허벅살을 보고 눈을 질끈 감았다. 다른 데 가서도 저처럼 무심하게 처신할까봐 정말 걱정이었다. 곧 돌아선 그녀는 복사꽃 양산을 펴며 눈을 가늘게 뜨고 하늘을 올려다보았다. '날씨가 기가 막혀. 이런 날 곧장 집으로 가는 건 억울하잖아? 여름 티셔츠 한 장 사게 시내 양품점에나 가봐야겠어.' 찬욱이 창을 내리고 짧게 두 번 경적을 울리며 소리쳤다. "어디든 가고 싶은 데 있으면 얘기하세요! 데려다드릴게요!" 그를 알아본 형숙이 고개를 살짝 숙여 보였다. 입을 작게 오므리고 적잖이 긴장한 낯빛이었다. 멈칫거리며 차를 앞에서 뒤쪽으로 쭉 훑어보더니 들릴 듯 말 듯 우물거렸다. "차가 멋지네요?" "예, 막 뽑았어요! 어서 타세요!" 그녀가 버스정류장 쪽을 힐끗 돌아보자 그가 재빨리 말했다. "맞아요, 버스 오려면 삼십 분 더 있어야 해요!" 조수석에 앉으며 형숙이 조심스레 물었다. "제가 버스 시간이 어떻게 되나 생각하고 있었던 거 어떻게 아셨어요?" 찬욱이 어깨를 으쓱거렸다. "얼굴에 씌어 있더라고요." 형숙이 머리 위쪽 거울로 자기 얼굴을 자세히 뜯어보는 동안, 자동차는 면사무소 앞길을 빠져나가서 국도로 접어들었다.

찬욱은 줄곧 곁눈으로 형숙의 표정을 살펴서 마음을 읽어냈고, 자동차는 단 한 번의 착오도 없이 그녀가 원하는 곳으로 방향을 바꾸었다. 두 갈래 길에서 형숙이 오른쪽으로 가고 싶다고 생각하면 즉시 우회전했고, 바깥 경치를 좀 천천히 보고 싶다고 생각하면 달리는 속도가 뚝 떨어졌다. 그녀가 목이 마른데 생수를 사서 마실까 생각하자마자 자동차는 길가 가게 앞에서 멈추어 섰다. 찬욱이 쏜살같이 차에서 내려 가게로 달려가 생수를 사와서 마개를 따 형숙에게 건넸다. 형숙은 고개를 갸웃하다간 씩 웃었다. 석회동굴을 지나가자 음식점이 줄줄이 나타났다. 아침을 거른 형숙은 배가 고파왔고, 점심으로 도토리묵 비빔밥이 먹고 싶어졌다. 찬욱은 '도토리묵 전문'이라고 간판에 적힌 식당 앞마당에 차를 댔다. 두 사람은 식당으로 들어가서 음식을 시켰다. 점심을 드는 중에 찬욱은 주로 초평면이 얼마나 좋은 동네인지에 대해서 얘기했고, 형숙은 서울이 얼마나 대단한 곳인지에 초점을 맞추었다. 그런데 찬욱이 읽어낸 그녀의 속마음은 서울을 그리워하면서도 한편으로는 두려움에 떨고 있었다. 흰 가운을 입고 늑대의 탈을 쓴 사내들이 침을 흘리며 주위를 맴도는 장면이 그녀의 가슴속에서 어른거렸다.

다시 차에 올랐을 땐 바깥날씨가 꽤 더워져 있었다. '엊그제 봄이 왔나 했는데 벌써 여름인가봐?' 하고 형숙이 속으로 중얼거렸다. 찬욱이 차창을 모두 올리고 에어컨을 가장 세게 틀며 대꾸했다. "그러게요. 갈수록 봄이 짧아지는 느낌이에요." 찬바람이 가슴으로 달려들자 형숙은 어깨를 움츠리며 뒤로 몸을 젖혔다. 곧바로 김찬욱은 에어컨을 끄고 다시 창을 내리며 사과했다. "에어컨 바람 싫어하시는 거 미처 몰랐

어요." 형숙이 낯을 찌푸렸다. "선풍기 바람도 싫어해요." 자동차는 국
도로 올라가서 쌩 하고 달려나갔다. 창 밖 풍경을 바라보던 형숙은 갑
자기 시내 양품점에 가려던 마음이 사라지면서 충주호에서 유람선을
타고 싶어졌다. 찬욱은 즉시 왼쪽 깜빡이를 켜고 신호등 앞에서 차를
세웠다. 신호를 받아 충주호 쪽으로 방향을 틀어 호수를 오른쪽에 끼
고 산길을 달리기 시작했다. 차가 달리는 동안 찬욱은 마치 그녀와 신
혼여행을 떠난 듯한 착각이 일어서 가슴이 터질 듯했다. 한 여자와 가
족을 이루어 새로운 인생을 시작하는 기쁨이 이런 것이려니 여겨졌다.

그런데 어느 순간에 형숙은 유람선을 타고 싶은 마음이 시들해지
면서 다시 시내 양품점에 가고 싶어졌다. 곧바로 찬욱은 차 속도를
늦추며 크게 원을 그려 방향을 돌렸다. 그러나 거기서 끝난 게 아니
었다. 형숙의 마음은 양품점과 유람선 사이에서 시계추처럼 정신없
이 흔들렸다. 찬욱은 지금껏 반년 넘게 수많은 사람의 마음을 읽었지
만 이처럼 자주 생각이 바뀌는 경우는 처음 보았다. 그녀가 확실한
결정을 내릴 때까지 기다릴 셈으로 갓길에 차를 세웠다. 차에서 내려
뒤쪽으로 간 찬욱은 바퀴를 발로 차서 공기압을 살피는 척했다. 운전
석으로 돌아왔을 때 형숙은 룸미러로 입속을 들여다보고 있었다. 그
녀가 놀란 얼굴로 돌아보며 눈을 흘겼고, 그 표정이 재미있어서 찬욱
은 "헤에" 하고 웃었다. 하지만 형숙은 전혀 즐거운 얼굴이 아니었다.
'이 사람이 나를 놀리나? 혹시 나한테 엉뚱한 생각을 품고 있는 거
아니야? 딱히 할 일이 없어서 드라이브 제의에 응했던 건데.' 찬욱이
고개를 갸웃거렸다. "그게 아니고, 원래 시내 양품점 가보려고 했었
잖아요." 그녀가 몸을 홱 틀며 받아쳤다. "내가 언제 그런 얘기 했다
고 그래요? 정말 이상한 분이시네."

둘 사이에서 대화가 끊어지면서 분위기가 꽁꽁 얼어붙었다. 찬욱은 이제 어디로 가야 할지 몰라 길을 헤매다가 얼떨결에 다리를 건너 단양 시내로 들어갔다. 주말을 맞아 전국 곳곳에서 고수동굴을 찾는 관광버스가 몰려들고 있었다. 길이 막혀 차는 좀처럼 앞으로 나아가지 못했다. 한 시간쯤 지나서 가까스로 시내 복판에 들어선 두 사람은 주차장에서 머물렀다. 형숙이 팔짱을 끼고 속으로 중얼거렸다. '기왕 여기까지 왔으니 양품점에 들르면 좋겠는데, 거기 가려 했던 게 아니라고 잡아뗐으니 어쩐다?' 찬욱이 절레절레 고개를 흔들며 문을 열고 나가서 차 앞으로 돌아가 조수석 문을 열었다. "어서 가서 느긋하게 일 보고 오세요. 저는 이곳에서 기다리고 있겠습니다." 형숙이 힐끗 찬욱을 올려다보았다. 그녀의 표정에선 두 가지 생각이 엇갈리고 있었다. '싹싹해서 좋구나. 미리미리 상대방 마음을 알아주니 같이 다니면 편하긴 하겠어. 아니야, 자꾸 내 속을 들키는 것 같아서 영 꺼림칙해. 마치 발가벗은 느낌이라니까.' 차에서 내려 사라진 형숙은 좀처럼 돌아오지 않았다. 찬욱은 담배를 열 개비쯤 피우며 차에서 내렸다가 다시 타기를 되풀이했다.

마침내 저만치 골목 입구에 쇼핑백을 들고 나타난 형숙은 우뚝 걸음을 멈추고 머뭇거렸다. 찬욱은 또다시 오락가락하는 형숙의 두 가지 마음을 읽어냈다. '날도 더운데 버스보다는 승용차가 낫겠지? 집 대문 앞까지 데려다달라고 해야지. 아니야, 이 정도가 적당하겠어. 더 신세졌다가 나중에 곱절로 갚으라고 보채면 골치 아프니까.' 찬욱이 형숙에게 다가가서 손을 쭉 뻗었다. "골치 아플 게 뭐 있습니까? 좋은 게 좋은 거지요. 주세요, 제가 들게요." 빼앗듯이 쇼핑백을 받아 들고 자동차로 걸어오다 돌아보니 형숙은 아직 그 자리에 서 있었다.

찬욱이 옆 건물 커피숍을 가리켰다. "냉커피 한 잔씩 마실까요?" 형숙의 표정은 이번에도 두 가지 생각 사이를 왕복달리기 했다. '그것도 괜찮겠네. 아니야, 이쯤에서 헤어지는 게 좋겠네. 이 집 냉커피 잘하는지 모르겠네?' 형숙은 옆 건물을 향해 걸어가다간 홱 방향을 틀어 자동차로 걸어갔고, 또 갑자기 방향을 틀어 커피숍 건물로 돌아가기를 되풀이했다. 그대로 놔두면 세상의 종말이 올 때까지 계속 그러고 있을 것 같았다. 보다 못한 찬욱이 그녀의 팔을 슬며시 당기고 등을 살짝 밀어서 자동차 쪽으로 유도했다.

찬욱은 이제 마지막 남은 기운을 다하여 형숙의 마음에서 가장 깊은 곳을 들여다보기 시작했다. 초평면으로 가는 차 속에서 그녀는 한숨을 내쉬며 서울 생활을 추억했다. '하루라도 빨리 돌아가야겠어. 여긴 너무 지루하고 시시해. 소똥 닭똥 돼지똥 냄새도 지긋지긋하고. 남자들은 모두 오십보백보야. 야망이라고는 찾을 길 없고, 마누라와 자식이 인생의 전부인 줄 알아. 꽃다운 내 청춘이 아깝구나. 이렇게 좋은 날 촌구석 면서기 따위와 드라이브하며 시간을 죽인다는 건 나 자신에 대한 모독이야!' 찬욱은 운전대에 머리를 박고 울고 싶었다. 봄이 가고 여름이 오는 동안, 그는 오로지 그녀를 생각하고 그녀의 행복을 기원하며 매순간을 살았다. 그 대가가 고작 이 정도라니 너무 심하다는 생각이었다. 그런데 직후에 형숙은 생각이 백팔십도 바뀌었다. '아버지가 지켜주시니 치근거리는 사람이 없고, 공기 좋고 물 좋고 산 좋고 이렇게 근사한 데가 또 있겠어? 면서기면 어때? 사람만 괜찮으면 되지.' 찬욱은 심신이 지칠 대로 지친 나머지 그 마음이 다시 바뀌는 일이 없기만을 바랄 뿐이었다. 저만치 앞쪽 버스정류장에 선 여자가 찬욱의 눈으로 빨려들어온 건 바로 그때였다. 면사무소 여직원 황현자였다. 현자는 교복처럼 늘 입고 다니는 감색 티셔츠에 베이지색 면바지 차림이었다. 유치원생들이 피아노학원에 갈 때 들고 다님직한 네모난 노란색 가방을 들었다.

찬욱이 형숙을 돌아보았다. "가는 길이니 사람 하나 태우고 가지요." 그녀는 자기 생각에 빠져 있어서 찬욱의 얘기를 듣지 못했다. 속도를 늦추며 보도로 가까이 다가오는 차를 보고 현자가 눈을 번쩍 떴다. 현자의 표정은 '어머, 찬욱씨잖아! 직접 차를 몰고 여기 어쩐 일이지?' 하고 외치고 있었다. 찬욱이 길가에 붙여 차를 세우고 형숙의 얼굴에 자기 얼굴을 들이대며 창 밖으로 외쳤다. "어서 타요." 현자는 조수석의 형숙을 바라보고 멈칫하더니 찬욱이 손짓으로 가리키는 대로 뒷자리에 올라탔다. 뒤늦게 정신이 돌아온 형숙은 얼굴이 엉망으로 일그러졌다. 현자가 형숙을 외면하고 찬욱에게 말했다. "새 차네요? 너무 멋져요!" 현자는 운전석과 조수석 시트 등받이에 한 손씩 올려놓은 채, 찬욱 쪽으로 윗몸을 숙이고 자동차와 화창한 날씨 얘기를 계속 읊어댔다. 차가 코너를 돌 때 몸의 중심을 잡으려다가 손으로 형숙의 옆머리를 툭 쳤다. 형숙이 빨갛게 달아오른 얼굴로 식식대며 버럭 외쳤다. "당장 차 세워요!" 찬욱이 머뭇거리자 다시 소리쳤다. "안 세우면 문 열고 뛰어내릴 거예요!" 다음 순간 형숙은 차문을 약간 열었다. 놀란 찬욱은 손에서 운전대를 놓쳤고, 갑자기 오른쪽으로 쏠린 자동차는 전봇대를 들이받았다.

쾅 하는 소리와 진동에 세 사람은 의식을 잃었다. 자동차 엔진에서 김이 모락모락 올라왔다. 충격에 저절로 라디오가 켜져서 나른한 무반주 첼로곡이 흘러나왔다. 맨 먼저 정신이 든 형숙이 문을 열고 뛰쳐나가서 엉금엉금 기어 강둑으로 올라갔다. 뒤이어 차에서 내린 찬

202

욱은 잔뜩 찌그러진 범퍼, 뚜껑이 들려서 훤히 드러난 엔진, 와장창 깨진 라이트를 바라보았다. 새 차보다는 폐차에 훨씬 가까워 보였다. 신음 소리를 내면서 형숙이 사라진 쪽을 올려다보았다. 곧이어 강둑 위에서 추격전이 펼쳐졌다. 형숙은 "아부지이!" 하고 비명을 지르며 달렸고, 찬욱은 "형숙씨! 내 말 좀 들어봐요!" 하고 외쳐대며 그녀를 쫓았다. 찬욱은 세상에 그처럼 달리기를 잘하는 여자를 처음 보았다. 달리는 게 아니라 하늘을 훨훨 나는 것처럼 보였다. 올림픽에 나가면 눈감고 달려도 금메달 네댓 개는 쉽게 딸 것 같았다. 샌들이 아니라 운동화를 신고 있었더라면 지구를 몇 바퀴 돌 때까지도 따라잡지 못할 뻔했다. 마침내 둘 사이의 거리가 열 발짝 남짓으로 좁혀지기 시작했고, 뒤를 돌아본 형숙이 자포자기하여 발을 멈추고 돌아섰다.

그녀가 분노와 모욕감에 이글거리는 얼굴로 외쳤다. "도대체 나를 뭐로 보는 거예요?" 바짝 다가서서 키스하기 직전에 먼지를 일으키며 멈춰 선 찬욱이 앞으로 두 손을 모으고 헐떡거리며 대꾸했다. "형숙씨, 오해하지 말아요! 그냥 같은 면사무소 직원일 뿐이에요!" 형숙이 불끈 쥔 주먹으로 찬욱의 명치를 툭 쳤다. "내가 바보인 줄 알아요? 저 계집애 눈빛을 똑똑히 보았다고요! 완전히 맛이 갔어요! 심지어 저 계집애가 찬욱씨 몰래 내 머리를 후려쳤단 말이에요!" "설마 그럴 리가!" 형숙이 고개를 옆으로 돌리고 기막혀 말이 안 나온다는 표정을 지었다. "가재는 게 편이라더니, 서로 미리 짜서 나를 골탕 먹이려 했던 거잖아!" 하고 반말로 받아쳤다. "제가 형숙씨를 골탕 먹일 이유가 있나요?" 다음 순간 형숙은 강 쪽으로 몸을 틀었다. 그녀가 강물로 뛰어내리려는 걸로 착각한 찬욱이 "안 돼요!" 하고 팔을 잡았다. 세게 당기는 바람에 형숙은 발을 헛딛고 찬욱의 품에 안겼다. 찬욱을 와락 밀치며 형숙은 그의 따귀를 올려붙였고, "엄마! 아부지이!" 하고 외치며 제자리에 쪼그리고 앉았다. 곧바로 휴대폰을 꺼내 버튼을 눌렀다. 귀에 휴대폰을 붙이고 소리쳤다. "아빠, 지금 뭐 하세요? 뭐라고요? 돼지 들었다 내렸다 하며 운동하시는 중이라고요? 아빠, 지금 누가 나를 덮치려 해요!" 당황한 찬욱이 반 발짝 물러섰고, 형숙은 계속 엉뚱한 소리를 외쳐댔다. "아니요, 저한테 손대지 않았어요! 술 마신 얼굴, 아니, 안 마신 얼굴이에요! 완전히 정신 나간 사람 같진 않아요! 아니요, 좀 이상한 사람 같아요!"

찬욱은 고개를 가로저으며 뒤를 돌아보았다. 저 멀리 강둑 아래로 엔진 덮개에서 여전히 모락모락 김이 오르는 자동차가 보였고, 밖에 나와 서서 이쪽을 바라보고 발을 동동 구르는 현자도 눈에 잡혔다. 곁에서 형숙은 계속 웅크리고 앉은 자세로 씨름꾼의 도움을 청하고 있었다. "여기가 어딘지 전혀 모르겠어요! 아니요, 아직 납치당한 건 아니에요! 강둑이 확실한데, 주위에 보이는 건물이 없어요! 아빠, 나 다시 서울로 갈래요! 삼촌 식당에서 일하면 되잖아요! 삼촌한테 연락 좀 해줘요!" 찬욱은 두 손으로 머리를 감싸고 뒷걸음질쳐 그녀에게서 멀어졌다. 강물에 반짝이는 햇살, 생기 가득한 짙푸른 초목, 둥실둥실 떠가는 뭉게구름을 천천히 돌아보았다. 이처럼 한가로운 여름날 토요일 오후에 여자와 다정하게 밀어를 속삭이며 강둑을 거닌 게 언제인지 더듬어보았다. 인간이 아직 네 발로 기던 아득한 옛날로 여겨졌다. 피로와 졸음이 삼각파도처럼 밀려왔다. 형숙에게서 등을 돌리고 터벅터벅 걸어가는데, 턱이 빠지게 한껏 벌려 하품하는 입에서 탄식이 흘러나왔다. "내 잘난 능력으로는 도무지 읽어낼 재간이 없구나. 종잡을 수 없는 마음이여!"

비오리

그는 손을 뻗어 아내의 입가에서 밥알을 떼어 자기 입에 넣고 우물거린다. 아내가 또 배시시 웃는다. 제임스

강은 운이 좋은 사내이다. 그의 아내는 늘 아름답고 착하고, 여름 한낮은 시냇물 따라 유유히 흘러간다. 비오

리들이 저만치에서 물을 거슬러올라오는 게 보인다. 어미가 세 마리 새끼를 거느리고 있다. 일가족은 부지런

히 길을 가는 중이다.

햇살 쩅쩅한 시냇가 언덕에서 한 사내가 낚시의자에 앉아 있다. 궁둥이를 생긴 모양 그대로 넉넉하게 품어주는 낚시의자이다. 건물로 치면 이삼층 높이쯤 되는 제법 높은 언덕이어서 발 아래 풍경이 한눈에 다 잡힌다. 폭이 스무 걸음 남짓한 냇물은 오른쪽 끝에서 자갈밭과 모래톱 사이를 흘러온다. 이곳에서 발을 담그기 힘들 만큼 시린 노추산 계곡 물이 더해지면서 구절리와 북평과 정선을 지나 동강으로 들어간다.

잔물결이 햇살에 반짝인다. 수많은 꼬마들이 은빛 손바닥을 뒤집으며 반짝 반짝 반짝 하고 입으로 내는 소리가 들리는 느낌이다. 냇물 중간에 커다란 바위들이 깊고 푸른 물을 품은 곳에선 피라미와 모래무지들이 물결과 겨루며 통통통 튄다. 낚시의자에 앉아 있지만 그는 물고기를 낚을 줄 모른다. 이 의자에 앉아 있을 때 그가 하는 일은 풍경을 조용히 감상하는 게 전부이다. 그곳이 물가이건 자기 집 옥상이건 극장 작업실 철제 난간의 베란다이건 상관없다. 그는 낚시의자에서 족히 생애의 사 분의 일을 흘려보냈다.

 짧게 자른 머리칼이 희끗희끗한 사내는 앞으로 등이 약간 굽었다. 앉은 자세가 그래서이기도 하지만 원래 좀 꾸부정한 편이다. 열 손가락 모두 색색의 페인트가 옅게 묻어 있다. 사내는 등산모를 두어 번 접어서 왼손에 쥔다. 오른손을 들어 양쪽 뺨을 번갈아 쓰다듬다가 손톱 끝으로 뺨을 길게 긁는다. 웃자란 수염이 까칠하다. 사내는 상수리나무 군락 속에 드문드문 박혀서 붉은 줄기를 길게 뻗은 소나무들을 바라본다. 여느 나무보다 키가 훤칠하고 껑충한 것이 여간 시원스럽고 기품이 넘치지 않는다.

 '동물에 비유하자면 기린이나 타조쯤 될 거야.'

 곧이어 고개를 흔들며 생각을 바꾼다.

 '기린 열 마리를 합쳐놓는다고 해도 저 나무 한 그루만 할까? 모두 나보다 나이가 몇 곱절은 많을 거야. 지금껏 살아오면서 겪은 풍상도 그렇고.'

 고개를 든 사내는 맞은편 산골짜기 위로 흐르는 구름과 하늘을 바라본다. 계절은 한여름인데 구름이 높고 배경으로 하늘빛이 짙다. 어지럽게 허공을 맴도는 잠자리를 좇던 사내는 현기증을 느끼고 다시 눈을 밑으로 내린다. 냇물 건너편 모래톱에 눈길이 가 닿는다. 마치 그곳에 두 젊은 남녀가 앉아 있는 것 같은 환영을 느낀다. 사내는 지나간 추억 속에서, 이십 년 전에 그 모래톱에서 벌어진 일을 더듬는다. 모래톱 뒤 그늘에 텐트가 쳐져 있고 텐트와 어린 참나무를 연결한 줄엔 옷과 수건이 널려 있다. 한 청년이 모래톱 앞쪽에 앉아서 발치를 바라본다.

청년은 쏟아지는 햇살 속으로 다리를 길게 뻗었고, 뒤로 뻗은 두 손은 바닥을 짚었다. 흰 셔츠에 파란색 야구모자를 눌러썼으며 감색 반바지를 입었다. 모자 때문에 얼굴에 그늘이 짙게 드리워졌다. 처녀는 어정쩡한 자세로 청년 뒤쪽에 두어 발짝 물러서 있다. 그녀는 둥글고 노란 등산모를 썼고 자줏빛 셔츠에 짧은 청색 치마 차림이다. 청년의 모자와 처녀의 셔츠 빛깔이 풍경 속에서 두드러진다. 여자가 청년의 목덜미에서 구르는 땀방울을 바라보며 묻는다.

"뭐라고 말 좀 해봐요. 아직 내 질문에 답을 주지 않았잖아요."

남자가 둘 사이의 간격만큼 뜸을 들였다가 고개를 돌리지 않은 채 무심히 되묻는다.

"무슨 답?"

순간 남자의 뒤통수를 노려보는 여자의 눈빛이 매섭게 변한다. 하도 어이없어서 말도 안 나온다는 표정이다. 두 사람은 여행 첫날을 강릉 바닷가에서 보냈고, 어제 노추산 정상에 올랐다가 내려왔다. 함께 사흘을 지내는 동안 여자는 줄곧 당혹감에 사로잡혔다. 도시에서 만날 때 이상으로 남자는 낯빛이 차가웠고 말수가 더욱 줄어들었다. 무슨 말을 건네도 한 번에 알아듣지 못하고 "뭐라고?" 하고 되물었고, 아예 못 듣거나 안 들리는 척할 때도 많았다.

어제 석양녘에 텐트에서 사랑을 나누던 중에 여자는 살며시 눈을 떠 보았다. 남자의 얼굴을 올려다보는 순간, 전혀 모르는 사람 같다는 느낌에 비명을 지를 뻔했다. 남자는 멀뚱멀뚱 뜬 눈으로 여자의 머리맡 어딘가를 바라보고 있었다. 파충류처럼 차갑고 무심한 눈이었다. 조금도 느려지거나 빨라지는 일 없이 허리를 움직이는 동작은 사람이 아니라 기계처럼 여겨졌다.

낚시의자의 사내는 자꾸 눈 속으로 들어오려 하는 날벌레 때문에 고개를 가로젓다가 추억에서 빠져나온다. 오른쪽 어깨 뒤에서 바람에 텐트가 펄럭거린다. 앞문과 뒷문을 활짝 열어놓아서 안에 놔둔 물건들이 숲에서 내려오는 바람에 잘 마르고 있다. 바람은 텐트를 통과하여 벚나무 가지에 걸어놓은 셔츠를 건드리고 언덕 밑으로 달려내려가서 시냇물에 가 닿는 대로 물결을 일으킨다. 서늘한 계곡 바람이 목덜미를 스치는 순간 사내는 작게 중얼거린다.

"좋구먼. 상당히 더운 날 같은데, 여기선 전혀 더위를 못 느끼겠어."

사내는 등뒤에서 나는 소리를 온몸으로 느낀다. 딱 딱 딱 딱. 도마에 무언가를 올려놓고 다지는 소리이다. 마늘이나 파일 거라고 그는 생각한다. 한때 그는 요리가 취미였다. 혼자 살던 시절에 깐풍기와 유산슬과 마파두부 같은 중국요리와 스테이크, 스파게티, 감자와 고추와 피망을 섞은 온갖 조림을 자주 만들어 먹었다.

그는 자신이 일하는 극장에서 모든 영화를 공짜로 본다. 요즘 들어서 요리를 주제로 삼은 영화가 대폭 늘었다. 이전날의 자신처럼 음식 만드는 걸 좋아하는 주인공 중엔 혼자 사는 사람이 많다. 대부분 요리에 몰두하는 걸 통해서 외로움을 달랜다. 그는 먹성이 좋은 편이지만 딱 하나 싫어하는 게 있는데 멸치가 들어간 음식이다. 멸치볶음은 말할 것도 없고 멸칫국물이 들어간 모든 국과 찌개를 싫어한다. 멸치 냄새만 맡아도 금세 머리가 어질어질하면서 속이 메스꺼워진다.

뒤에선 이제 따악 따악 따악 하는 소리가 들려온다. 반 박자 느릴 뿐인데도 딱 딱 딱 딱 소리보다 꽤 여유롭게 들린다. 감자나 양파처럼 부피가 있고 단단한 걸 써는 모양이라고 그는 생각한다. 아침을 먹은 지 얼마 되지 않은 것 같은데 서서히 시장기가 몰려온다. 그는 이름이 따로 있지만 제임스 강으로 불린다. 어렸을 때 길 건너 극장 사람들이 지어준 별명이다. 조그만 게 맹랑하게도 수틀린다 싶으면 아무한테나 겁없이 대드는 것이 당시의 할리우드 배우를 닮았다고 해서 그 배우의 이름을 성 앞에 붙여준 것이다. 어른들이 주먹으로 머리를 쥐어박으면 두 다리를 벌리고 서서 턱을 들고 올려다보며 으르렁댔다.

"내가 조금만 더 컸어도 넌 죽었어!"

제임스 강은 시야가 탁 트인 곳에 앉아 있을 때 마치 극장 스크린을 바라보는 느낌이 든다. 스크린에서 자신의 지난날이 영화처럼 펼쳐진다. 어떤 장면은 너무나도 생생해서 지금 막 벌어지는 일 같은 착각을 일으킨다. 다시 뒤에서 딱 딱 딱 딱 하고 도마질 소리가 들려온다. 냄비에서 보글보글 물 끓는 소리, 그리고 매콤한 냄새가 날아온다.

아이들이 까르르 웃는 소리에 제임스 강은 오른쪽으로 고개를 튼다. 그곳에선 이제 십사오 년 전의 추억이 전개된다. 저 멀리 시냇물 상류 쪽에서 한 가족이 철벅철벅 물을 밟으며 걸어온다. 그쪽은 물이 얕아서 무릎 아래가 겨우 잠긴다. 엄마 아빠, 그리고 대여섯 살짜리 남매이다. 아이들은 작은 배낭을 하나씩 멨다. 아이들의 부모도 등에 배낭을 메고 양손에 짐을 들었다.

일가족은 방향을 틀어 뭍으로 올라온다. 그곳에도 둔덕이 있고, 적송 그늘 밑에 누군가 텐트를 쳤던 흔적이 있다. 부모는 단단하게 잘 다져진 땅에 짐을 내려놓는다. 배낭을 벗어던진 아이들은 튜브에 바람을 불어넣으려 애쓰지만 뜻대로 잘 안 된다. 아빠가 도와주자 곧 튜브가 한껏 부풀면서 팽팽해진다. 튜브를 들고 다시 물로 들어간 남매는 허리를 구부리고 송사리 떼를 쫓는다. 아이들이 놓친 튜브는 얼마만큼 떠내려가다가 바위에 걸린다. 두 아이 모두 동작 하나하나가 여간 귀엽고 사랑스럽지 않다.

능숙한 솜씨로 텐트를 친 아이들의 아빠는 야전삽으로 주위에 고랑을 판다. 엄마는 배낭의 짐을 풀고 점심 준비를 한다. 남자는 서른다섯 살, 여자는 남자보다 세 살 아래이다. 여자는 말이 어눌하며 동작이 느리다.

"여, 보, 땀, 좀, 봐, 좀, 씻, 어, 요."

고랑을 다 판 남자는 담배를 두어 개비 꺼내서 손바닥 위에서 잘게 부순다. 텐트를 한 바퀴 돌며 고랑에 담뱃가루를 뿌린다. 그게 뱀을 물리치는 데 효과가 있는지는 알 수 없지만, 어쨌든 그는 뱀을 몹시 싫어한다. 일곱 살 때 겨울날 동네 형들과 동면중인 개구리를 잡으러 계단식 논이 있는 뒷산에 오른 적이 있다. 말라붙은 물꼬 옆을 삽으로 한참 팠더니 그곳에 개구리는 없었고 뱀이 한 무더기 똬리를 틀고 엉겨 있었다.

셔츠를 벗은 남자는 웃통 맨살을 드러낸 채 냇물로 들어간다. 손바닥으로 물을 떠서 가슴과 어깨에 끼얹는다. 푸우우우 소리를 내며 한바탕 세수를 하고 텐트 곁으로 돌아와서 수건으로 물기를 닦는다. 냄비에 쌀을 덜어서 씻던 여자가 남자를 올려다보며 웃는다. 남자가 덤덤한 낯으로 여자를 내려다본다. '뭐가 그렇게 우스워?' 하고 묻는 표정이다. 수건을 목에 두르고, 여자 앞에 무릎을 꺾고 엉거주춤한 자세로 앉아서 버너를 꺼낸다. 버너에 알코올을 붓고 불을 붙이고 펌프질하기 시작한다. 여자가 묻는다.

"꽁, 치? 고, 등, 어?"

남자가 답한다.

"아무거나."

여자가 남자 곁에 꽁치 통조림 캔을 내려놓는다. 버너에서 확확 소리를 내며 불길이 솟는다. 남자는 알맞게 불 크기를 조절하고 통조림 캔을 딴다. 남자의 이마로 흘러내린 머리칼에서 물방울 하나가 캔 뚜껑 위로 톡 떨어진다. 그때 냇물에서 물놀이하던 남매 가운데 여자아이가 모로 쓰러지면서 깡뚱한 치마가 물에 죄다 젖는다. 바로 일어나서 치마에서 물을 뚝뚝 떨어뜨리며 잠자코 서 있다가, 갑자기 생각난 듯이 두 손바닥에 얼굴을 묻고 아앙 울음을 터뜨린다.

아빠가 아이들을 돌아보며 무슨 일이냐고 외친다. 통조림 캔을 내려놓고 물로 들어가서 여자애를 안고 나온다.

"괜찮아. 울지 마. 뚝."

낚시의자에서 엉덩이를 들었다가 자세를 고쳐 앉으며 제임스 강은 속으로 중얼거린다. 저때만 해도 좋았지. 자동차의 요란한 브레이크 파열음이 그의 귓전을 스친다. 이곳 시냇가에 아내와 함께 아이들을 데리고 놀러온 해 가을에 그는 딸아이를 잃었다. 젖먹이 때부터 아이의 꿈은 간호사가 되는 것이었는데, 그 꿈이 이루어지기 훨씬 전에 응급실에서 간호사의 품에 안겨 눈을 감았다.

지금껏 오십여 년 세월을 살아오는 동안, 제임스 강은 어떤 조직이나 모임에 오래 몸담은 적이 없다. 학교에 잠깐 적을 두었는데, 절반은 학교 가는 길에 옆길로 새서 뒷동산 공동묘지에서 놀았다. 어머니의 식당 건너 극장에서도 많은 시간을 보냈다. 극장 뒤엔 커다란 창고가 있었고, 그곳에선 이마에 큼지막한 점이 있는 사내가 늘 그림을 그렸다. 점박이 사내는 밥 먹을 때를 빼곤 입을 여는 예가 없었다. 그를 벙어리로 여기는 사람도 많았다.

점박이는 손에 사진을 한 장 들고 서서, 웬만한 집의 벽보다 곱절로 커다란 나무판자에 배우들의 얼굴을 그렸다. 자동차도 그리고 무너진 다리도 그리고, 사랑과 슬픔과 열정 같은 눈에 안 보이는 것들도 그렸다. 어떤 시기엔 파란색을 즐겨서 썼다. 사람의 뺨과 이마에도 파란 색조를 넣었다. 그럴 때 간판이 걸린 극장 앞 풍경은 버드나무 숲처럼 시원스러운 느낌이 가득했다. 사람들은 틈날 때마다 간판 그림을 바라보며 더위를 식혔다. 또 어떤 계절엔 붉은색을 많이 넣어 그림을 그렸다. 바닷물과 나무마저도 붉은빛을 띠었다. 간판이 걸린 극장 앞엔 늘 뜨거운 열기가 넘실댔다.

가끔 아버지가 찾아와서 어머니의 몸에 피멍을 만들고 돌아갔다. 이런 일이 되풀이되는 게 보기 싫어서 제임스 강은 열두 살 때 가출했다. 십대의 나머지 세월을 구두통을 메고 시외버스정류장과 역전을 돌며 살았다. 또래보다 허우대가 건장한 편이어서 건달들의 유혹이 많았지만 뿌리쳤다. 몇 번 그들한테 몰매를 맞았다. 바닥에 나뒹굴면서도 신음 소리 한 번 내지 않고 그들을 노려보았다. 그들은 때리다가 지쳐서 혀를 내둘렀다.

"진짜 지독한 놈이네. 야, 무섭다. 그만 쳐다봐라."

열아홉 살 봄에 고서점에서 주인의 구두를 닦아주고 낡은 그림책을 하나 얻었다. 자취방에서 밤마다 바닥에 엎드려 도화지에 연필로 그림을 그렸다. 연필 그림 위에 볼펜으로 또 그렸다. 서점에선 그에게 그림책을 계속 빌려주었다. 서점 주인은 그림책을 빌려주는 대가로 지갑을 꺼내는 일 없이 구두를 닦는 기쁨을 누렸다.

제임스 강은 틈날 때마다 이 동네 저 동네로 극장을 찾아서 돌아다

214

녔다. 극장 앞길 건너편에 서서, 간판을 하염없이 쳐다보며 머릿속에 간판 그림을 옮겨 담았다. 결국 그는 자기 동네 극장에서 외팔이 간판장이를 보조하는 조수 자리를 얻었다. 그 극장과 다른 극장 사이를 하루에 네댓 번 오토바이를 타고 숨 가쁘게 오간 적도 있었다. 동시 상영작 필름을 나르는 일이었다. 이따금 단색으로 간판 그림의 배경을 칠할 일이 있을 때 붓을 들고 외팔이를 도왔다.

어느 날 외팔이가 집에서 고기를 구워먹다가 가스가 폭발하면서 하나밖에 없는 손을 크게 다쳤다. 다음주에 새 작품을 올리기로 돼 있었기에 제임스 강 혼자서 간판을 직접 그렸다. 닷새 동안 그는 거의 눈을 붙이지 못했다. 외팔이가 다녀가면서 그림을 보고 씨익 웃으며 그의 어깨를 툭 쳤다.

"제법인데?"

그즈음에 그는 어머니가 돌아가셨다는 소식을 들었다. 이미 두 계절이나 지난 일이었다. 그는 그날 밤 방문을 걸고 못하는 술을 여러 병 먹고 곯아떨어졌다. 다음날 잠에서 깨어났을 때 자신이 비로소 완전한 자유의 몸이 되었다는 걸 알았다. 누가 고향을 물으면 알래스카 반도 아래 코디액 섬이라고 대답했다.

"설마?"

"삼촌하고 배를 타고 바다표범을 잡다가 조난당해서 이곳으로 떠내려오게 되었지."

딱 한 번 자유를 위협받은 적이 있었다. 그를 집착에 빠뜨린 건 극장에서 표 받는 일을 하던 여자와 그녀가 나눠준 약물이었다. 약물은 주사기 바늘에서 몸 속으로 흘러들어오는 대로 칼슘을 빼앗아갔다. 뼈에 숭숭 구멍이 뚫리는 게 느껴질 정도로 기력이 급격히 떨어졌다.

간판을 옮기다가 발을 헛딛고 넘어졌을 때 잘 마른 나뭇가지처럼 팔이 뚝 부러졌다. 깁스를 하고 지내면서도 그는 여자의 집을 찾아가서 주사를 맞았다. 매일 밤 뼈가 부러지는 꿈을 꾸었다. 한번은 꿈에서 목뼈와 어깨뼈와 손목뼈와 척추와 발목뼈가 모조리 부러졌다.

엉망으로 망가진 피노키오 인형처럼 팔다리를 늘어뜨리고 집에 누워 있는데 여자가 멸치를 한 부대 들고 찾아왔다. 그가 멸치를 싫어하게 된 건 이때의 경험 때문이었다. 여자가 솥에다가 멸치를 쏟아부으며 말했다.

"푹 삶아서 국물 우려내 마셔. 안 그러면 또 뼈가 부러질 거야."

그는 하루 건너서 한 바가지씩 멸칫국물을 우려내 마셨다. 구역질이 나서 다 토해낸 뒤에 또 마셨다. 그랬는데도 극장 옆 골목에 세워놓은 자전거에 가볍게 부딪혔을 때 팔이 또 부러졌다. 그는 곧장 여자한테 가서 주사를 맞았고, 집에 돌아와서 누워 팔이 부러진 상태로 보름을 앓았다. 어느 날 밤에 여자가 다시 멸치를 한 부대 들고 집으로 달려왔다. 그는 여자를 뿌리치고 집을 나서서 발길 닿는 대로 달렸다. 부러진 팔이 거추장스럽게 덜렁거렸다.

제임스 강은 다시 냇물 건너편으로 눈을 준다. 이십 년 전의 추억 속으로 되돌아가서, 냇물 건너 모래톱에서 청년 뒤에 서 있던 여자가 입을 꾹 다물며 발을 떼는 걸 바라본다. 눈빛이 예사롭지 않다. 여자는 게걸음으로 남자의 뒤쪽을 떠나서 한참 모래톱 왼쪽으로 걸어가다가 시냇물로 다가선다. 옷을 입은 채 곧바로 물 속으로 들어간다. 무릎까지 물이 차올랐을 때, 걸음을 멈추고 한 손으로 차양을 만들며 구절리 쪽의 하늘을 바라본다.

어제 저녁때 여자는 결국 성미가 폭발했다. 모닥불을 지펴놓고 앉아서 별을 헤아리던 중이었다.

"앞으로 어떻게 할 거예요?"

남자는 대꾸하지 않았다. 그녀가 남자의 어깨를 손바닥으로 툭 치며 다그쳤다.

"계속해서 이런 식으로 지낼 순 없잖아요?"

나중엔 팔을 잡아서 마구 흔들어댔다. 그러자 남자는 사정하듯이 말했다.

"제발 이러지 마."

여자는 허벅지를 감아도는 차갑고 간지러운 물살을 느낀다. 비로소 어제와 오늘 계속해서 그를 몰아세웠던 일이 후회된다. 간밤에 남자는 모래톱에서 텐트로 들어오지 않았다. 아침에 나가보니 같은 자리에 앉아서 냇물을 바라보고 있었다. 여자는 그가 결혼하여 가족을 가질 마음이 없다는 걸 오래 전부터 알고 있었다. 도리질하면서 다시 발을 뗀 여자는 점점 더 깊이 시냇물 복판으로 들어간다. 치마 속으로 들어온 물에 허벅살이 젖기 시작한다. 가랑이와 샅도 축축해지는 느낌이 들자 몹시 불쾌해진다.

밖에서 보기보다 꽤 깊은 물이다. 어쩌면 한복판은 한 길이 넘을지도 모른다. 여자는 손바닥으로 냇물을 내리치며 자신을 나무란다.

'그래, 내가 어리석었던 거야!'

한 발짝 더 앞으로 나아간다. 순간 무언가를 잘못 밟고 몸의 중심을 잃는다. 옆으로 쓰러져서 물에 온몸이 잠기는 순간, 여자의 입에서 꼬르르륵 소리가 난다. 팔을 휘저으며 재빨리 발을 바로 디뎌 몸을 세운다. 물 위로 올라온 여자의 머리와 어깨에서 물이 주르륵 떨어진다. 벗겨져나간 등산모가 물살을 타고 멀어진다.

이제 모래톱의 청년은 바로 앉아서 윗몸을 앞으로 숙인 모습으로 모래에 구멍을 파는 작은 벌레를 관찰하고 있다. 다른 곳도 많은데 꼭 모래구멍 속에서 살아야 하는 이유가 무언지 궁금해진다. 그는 이 여름이 다 가기 전에 다른 고장으로 떠나가기로 마음먹는다. 다시는 어느 누구에게도 마음의 틈을 내보이지 말자고 다짐한다. 청년은 여자가 어제 오늘로 전에 없이 자신을 위협하고 있다는 느낌이 든다. '그래, 너무 오래 만났던 거야' 하고 속으로 중얼거린다. 이대로 일어나서 여자를 놔두고 훌쩍 달아나고 싶은 마음마저 든다.

그런데 다음 순간, 이상한 느낌이 일어서 햇살에 눈살을 찌푸리며 고개를 든 청년은 자리에서 벌떡 일어난다. 뒤늦게 물 속에 들어가 있는 여자를 발견한 것이다. 여자는 이미 가슴까지 물이 차오른 상태이다. 청년이 여자를 향해서 다급하게 외친다.

"뭐 하는 거야! 어서 돌아나와!"

청년은 모래톱 위를 조심스레 한 발 한 발 걷다가 물 속으로 빠르게 달려들어간다. 여자는 몸을 틀어 청년을 돌아보더니 게걸음으로 움직이기 시작한다. 남자가 가까이 다가오자 여자가 돌아선다.

"다가오지 말아요!"

여자의 외침에도 아랑곳없이 남자는 계속 발을 옮긴다. 바닥이 몹시 미끄럽다. 어떤 곳은 발이 푹 빠진다. 물밑에 낙엽이 수북이 쌓인 자리 같다. 둘 사이가 바짝 좁혀지자 여자는 눈을 둥글게 뜨고 뒷걸음질친다. 햇살이 여자의 눈 속으로 파고든다.

여자는 다시 한번 온몸을 휘청대더니 곁에 있는 바위 위로 간신히 윗몸을 얹는다. 옆쪽의 다른 바위에 발바닥을 대고 힘껏 몸을 위로 올린다. 마침내 바위에 올라선 여자는 청년을 돌아보는 순간, 그대로 발이 미끄러지면서 몸이 허공으로 들린다. 커다란 바위, 흰 바위, 햇볕에 바싹 잘 마른 바위이다. 움푹 팬 바위 한쪽 구멍에 무언가 꽂혀 있다. 어디서 쓸려내려왔는지 네댓 살짜리 여자아이한테나 맞을 앙증맞은 노란색 신발 한 짝이다. 여자는 반질반질한 바위에 뒤통수를 딱 하고 부딪힌다. 몸이 튕겨서 물 속으로 떨어진다.

여름이 가고 가을이 깊어질 때까지 여자는 병원에 누워서 지냈다. 넉 달 만에 과거의 기억이 다 지워진 채 정신이 돌아왔다. 여자의 기억이 시작되는 지점은 제임스 강을 처음 만날 무렵이었다. 제임스 강은 그녀가 이 세상에 태어나서 처음 만난 사람이나 다름없었다. 그녀는 지능이 초등학교 수준으로 떨어졌고 말과 행동이 한없이 느려졌다. 그녀의 가족은 자신들을 전혀 기억하지 못하는 그녀에게서 점차 멀어져갔다. 제임스 강 한 사람만이 늘 그녀의 곁에 머물렀다. 이듬해 가을에 두 사람은 살림을 합쳤고, 한 해 또 한 해가 가면서 차례로 두 아이를 낳았다.

자동차에 여섯 살 난 딸아이를 잃었을 때, 제임스 강은 극장 간판 그리는 일에서 손을 놓았다. 한 달 내내 방에서 벽을 바라보고 지내다가 집을 나서 정처 없이 지방을 떠돌았다. 성탄절을 며칠 앞둔 날 밤길에 술에 취해서 비틀대며 걷다가 하늘 저편의 새벽별을 보았다. 뼛속이 시릴 정도로 바람이 매서운 날이었다. 그런데 일순간 새벽별은 딸아이의 맑은 눈동자처럼 보였다. 딸아이가 웃음소리를 내며 물었다.

"아빠, 거기서 뭐 해? 안 추워? 집에 안 가?"

뒤이어 딸아이의 웃음소리가 점점 멀어지는 게 느껴졌다. 집으로 돌아가보니 독감에 걸린 아내는 자리에 몸져누워 있었고 아들녀석은 보육원에 가 있었다. 아내가 그를 보고 가까스로 몸을 일으켜 앉았다.

"어, 디, 갔, 다, 가, 이, 제, 와, 요?"

두 사람의 아들은 고등학교에 들어갈 때부터 산에 빠져 살았다. 어느 날 자신의 꿈은 산에서 죽는 거라고 말해서 엄마를 온종일 울게 만들었다. 그리고 결국 꿈을 이루었다. 대학 산악반에서 떠나는 해외 원정에 합류했다가 매킨리 봉 바로 아래서 크레바스 속으로 추락했다. 베이스캠프에 남긴 셔츠 한 벌만 집으로 돌아왔다. 엄마가 원정 떠나기 직전에 떠준 빨간색 양털 셔츠였다. 제임스 강은 요즘도 겨울이면 아들이 입었던 셔츠를 입고 지낸다.

낚시의자에서 엉덩이를 조금 들었다가 내리며 제임스 강은 자세를 고쳐 앉는다. 뒤에서 찌개 냄새와 밥냄새가 날아온다. 언제 맡아도 좋은 냄새이다. 그의 배에서 꼬르르륵 소리가 난다. 어눌하지만 언제 들어도 정겨운 목소리가 밥냄새에 묻어 날아온다.

"점, 심, 드, 세, 요."

제임스 강은 다시 엉덩이를 들고 아내를 향해서 낚시의자를 돌려 놓는다. 이제 그는 시냇물 쪽을 등진 상태이다. 왼쪽엔 텐트가 있고, 갈참나무 그늘 속에서 바닥에 펼친 신문지 위에 점심상이 차려져 있다. 제임스 강은 무덤덤한 사내, 웃는 일이 거의 없는 사내이다. 그는 숟갈을 쥐면서 고개를 든다. 아내가 그를 바라보고 웃는다. 제임스 강은 밥을 한 숟갈 뜬다. 아내가 젓가락으로 장조림을 집어서 그의 숟갈에 담긴 밥 위에 얹는다. 그는 입을 크게 벌리고 숟갈을 깊이 넣었다가 입술을 다물며 빼낸다. 우적우적 밥을 씹는다.

그때 아내가 활짝 웃으며 손가락으로 남편의 등뒤를 가리킨다. 그는 고개를 들어서 냇물을 내려다본다. 비오리들이 저만치에서 물을 거슬러올라오는 게 보인다. 어미가 세 마리 새끼를 거느리고 있다. 일가족은 부지런히 길을 가는 중이다. 아빠 비오리가 상류에서 그들을 기다리는 모양이다. 재미나는 일이 생겼으니 만사 제쳐두고 어서 빨리 오라고 전갈을 보낸 모양이다. 어미 비오리가 여울목을 지나서 날개를 퍼드덕대며 작은 폭포를 날쌔게 거슬러올라간다. 어린 새끼들도 어미를 따라서 몇 번 미끄러져 도로 내려오기를 되풀이하다가 기어이 폭포를 올라간다. 그들은 곧 시야에서 사라지고 냇물은 잠잠해진다.

제임스 강은 아내에게로 고개를 돌리며 다시 밥을 씹는다. 아내도 밥을 한 숟갈 자기 입에 떠넣는다. 아내의 입가에 밥알이 묻었다. 그는 손을 뻗어 아내의 입가에서 밥알을 떼어 자기 입에 넣고 우물거린다. 아내가 또 배시시 웃는다. 아내 역시 귓바퀴 뒤로 흰 머리칼이 많이 늘었고 눈가에 주름이 자잘하다. 지금껏 살아오는 중에 가슴이 무너지는 순간이 없지 않았지만, 제임스 강은 운이 좋은 사내이다. 그의 아내는 늘 아름답고 착하고, 여름 한낮은 시냇물 따라 유유히 흘러간다.

복숭아 과수원

순경 하나가 입을 쩍 벌리고 복숭아를 한 입 크게 베어 물었다. 순간 복숭아가 "아익!" 하고 비명을 질렀다.

놀란 순경은 복숭아를 바닥에 떨어뜨렸다. 갑자기 복숭아가 제자리에서 콩처럼 통통통 튀더니 열린 창고 문을

향해 데굴데굴 굴러갔다. 언덕 중간쯤에서 복숭아는 별안간 구르던 걸 멈추었고, 노란 연기를 피워올리며 사

람으로 변했다. 다름아닌 남자의 아내였다.

여자가 남자보다 약속장소에 먼저 모습을 드러낸 건 밀회를 시작한 이후로 처음이었다. 텅 빈 과수원 창고로 발을 들여놓는 순간부터 불길한 느낌에 사로잡힌 여자는 입속이 바짝 타들어갔다. 어디 시원한 샘물이 있으면 한 바가지 쭉 들이켜고 싶었다. 여자는 평상에 앉아서 발치에서 뒹구는 복숭아를 주워 두 손으로 만지작거렸다. 금방 딴 것처럼 싱싱한 복숭아였다. 솜털의 까칠한 감촉에 금세 손바닥 전체가 화끈거렸다.

한낮 과수원은 오가는 사람이 없었다. 대지엔 구름 그림자, 하늘엔 뭉게구름이 느릿느릿 흘러갔고, 뒷산에서 간간이 매미 울음소리가 들려왔다. 벌써 고추잠자리가 날아다니는 게 눈에 띄었다. 여자는 시야가 훤히 트인 언덕 위 창고에서 커다란 통유리로 밖을 내다보았다. 과수원 너머 동네에서 올라오는 꼬불꼬불한 길이 보였다. 그 길엔 어제나 그제쯤 소형트럭이 지나가면서 남긴 바퀴자국이 찍혀 있었다.

올여름엔 이 도시의 어느 길목에서건 복숭아를 산더미같이 싣고 멈춰 서서 손님을 기다리는 트럭을 볼 수 있었다. 바야흐로 복숭아 철이었고, 올해는 유례없는 복숭아 풍년이었다. 길을 걷다가 발에 채는 건 모두 복숭아였으며, 온 국민이 아침저녁 식사를 복숭아로 대신해도 다 못 먹을 것 같았다. 어른 주먹을 넘보는 복숭아가 마흔 개쯤 든 상자 하나에 일만 몇천원을 넘지 않았다. 평년의 절반 값이었다. '망했구나!' 하고 여자는 탄식했다. 복숭아 과수원 주인들이 망했다는 의미만은 아니었다.

여자는 지난 봄부터 이곳 창고에서 벌어진 일을 돌아보았다. 두 사람이 처음 이곳을 찾았을 때 과수원엔 흰색과 엷은 붉은색 복숭아꽃이 한창이었다. 잎이 나기도 전에 꽃이 만발한 것을 보고 여자는 몹시 성질이 급한 나무라고 생각했다. 그날 남자가 서둘러 자신의 치마를 가슴까지 훌렁 뒤집어올리고 허겁지겁 속옷을 내리는 걸 바라보면서 "정말 성질이 급한 나무야" 하고 중얼거렸다. 첫날의 정사는 여자의 혼을 완전히 빼앗아갔다. 제정신이 돌아오기까지 여러 시간 걸렸다. 남자가 여자의 뺨을 어루만지며 "그만 내려가지요" 하고 보채는 소리가 다른 세상에서 들려오듯이 아련하게 느껴졌다. 여자는 온몸에서 힘을 빼고 눈을 감고 평상에 바로 누운 채 복숭아꽃 향기를 깊이 들이마셨고, 만면에 미소를 머금으며 속으로 외쳤다. '내 평생에 이처럼 나른하고 달콤하고 느긋했던 순간은 없었어!'

첫 만남 이후에 그들은 일 주일에 한 번꼴로 만났다. 남자는 복숭아 과수원 주인과 친구 사이였다. 그래서 주인이 언제 일을 쉬는지 잘 알고 있었다. 그들이 과수원 창고에서 만나는 중에 주인이 나타난 적은 한 번도 없었다. 여자는 혹시 그 사람이 자신들의 밀회를 알고 있어서 일부러 자리를 비워준 건 아닌지 의심했다. 그러나 남자는 자신들의 관계를 아는 건 "당신과 나, 그리고 하느님뿐"이라고 힘주어 말했다. "하느님 맙소사!" 하고 여자가 눈을 번쩍 떴다. "적어도 하느님은 알고 계신단 말이잖아요?" 남자가 정색하며 고개를 흔들었다. "아마 모르실 거예요. 나는 교회에 나가지 않기 때문에 그분을 뵌 적이 없거든요."

여자가 그를 물끄러미 쳐다보다가 조심성을 잃어버리고 갑자기 깔깔깔 소리내서 웃었다. "당신 정말 무지무지하게 순진한 사람인 거 알아요?" 그리고 또 배꼽을 잡고 웃었다. 남자가 눈을 복숭아만하게 뜨고 달려들어서 손바닥으로 여자의 입을 막았다. 늘 굼뜨고 무심하게 행동하던 남자가 놀라서 허둥대는 모습을 보자 여자는 또 재미있어 죽을 것 같았다. 남자의 손바닥 속에서도 여자는 웃음을 참지 못하고 쿡쿡거렸다. 남자는 경계심을 늦추지 않은 눈으로 유리창을 통해 과수원을 휘 둘러보았고, "에취!" 하고 재채기하고 요란하게 코를 풀더니 이번엔 자기 입술로 여자의 입을 막아버렸다.

남자는 좀처럼 나타나지 않았다. 여자는 두 무릎을 덮은 치마 위에 복숭아를 내려놓았다. 치마가 폭 꺼지며 두덩뼈에 복숭아가 와 닿았다. 여자는 무화과 잎사귀로 샅을 가린 아담과 이브를 떠올렸다. 인간이라고는 자신들밖에 없던 시절에 그들이 무얼 부끄러워했던 건지 선뜻 기억나지 않았다. 여자는 혹시 자신이 시간을 착각한 게 아닌가 하는 생각마저 들었다. 어제 걸려온 전화에서 남자는 간단하게 날짜와 시간만 밝히고 수화기를 내려놓았다. "내일 오후 두시!" 사실상 따로 시간을 지정할 필요가 없었다. 그들은 언제나 그 시간에 만났다. 그러니 남자는 딱 두 음절만 말하면 되었다. 내일! 여자는 그가 부르기만 하면 언제든 달려갈 준비가 돼 있었다. 여자의 가게엔 항상 곁에 붙어서 일을 도와주는 아가씨가 있었다. 하지만 남자는 아무 때나 시간을 낼 수 없었다. 그에게도 가게 일을 돕는 사람이 셋이나 있었지만, 세 사람 모두 거래처로 나갈 때가 있었다. 그런 날 남자는 꼼짝 없이 가게를 지키고 앉아 있어야 했다.

여자는 한 번 남자의 가게에 가보았다. 남자를 처음 만난 날까지 합하면 사실 두번째로 간 것이었다. 남자한테서 열흘째 연락이 없어서 손톱을 물어뜯으며 극심한 불안에 시달리다가 점심때 집에 잠시 다녀오겠다며 가게를 나섰다. 그다지 햇살이 눈부시지 않은 날 양산을 쓰고 길을 걸으면서 여자는 그가 자신을 배신했을 가능성을 생각했다. 마지막으로 만났을 때 남자가 어떤 표정을 지었으며 평소와 다른 행동은 없었는지 돌이켰다. 그때 남자는 좀 우울해 보인 것 같았다. 창고로 들어서면서 문턱에 발이 걸려 넘어질 뻔한 것, 바지를 내릴 때 혁대 버클이 떨어진 일도 마음에 걸렸다. 그러나 다시 생각해보니 그가 자기 몸에서 떨어져나가면서 "정말 좋았어" 하고 중얼거렸던 게 뚜렷이 떠올랐다. 정말 좋은 경험을 한 남자가 이렇게 빨리 여자를 배신한다는 건 있을 수 없는 일로 여겨졌다.

남자의 가게가 있는 골목 입구가 보이는 큰길로 들어설 때, 여자는 어떤 여자가 버스정류장에서 자신을 쳐다보는 걸 알아챘다. 마치 그 여자는 자신이 누군지 아는 것 같은 낯빛이었다. 그게 아니라면 길을 가는 사람을 그처럼 뚫어지게 바라볼 리 없다고 여자는 생각했다. 적어도 자신의 경우엔 전혀 모르는 사람의 얼굴을 정면으로 일이 초 이상 바라본 적이 없었다. 여자는 정류장에 선 여자가 윗니로 아랫입술을 지그시 깨무는 걸 보았다. 눈빛이 보통 매섭고 앙칼스럽지 않았다. 눈빛만으로도 간이 작은 사람 여럿을 쉽게 죽일 수 있을 듯했다. 놀란 여자는 양산을 앞으로 기울여 그 여자의 눈길을 막았다. 그리고 걷는 속도를 높여 서둘러 길을 건넜다.

여자는 그 여자가 혹시 남자의 아내가 아닐까 하는 느낌이 스쳤다. 여자들은 남자들이 갖지 못한 걸 갖고 있다고 여자는 믿었다. 육감. 그것은 육체가 느끼는 감각이나 성적인 느낌이 아니라 직감을 뜻했다. 텔레파시처럼 논리적으로는 설명할 수 없는 신비한 능력이었다. 꿈에서도 스친 적이 없는 자기 남자의 정부를 거리에서 우연히 보았을 때 '바로 저 여자야!' 하고 확신하게 만드는 것, 그게 바로 육감이었다. 여자는 자신이 좀 전에 본 정류장의 여자가 남자의 아내가 분명하다고 단정했다. 그 여자 역시 자신에게서 자기 남편의 정부를 느낀 게 분명했다. 두 여자 모두 같은 순간에 육감을 통해서 각자의 연적을 알아보았다는 얘기가 되었다.

그날 여자는 남자의 가게 앞에 이르렀지만 안으로 들어가진 않았다. 진열장 유리로 남자의 모습이 보였다. 다른 종업원은 없었고, 남자는 탁자를 사이에 놓고 어떤 사내와 마주 앉아 진지한 얼굴로 대화를 나누고 있었다. 왼손에 담배를 들고 오른손에 펜을 쥔 모습이었다. 부지런히 펜으로 종이에 메모를 하면서 계속 담배를 입술에 갖다 대고 연기를 깊이 빨아들였다. 비로소 여자는 남자가 왼손으로 담배를 태우는 버릇을 갖게 된 이유를 알아냈다. 과수원 창고에서 남자는 담배를 태울 때 늘 왼손을 이용했다. 남자는 어째 상담이 잘 이루어지지 않아서 곤혹스러워하는 얼굴이었다. 탁자 맞은편 사내는 팔짱을 지르고 앉아서 거드름 피우는 얼굴로 단호하게 고개를 가로저었고, 남자는 탁자 위에 엎드릴 듯이 윗몸을 잔뜩 앞으로 기울인 채 끝없이 설명하고 또 설명했다.

바로 다음날 아침에 남자에게서 전화가 걸려왔다. 남자가 짧게 힘주어 말했다. "오늘 오후 두시!" "내일이 아니고요?" "오늘!" 그날 과수원 창고에서 남자는 전보다 곱절로 서둘렀다. 뿐만 아니라 너무 격렬하게 움직이는 바람에 팔꿈치로 여자를 쳤다. 여자의 코에서 핏물이 흘러내렸다. 일을 마치고 치맛자락을 펴면서 여자가 물었다. "무슨 일 있어요?" 남자가 말없이 여자를 쳐다보았다. 약간 찌푸린 얼굴이었다. 여자가 다시 물었다. "나를 만나는 게 힘들어요?" 남자는 눈을 창 쪽으로 돌리며 왼손으로 담배를 꺼내서 입에 물었다. 아무리 애써도 라이터가 켜지지 않자 라이터와 담배를 땅바닥에 떨어뜨리고 발로 짓밟았다. 왈칵 짜증이 치민 여자는 손바닥으로 남자의 무릎을 탁 때렸다. 남자가 발을 옆으로 옮기자 여자는 라이터와 담배를 주웠다. "흔적을 남기면 안 된다는 거 몰라요?"

남자는 아직도 과수원에 모습을 드러내지 않았다. 일순간 여자는 창고 평상에서 엉덩이를 떼고 창 밖으로 눈길을 주었다. 무언가 과수원 오른쪽에서 꼬물거리는 게 있었다. 등에 가방을 멘 두 아이였다. 아이들은 엉금엉금 기어서 복숭아밭으로 들어왔다. 가방을 앞에 내려놓고 나무에서 손에 잡히는 대로 복숭아를 따서 가방에 쑤셔넣었다. 곧 아이들은 동네로 가는 길로 돌아올라갔고, 주위를 살피며 느릿느릿 걷더니 별안간 달음박질치기 시작했다. 아이들의 가방에서 떨어진 복숭아 몇 알이 아이들을 쫓아서 "거기 섰거라!" 하고 외치며 떼굴떼굴 굴러갔다.

여자는 두근거리는 가슴에 손을 얹고 다시 평상에 앉았다. 바닥에 떨어진 복숭아를 집어 호호 입김을 분 뒤에 치맛자락으로 흙먼지를 닦았다. 지금 시간은 약속시간인 두시를 훌쩍 넘어서 아마 두시 삼사십분은 되었을 거라고 여자는 생각했다. 시간이 이렇게 되었을 경우엔 이곳 평상에서 이미 뜨겁고 들썩거리는 소동이 지나간 뒤여야 옳았다. 남자는 복숭아를 좋아했다. 복숭아에 단맛이 배기 시작한 뒤로 늘 복숭아 두 개를 미리 따다가 평상 한쪽에 내려놓고 여자를 기다렸다. 정사를 마친 뒤에 남자는 바지에 복숭아를 쓱쓱 문질러 여자에게 하나를 건네주었고, 여자가 한 입 베어물기도 전에 턱에 물을 줄줄 흘리며 복숭아를 다 먹어치웠다. 그 순간의 남자는 오로지 복숭아 하나를 맛있게 먹기 위해서 그곳에 온 사람처럼 보였다. 곁에 여자가 있다는 걸 전혀 의식하지 않는 듯했다.

둘이 만난 지 한 달 반쯤 되었을 때, 여자는 그만 만나는 게 좋겠다는 얘기를 입에 올렸다. 하루에도 수십 번 그런 생각을 했지만, 실제로 자신이 남자한테 그런 얘기를 건네는 일은 없을 거라고 믿었다. 그런데 자신도 모르는 사이에 입에서 말이 새어나갔다. "일곱 번, 지금까지 우리가 일곱 번 만났지요? 이 정도면 많이 만난 것 같지 않아요?" 얘기를 들으면서 남자는 계속 고개를 주억거렸다. 여자는 그가 그처럼 간단하게 자기 얘기에 동의할 거라고는 생각지 못했다. 그래서 머리끝까지 화가 치밀었다. 창고 구석에 놓인 전기톱이 보였다. 당장 전기톱을 가져다가 다시는 고개를 끄덕이지 못하게 남자의 목을 뎅겅 잘라버리고 싶었다. 비스듬히 등을 돌리고 앉은 남자는 천천히 담배를 피우고 자리에서 일어섰다. 늘 그곳에 먼저 와서 상대를 기다린 건 남자였고, 그곳을 먼저 뜬 것도 남자였다. 그러나 그날은 특별한 날이었다. 여자가 남자에게 헤어지는 문제를 언급한 이런 날은 남자 쪽에서 먼저 자리를 떠선 안 되었다. 자신이 그곳을 떠나서 멀어지는 뒷모습을 끝까지 지켜봐주는 것, 그것이 최소한의 예의라고 여자는 믿었다. 그런데 감히 이번에도 자기 쪽에서 먼저 떠나가려고 하다니!

여자가 벌떡 일어나서 남자의 팔을 잡았다. 여자를 돌아보는 남자는 몹시 의아스러운 표정이었다. "왜 그래요?" 하고 남자가 물었다. 여자는 주먹을 그러쥐고 얼굴 전체를 부르르 떨었다. 여자가 되물었다. "어떻게 나한테 이럴 수 있어요? 그만 만나자고 그런다고 곧 고개를 끄덕이고, 아무 말 없이 먼저 자리를 뜨려 하다니, 원래 이런 사람이었어요? 적어도 일말의 책임감을 느낀다면 이럴 순 없는 거 아니에요?" 남자가 여자를 향해 몸을 마저 돌리며 고개를 갸웃했다. "책임감이라니, 그게 무슨 소리예요?" 여자가 눈물을 뿌리며 고개를 마구 흔들었다. "당신이 나를 먼저 유혹했잖아요! 그러니 마지막까지 신사도를 지켜야지요!" 남자가 잠시 넋나간 표정으로 서 있다가 차분한 목소리를 냈다. "이런 얘기까지 해야 하는 건지 모르겠지만, 무언가 착각하고 있는 것 같아요. 나는 당신을 유혹하지 않았어요. 벌써 잊었어요?"

비로소 여자는 한 방 얻어맞은 얼굴로 남자의 팔에서 손을 내렸다. 영사기 돌아가는 소리가 나면서 남자를 처음 본 날이 머릿속 스크린에 펼쳐졌다. 망각! 여자는 소스라치게 놀랐다. 그 동안 여자는 남자의 말처럼 착각에 빠져 있었다. 물과 불이 서로 다른 것만큼이나 엄연한 사실이 존재하는데도 여자는 줄곧 남자가 자신을 유혹했다고 믿어왔다. 그날 여자는 남편과 두 아이와 함께 시댁에 갔다가 혼자서 돌아왔다. 다음날이 일요일이었지만 물건이 들어오기로 돼 있었기에 가게를 비울 수 없었다. 고속버스가 달리는 내내 밖에선 비가 내렸다. 여자는 기분이 몹시 울적했다. 이런 날 가족과 떨어져서 홀로 귀가하는 기분이 이럴 줄은 미처 몰랐다. 터미널에 내리자마자 택시를 잡았다. 택시엔 다른 손님들이 타고 있었다. 조수석에 한 사내가 있었고 뒷자리에도 사내 하나가 앉아 있었다. 여자는 뒷자리 오른쪽에 앉았다. 옆의 사내는 계속 여자를 힐끗힐끗 쳐다보았다.

택시가 달리는 동안 두 사내는 술냄새를 풍기면서 줄곧 큰 소리로 이야기를 주고받았다. 여자를 완전히 무시하는 대화였다. "그래서 못 먹었어?" "음, 그런 여우가 또 없더라고. 다 줄 것처럼 굴면서 여관까지 따라와놓고선 갑자기 울고불고 난리를 치는 거야. 자기 엄마한테 다 이르겠다나? 나 원 참. 고무줄놀이 하는 어린애도 아니고 말이야. 에라, 너 아니면 계집이 없냐! 곧장 여관을 나가서 청량리 오팔팔로 갔지. 그런데 하필이면 그날 경찰에서 단속 나오는 바람에 모두 문을 닫아버렸더라구. 하는 수 없이 집으로 돌아가서 마누라한테 달려들었지. 꿩 대신 닭! 정말 무지하게 좋아하데? 아마 이 남자가 머리가 어떻게 되었거나 무슨 약을 먹었나 했을 거야."

두 사내가 동시에 웃음을 터뜨렸다. 운전기사도 킥킥거렸다. "아저씨, 택시 세우세요!" 하고 여자가 외쳤다. 기사가 룸미러로 여자를 돌아보았다. "조금만 더 가면 되는데요?" 여자가 또 소리쳤다. "험한 꼴 당하기 싫으면 어서 세워요!" 결국 기사는 택시를 세웠고, 여자는 차에 우산을 놔둔 채 소나기 속으로 뛰쳐나갔다. 세 사내가 "푸하하하" 하고 폭소를 터뜨리는 소리가 끝까지 여자를 쫓아왔다. 여자는 정신없이 비를 맞으며 달렸다. 맞은편에서 사람이 다가오면 그 길을 버리고 다른 골목으로 들어갔다. 온몸이 비에 흠뻑 젖었다. 이미 시간은 자정이 넘었다. 대부분의 상점이 문을 닫은 골목은 칠흑 같았다. 불빛이 터져나오는 가게가 눈에 들어왔다. 마침 그 가게는 위에 차양을 쳐놓았다. 여자는 그 밑으로 들어가서 비를 피했다. 온몸이 덜덜 떨렸고 이빨이 딱딱딱 부딪쳤다. 한겨울에 바람이 쌩 불어가는 벌판에서도 이렇게 떨진 않을 것 같았다. 따뜻한 커피가 그리웠다. 피를 한 사발 내주고 커피를 얻을 수 있다면 주저하지 않고 그렇게 할 자신이 있었다.

　얼마 만에 여자는 무심코 뒤를 돌아보았다. 흐릿한 불빛이 새어나오는 진열장 속 풍경이 고스란히 한눈에 들어왔다. 가게 구석 탁자 앞에 한 사내가 앉아 있었다. 사내는 고개를 푹 숙이고 혼자서 소주를 마시고 있었다. 한 잔 마시고 담배 한 모금 빨고, 또 한 잔 마시고 또 한 모금 빨았다. 여자는 그 사내가 울고 있다고 생각했다. 사내는 어깨가 축 처졌고, 토굴에서 자다가 막 기어나온 듯이 머리칼이 부스스했다. 여자는 유리창으로 한참 사내를 바라보았고, 일순간 마치 자신이 그를 오래 알아온 것처럼 여겨졌다. 어쩌면 그가 전생에 자신의 남편이었을지도 모른다는 느낌이 스쳤다. 서로 사랑했으나 겹겹으로 달려드는 재난과 불행에 치여 다음 세상을 기약하고 갈라선 남편! 거의 확신에 가까운 느낌이었다. "여보" 하고 여자는 유리창에 대고 조그맣게 말했다. 입김에 유리창이 뿌옇게 변했다. "여보, 나 많이 추워요. 나를 좀 안아줘요." 빗소리가 요란한데다가 유리창이 가로막고 있어서 그 소리가 남자한테 전달되었을 리 없었다. 그러나 바로 그 순간 남자가 여자를 향해 고개를 돌렸다.

　여전히 남자는 나타나지 않았다. 이제 시간은 세시가 넘었을 게 분명했다. 여자는 오늘 남자를 만나면 털어놓고 싶은 이야기가 있었다. 먼젓번에 내가 그만 만나는 게 좋겠다는 말을 했었지요? 그건 진심이 아니었어요. 나는 당신과 헤어질 수 없어요. 절대로 나를 버리지 말아요. 당신은 나의 첫번째이자 마지막 남자예요. 이 세상에 내가 당신보다 가깝게 여기는 사람은 없어요. 내 곁엔 당신, 당신 곁엔 내가 있어야 해요. 우리는 둘 다 가련하고 외로운 사람들이니까요. 여자는 오늘 남자한테 자기 생각을 모조리 고백할 작정이었다. 같이 어디론가 멀리 떠나가자는 얘기도 할 참이었다. 곧이어 여자는 거칠게 고개를 흔들었다. 자신의 가슴에 담긴 어떤 생각도 진실과 거리가 있어 보였다. 여자는 자신을 불신했다.

죄를 짓는 건 두 번까지가 힘들지 그 다음은 아무것도 아니라는 말이 떠올랐다. 처음 남자와 과수원 평상에서 몸을 섞은 날, 가게로 돌아가는 길에 여자는 죽을 생각을 했다. '이 더러운 몸뚱이를 활활 타오르는 불 속으로 던져버리자!' 두번째로 몸을 섞은 날, 여자는 구체적으로 어떻게 죽을지 궁리했다. '간단하면서 빠르고 깨끗하게 끝낼 수 있는 길이 있다면!' 철로가 뇌리를 스친 여자는 곧 기차역으로 갔지만 사람이 너무 많았다. 기차역 앞길을 돌아서 굴다리를 지나 다리로 갔다. 그런데 그 다리는 너무 낮았고 밑을 흐르는 물은 실개천 수준이었다. 결국 열 군데 약국을 돌면서 수면제와 신경안정제 수백 알을 샀다. 저녁때 가게 문을 안에서 걸고 불을 끄고, 수면제를 모두 입에 털어넣고 물을 마시려는 순간 전화벨이 울렸다. 벨소리에 놀라서 엉겁결에 약을 모조리 책상 위에 뱉고 전화를 받았다. 수화기 속에서 남자 목소리가 들려왔다. "나예요. 아직 가게에 있었네요? 아까 과수원에서 돌아오는 길에 양품점에 들러 원피스를 샀는데 마음에 들지 모르겠어요."

그날 여자는 죽지 않았다. 스스로 생각해도 우스꽝스러운 일이었지만 남자가 산 옷이 어떤 건지, 과연 그 옷이 마음에 들지 몹시 궁금해졌다. 그래서 죽는 걸 며칠 미루기로 했다. 닷새 뒤에 여자는 이곳 창고에서 남자를 다시 만나 그 옷을 받았다. 질감이나 디자인, 연분홍색 꽃무늬 모두 싸구려였다. 그러나 여자는 그 옷이 이 세상 어떤 옷보다 귀하고 아름답다고 생각했다. 그뒤로 남자를 만나러 갈 때면 늘 그 옷으로 갈아입었으며, 남자를 만나는 일이 양심에 꺼리긴 해도 더이상 목숨을 내놓아야 할 정도로 큰 죄로는 여겨지지 않았다. 이제 여자는 스스로 자기 행동을 변명할 거리를 하나둘 만들기 시작했다.

먼저 남편에 대해서 생각했다. 그는 성실하고 상냥하고 사람과 동물과 식물 모두를 사랑하는 사람이었다. 물론 가족에 대한 관심도 극진해 보였다. 늘 미소를 머금었고 아이들과 아내한테 모든 걸 쉽게 양보했다. 그들 내외는 결혼 이후로 낯을 붉히며 심하게 다툰 적이 없었다. 가벼운 실랑이 뒤에도 매번 남자가 먼저 나서서 여자를 꼭 끌어안고 등을 두드리며 사과했다. "미안해, 내가 생각이 짧았어." 그는 이 세상에서 가장 완벽한 남편이자 아버지였다. 호텔 레스토랑 수석 주방장보다 요리를 잘했고, 빨래와 청소와 장보기를 가장 좋아하는 취미로 들었으며, 동사무소와 세무서와 은행 일을 직접 다 처리했다. 가전제품을 전문기사보다도 잘 고쳤고 와이셔츠와 바지를 직접 다려 입었으며, 아내의 브래지어와 속옷 빨래도 와이어가 휘거나 구김이 생기는 일 없이 능숙하게 해냈다. 그러면서 늘 의기양양한 얼굴로 외쳤다. "어때! 나도 이만하면 쓸 만하지?"

집에서 여자가 남자보다 잘할 수 있는 일은 하나도 없었다. 여자는 결혼 초엔 요리학원에도 나가고, 신문과 생활잡지를 뒤지며 스크랩도 하고, 가구점과 전자대리점과 전파상에 가서 이것저것 귀찮게 물어가면서 나름대로 애를 써보았다. 그러다가 결국 두 손을 들고 말았다. 여자는 저녁때 집에 들어갈 때마다 현관에서 쭈뼛거렸다. 마치 다른 사람 집에 잘못 발을 들인 것 같은 느낌에 퍼뜩 놀라서, 도로 문을 나서서 동네 공원으로 가선 달빛을 받으며 늦도록 쓸쓸히 어슬렁거린 날도 있었다. 유머 감각이 넘치는 남자. 예절 교본에 나옴직한 품위 있는 말만 골라서 하는 남자. 퇴근하는 즉시 총알같이 집으로 달려오는 남자. 동네의 모든 아내들이 우러러보는 남자. 모든 남편들이 시기하는 남자. 단 일 초도 티브이와 소파를 독점한 적이 없고, 저녁 시간과 주말을 모조리 집에서 보내는 남자. 밖에서 아무리 불쾌한 일을 겪더라도 집으로 들어서는 순간 활짝 웃을 각오가 돼 있는 남자.

그러나 한 가지를 모르는 남자. 자신이 너무나도 완벽하다는 사실이 가장 치명적인 결점이 될 수도 있음을 전혀 알지 못하는 남자! 이 남자 앞에서 여자는 늘 숨이 막혔고, 한없이 어깨가 움츠러들었다. 동시에 자신이 남편을 위해서 해줄 수 있는 일이 거의 없거나 전혀 없다는 생각에 절망했다. 그저 말없이 곁에서 존재해주는 것, 남편이 자신에게 기대하는 건 그게 전부로 여겨졌다. 그는 술 담배를 하지 않았으며 하루도 거르지 않고 점심시간에 회사 근처 체육관에서 근육을 단련했다. 재작년엔 전국 보디빌딩 대회에 나가서 은상을 탔다. 그때 신문에 대문짝만한 기사가 났다. '올해의 젊은 사업가상 수상자 몸매도 으뜸!' 그는 자신이 건강에 그처럼 신경 쓰는 이유는 딱 한 가지라고 말했다. "당신하고 앞으로도 백 년쯤 더 같이 살고 싶어서야!" 여자는 남편의 그 얘기를 떠올릴 때면, 머리칼을 열 손가락으로 움켜쥐고 뜯어서 허공으로 뿌리며 고개를 흔들었다. 지금껏 같이 살아온 십 년도 너무 길고 지루했어! 조선왕조 오백 년도 더 되는 세월

같았다구!

다음으로 여자는 두 아이를 생각했다. 코흘리개 시절엔 시도 때도 없이 엄마 치마 속으로 파고들더니 머리가 좀 커지자 엄마를 소가 닭 보듯 했다. 두 아이 모두 아빠를 닮아서 자기 일을 모두 스스로 알아서 처리했다. 심지어 자기 옷 빨래를 직접 했고 다림질도 썩 잘했다. 친척들이 찾아와서 "엄마 아빠 가운데 누가 더 좋으니?" 하고 물으면, 먼저 엄마 눈치를 본 뒤에 아빠를 쳐다보았다. 둘 다 엄마보다 조립 자동차와 컴퓨터와 만화영화 주인공을 더 사랑했고, 엄마가 아무리 칭찬하고 좋은 소리를 해도 그것마저 잔소리로 받아들여서 낯을 구기며 자기 방으로 달아났다. 아이들은 엄마가 가게에서 돌아오면 '웬 개가 왔나?' 하고 쓱 쳐다보곤 눈길을 돌렸다. 그러나 아빠가 회사에서 돌아오면 집 천장이 내려앉을 만큼 큰 소리로 "아빠 오셨다!" 하고 만세를 부르고 엉덩춤을 추며 달려가서 품에 안겼다. 아이들에게 아빠는 티브이 스타 이상의 우상이었고, 엄마는 있어도 그만 없어도 그만인 존재였다.

여자는 어느 날 마침내 두 아이한테서 모든 기대와 정을 거두어들였다. 더는 괜찮은 엄마로 살지 않기로 마음먹었다. 밥을 제대로 차려주지 않았고, 용돈을 십원짜리나 오십원짜리 동전으로 주었고, 학교에 가고 오는 걸 내다보지 않았고, 어쩌다가 정신이 나가서 옷이나 시디를 사다줄 경우에 대궐 같은 집이라도 한 채씩 안겨준 것처럼 생색냈다. 그러면서 꼭 한마디를 빠뜨리지 않았다. "엄마가 길에서 주운 돈으로 사온 줄 아니? 엄마 고맙습니다 해야지!"

복숭아 과수원 창고 구석엔 나무와 플라스틱과 종이로 만든 상자가 쌓여 있었다. 여기저기 바닥에 떨어져서 시커멓게 썩어 문드러진 복숭아가 보였다. 여자는 창 밖 과수원에 그림자가 한층 늘어난 걸 느꼈다. 모든 게 엉망이 돼버렸다고 여자는 생각했다. 남편과 아이들이 아직 모르고 있을 뿐이지 가정은 이미 박살난 거나 다름없었고, 자신은 오늘 한 남자한테서 버림받았다. 그 동안 기꺼이 목숨과 영혼을 내놓을 각오로 그에게 덤벼들었는데 결과가 아무것도 없었다. 여자는 무릎에 손등을 대고 위로 펼친 손바닥으로 눈길을 내렸다. 그곳에서 복숭아가 안쓰러운 낯으로 여자를 올려다보고 있었다. 여자는 자신이 과연 다시 이전날로 돌아갈 수 있을지, 지난 석 달 동안 벌어졌던 일을 모조리 백일몽으로 여겨서 무시해버릴 수 있는 건지, 길에서 우연히 그 남자를 다시 만나더라도 철저히 외면할 수 있을지 더듬어보았다. 그러나 그 어떤 것도 불가능해 보였다. 여자는 자신에게 탈출구나 엄폐물이 전혀 없다는 걸 깨달았다. 언젠가는 모든 게 끝장나리라는 예감이 없지 않았지만, 이렇게 빨리 결말을 맞아서 조종이 울리는 가운데 서둘러 막을 내리게 될 줄은 몰랐다. 여자는 반질반질해진 복숭아를 평상에 내려놓고 조용히 일어섰다.

온 세상에 땅거미가 내리는 시각. 오천 평 과수원 대부분이 그늘에 갇혔고, 맞은편 언덕만 노랗게 석양빛에 물들었다. 한적한 복숭아 과수원 오솔길을 허겁지겁 올라가는 사람들이 있었다. 모두 세 사람이었다. 맨 앞에 선 사람은 낮 두시부터 과수원 창고를 지키던 여자의 남편이었다. 그는 넥타이를 느슨하게 풀어 늘어뜨린 와이셔츠 차림이었고 양복 윗저고리를 접어서 들었다. 그뒤를 순경 둘이 따르고 있었다. 그날 오후에 온 도시가 발칵 뒤집혔다. 어떤 여자가 남편을 살해했다. 남편이 일하는 가게에서였다. 블라우스와 얼굴이 남편의 피로 물든 여자는 칼을 들고 거리로 뛰쳐나와서 허둥대다가 어디론가 사라졌다. 신고를 받고 달려간 순경들은 웅크리고 누운 남자의 시체 곁에 일기장이 떨어져 있는 걸 발견했다. 남자의 일기장엔 지난 석 달 동안 과수원 창고에서 벌어진 모든 일이 날짜별로 낱낱이 적혀 있었다. 남자의 정부의 이름, 그리고 정부의 남편에 관한 짤막한 기록도 들어 있었다.

세 남자는 복숭아 과수원 복판에서 발걸음을 멈추었다. 제자리에서 맴돌며 과수원 곳곳을 둘러보았다. 그들의 눈길은 언덕 위의 창고에서 멎었다. 순경 하나가 손가락으로 창고를 가리켰다. 이윽고 그들은 복숭아나무 사이로 비탈길을 걸어올라갔다. 창고 앞에 이르렀을 때, 와이셔츠를 입은 남자가 문 손잡이를 잡고 비틀었다. 문은 안에서 걸려 있었다. 순경 하나가 유리창 쪽으로 돌아가서 눈을 가늘게 뜨고 창고 속을 들여다보았다. 돌을 집어 유리창을 깼고, 안으로 들어가서 창고 문을 열었다. 곧이어 와이셔츠 사내와 다른 순경도 창고 속으로 들어섰다. 그들은 구석에 위태롭게 쌓아놓은 복숭아 상자들을 보았다. 바닥에 뒹구는 썩은 복숭아 몇 개, 전기톱, 그리고 뚜껑이 열린 채 쓰러진 제초제 병도 보였다. 병에서 흘러나온 액체가 바닥을 적시고 있었다. 널찍한 평상엔 아무도 없었다. 잘 익은 복숭아 한 개가 몹시 부끄러운 듯이 빨간색으로 변한 궁둥이를 남자들 쪽으로 돌리고 잠자코 놓여 있었다.

순경 하나가 복숭아를 집어들고 가까이 들여다보았다. 다른 두 사내가 지켜보는 가운데 바지에 대고 복숭아를 문질렀다. 뒤이어 입을 쩍 벌리고 복숭아를 한 입 크게 베어물었다. 순간 복숭아가 "아악!" 하고 비명을 질렀다. 놀란 순경은 복숭아를 바닥에 떨어뜨렸다. 다른 순경이 고개를 갸웃하며 허리를 구부렸다. 손을 뻗어서 복숭아를 집으려는 순간, 갑자기 복숭아가 제자리에서 공처럼 통통통 튀더니 열린 창고 문을 향해 데굴데굴 굴러갔다. 뒤쪽에 물러서 있던 와이셔츠 남자가 복숭아를 따라서 달려갔다. 복숭아는 창고 밖으로 나가서 언덕을 굴러내려가기 시작했다.

남자는 주먹을 꽉 쥐고 전속력으로 비탈길을 달려내려갔다. 언덕 중간쯤에서 복숭아는 별안간 구르던 걸 멈추었고, 노란 연기를 피워올리며 사람으로 변했다. 다름아닌 남자의 아내였다. 여자는 남자가 처음 보는 싸구려 원피스를 입고 있었다. 치마가 찢어져서 허벅지 맨살이 드러난 상태였다. 남자를 돌아보고 여자가 눈물을 뿌리며 외쳤다. "나를 따라오지 말아요! 난 더이상 당신하고 안 살아요! 다시는 지옥으로 돌아가지 않을 거예요!" 남자가 놀란 얼굴로 멈칫하며 바라보는 사이에, 어둑해진 하늘에서 햇빛 한줄기가 날카롭게 날아와서 남자의 눈을 쏘았다. 남자는 두 손으로 얼굴을 가리고 몸부림쳤다. 얼마 만에 남자가 시력을 회복하여 다시 앞을 바라보았을 때, 여자는 어디로 갔는지 보이지 않았다. 모든 나무에서 무수한 복숭아가 저절로 툭툭 소리를 내며 바닥에 떨어져서 사방으로 과즙을 날리며 폭발하고 있었다.

바다사자들은 어디로 갔을까

황제 콧수염 아저씨의 경고가 머릿속을 울린다. 시간을 파는 동안은 손가락 하나 까닥일 수 없을 거요. 그러

니 절대로 밖에 나가면 안 돼요. 정화는 앞으로 어정쩡하게 오른손을 들어올린 자세로 온몸이 굳었다. 곡마단

차량이 출발한다. 정화는 황제 콧수염 아저씨가 버스 중간쯤으로 들어가는 걸 본다. 두 주먹을 꼭 쥐고 눈까

풀을 가늘게 떨며, 미소지으려 애쓰는 낯으로 중얼거린다. "잘 가세요, 아버지."

"우리집 양반은," 하고 손님은 말을 잇는다. 왼쪽 눈이 오른쪽 눈 크기의 절반밖에 안 되는 손님이다. 아무에게나 줄기차게 윙크를 날리며 살아야 하는 고약한 운명처럼 보인다. "자꾸만 불을 켜려고 해. 후닥닥 일어나 벽으로 달려가서 스위치를 올리면, 나도 재빨리 이불을 당겨 얼굴까지 덮어버리지." 짝짝이 눈이 정면거울로 힐끗 정화를 올려다본다. 정화가 전혀 낯빛이 붉어지는 기색이 없자 콧등을 찌푸린다. 오늘 정화는 다른 생각에 깊이 빠져 있다. 열한시 전까지 오전 일을 마치고 시간을 팔아야 한다. 말 그대로 돈을 받고 자신의 시간을 다른 사람에게 내주는 것이다. 뒤에 기다리는 손님이 둘이나 있다. 벌써 열시가 다 되어가니 더욱 서둘러야 한다. 짝짝이 손님의 어깨가 약간 처지면서 목소리는 속삭임으로 바뀐다. "간밤엔 어떤 일이 있었느냐 하면, 내 참 기가 막혀서, 나는 두 눈을 꾹 감고 그 양반은 아래쪽에 가 있었는데 갑자기 불빛이 눈꺼풀 위를 스치는 거야. 번쩍 눈을 뜨고 고개 들어 내려다보니, 아 글쎄, 이 양반이 플래시를 켜들고 밑을 들여다보는 게 아니겠어?"

정화는 일 년째 중원시 명륜동 골목에서 미용실을 꾸려오고 있다. 평수는 작아도 고루 구색을 갖춘 산뜻한 실내 분위기는 주인의 취향을 잘 보여준다. 투박한 선으로 새와 나무를 그린 장욱진과 김환기의 그림을 액자에 넣어 흰색 벽면 빈자리에 걸었다. 햇볕 잘 드는 입구 모퉁이에선 벤자민 고무나무와 동백나무가 매끄럽고 싱싱한 잎사귀와 주홍색 꽃송이를 뿜내고 있다. 대기석 소파 곁에 네 칸짜리 책꽂이가 놓였는데, 정화가 읽고 또 읽어 종이가 부들부들해진 소설책과 시집과 잡지가 빼곡하다. 그리고 언제나 라디오 에프엠 음악이 잔잔하게 흐른다. 정화에게서 시간을 사는 이는 유럽사람 같은 인상의 중년신사이다. 움푹 들어간 눈에 윗눈썹이 짙고 키가 껑충하며 호리호리한 체형이다. 처음 미용실에 나타난 날, 그는 검정색 양복저고리를 벗어 정화에게 건네며 고개를 갸웃거렸다. 정화가 앞으로 두 손을 모으고 물었다. "손님, 무슨 일이시죠?" "아가씨 낯이 익어서요." 그는 정화처럼 빗질하기가 보통 까다롭지 않은 곱슬머리였고, 양쪽 끝이 초승달처럼 휘어올라간 카이저수염을 길렀다. 정화는 독일 황제 빌헬름 2세가 이런 수염을 처음 길렀다는 걸 어디선가 읽은 적이 있다. 그가 두 눈이 정상인지 짝짝이인지, 1차대전 때 악당들과 한패거리였는지 그들에 맞서 싸웠는지는 잘 모른다. 가족처럼 아끼는 사냥개를 중국 대총통 위안스카이에게 선물로 보냈는데, 얼마 안 지나서 '잘 먹었다'는 전보문을 받고 기절했다는 일화를 기억할 뿐이다.

일 주일에 하루 쉬는 일요일이면 정화는 콧노래를 흥얼거리며 시립도서관에 간다. 미용과 헤어드레싱에 관한 책을 주로 읽으며 이따금 사진 서적을 뒤적인다. 일전에 도서관에서 빌려온 책에 익살꾸러기 에스파냐 화가의 얼굴 사진 십여 장이 실려 있었다. 사진마다 콧수염 모양이 달랐다. 왼쪽은 말아올리고 오른쪽은 말아내린 모습, 양쪽 끝을 꼬챙이처럼 옆으로 뾰족하게 세워서 일자로 만든 모습, 관자놀이까지 꼬아올린 수염 끝에 민들레꽃처럼 보풀보풀한 여러 빛깔 솜털을 붙인 모습까지 별의별 수염이 다 있었다. 정화는 그가 어머니 자궁 속에서 지낼 때 겪은 일이라며 장황하게 묘사한 글을 읽다가 너무 웃어 숨넘어가는 줄 알았다. '어머니 뱃속은 기막히게 쾌적한 낙원이었다. 내가 본 것 가운데 가장 휘황찬란한 건 둥둥 떠다니는 알두 개였다.' 그때부터 정화는 달걀이나 알전구를 보면 저절로 웃음이 나왔고, 겉모습이 희한한 사람은 머릿속에서 굴러다니는 생각도 희한할 거라는 선입견이 생겼다. 정화의 가장 오랜 기억은 다섯 살 때 논둑에서 도랑으로 굴러떨어져 정신을 잃고 별세계를 본 일이었다. 색안경을 쓴 개구리와 붕어와 잠자리들이 노랗고 빨간 투피스 수영복을 입고 기타와 바이올린을 연주하며 춤추고 있었고, 진수성찬을 차린 식탁에 둘러앉은 호호백발 할머니 할아버지들이 하하 호호 웃었다. 첫날 콧수염 아저씨의 머리를 다듬던 중에 정화는 익살꾸러기 화가와 별세계를 차례로 떠올렸고, 불현듯 그가 마술사일지 모른다는 느낌이 들었다. 바로 그 순간 아저씨가 물었다. "내 직업이 무얼 거 같아요?" "마술사" 하고 대답하자 그는 오른손을 가운 밖으로 내밀어 어깨 높이로 들어올리더니 주먹을 쥐었다가 "짠!" 하고 폈다. 손바닥에 흰색 돼지 열쇠고리가 놓여 있었다. "정답을 맞힌 상품이에요. 이 녀석이 아가씨한테 행운을 가져다줄 거요."

짝짝이 손님은 고약한 취미를 지닌 남편 때문에 넌더리난다며 고개를 절레절레 흔든다. 정화는 가위질을 멈추고 손님의 뒤통수를 노려본다. 여간 정신이 산만하고 고갯짓이 많은 손님이 아니어서 머리 다듬는 데 다른 손님보다 시간이 곱절 걸린다. "어렸을 때," 하고 짝짝이가 다시 입을 연다. "동네 오빠들하고 한밤에 동네를 돌았어. 어느 초가집 처마 밑에 이르러선 오빠 하나가 다른 오빠를 무동 태웠고, 위에 올라탄 오빠는 플래시를 켜들었어. 처마 위쪽 지붕에 난 구멍에 불을 비추고 손을 살며시 넣어 무얼 탁 잡아 꺼냈어. 아직 잠을 자는지 참새 새끼는 오빠가 손가락을 다 벌렸는데도 날아가질 않는 거야. 눈을 꾹 감은 채 아직 덜 자란 털이 바람에 포르르 날리는데 솜털 사이로 연분홍빛 속살이 비치더라고." 또 짝짝이 눈이 정면거울로 정화를 슬쩍 쳐다본다. 정화는 짝짝이의 얘기를 듣는 둥 마는 둥 한다. '나에겐 어린 시절이 없답니다' 하고 속으로 힘없이 중얼거린다. 짝짝이는 이번에도 실망한 얼굴로 입술을 동그랗게 말아서 "포오" 하고 숨을 내쉰다. "지금에 와서 생각하니 우리집 양반도 나처럼 어려서 오밤중에 참새 잡으러 다닌 일이 있는 모양이야. 내 밑을 들여다보려 한 건, 꼭 무슨 음탕한 생각에서가 아니라 그 시절 추억을 되새기려고 그랬던 건지도 몰라."

두번째로 미용실에 나타난 날 황제 콧수염 아저씨는 정화에게 가족관계를 물었다. "외동딸이에요." "부모님은?" 정화는 어려서부터 거짓말할 줄 몰랐다. 가령 유리컵을 깨뜨리거나 쌀통을 넘어뜨리는 실수를 저질렀을 때, 빨리 뒤처리하고 슬쩍 넘어가면 될 것을 곧이곧대로 털어놓는 바람에 이모한테 매를 맞았다. 이모는 입이 매우 거칠고 성깔이 있는 사람이었다. 어깨가 빠질 정도로 정화의 종아리를 때리고 나서 끌끌 혀를 찼다. "이년아, 너는 스스로 매를 벌어. 세상에

너 같은 바보 멍청이는 없을 거야." 병 주고 약 준다더니, 한번은 피멍이 든 종아리를 손으로 감싸고 쪼그리고 앉아 훌쩍이는 정화를 끌어안고 등을 토닥거렸다. "당최 속을 숨길 줄 모르니 이다음에 사회에 나가서도 이럴까봐 걱정이다." 이모의 예견은 적중했다. 정화가 학교를 마치고 들어간 곳은 콩나물과 두부와 숙주나물 같은 식품을 포장하는 업체였다. 첫번째 월급날 회식자리에서 부장이 삼겹살이 지글거리는 탁자 밑으로 정화의 무릎에 슬며시 손을 올려놓았다. 그의 별명은 너구리였다. "미스 윤이 보기에 어떤 사람인 거 같아?" 정화가 눈을 동그랗게 떴다. "누구요?" "아이고, 무서워라! 웬 눈이 그렇게 커? 누구는 누구? 나 말이야." 정화가 평소에 느낀 대로 밝혔다. "코를 자주 후비는 걸로 봐서 지저분한 분인 것도 같고, 업무중에 뻔질나게 컴퓨터게임을 하시는 걸로 봐서 게임광 같기도 하고, 가끔 포르노사이트를 검색하시는 걸로 봐서 여자를 유달리 좋아하시는 것도 같고, 도무지 어떤 분인지 종잡을 수 없네요. 너구리 부장님, 간지러우니까 이 손 좀 치워주실래요?" 좌중은 식탁에 이마를 찧으며 킥킥거렸다. 아니, 부장 한 사람만은 성난 호랑이 얼굴로 변해서 당장 한입에 꿀꺽 삼켜버리겠다는 듯이 정화를 노려다보았다. 다음날부터 정화에겐 아무 일도 주어지지 않았다. 일제히 부장실로 불려가서 한마디 듣고 돌아온 직원들은 정화를 멀리했다. 며칠 뒤에 정화 스스로 포장업체 쥐색 제복을 벗고 고개를 갸웃거리며 회사를 떠났다.

정화가 콧수염 아저씨에게 대꾸했다. "엄마는 제가 태어난 지 석 달쯤 되었을 때 돌아가셨어요. 두 해가 지나서 아버지는 저를 이모한테 맡겨놓고 떠나서 다시는 돌아오지 않으셨대요. 이모는 제가 아버지 얘기를 꺼내면 얼굴이 토마토로 변해서 펄쩍펄쩍 뛰셨어요. 제 성은 아버지가 아니라 엄마 성을 딴 건데요. 이름도 원래는 달랐대요."
코흘리개 시절부터 지금껏 정화는 가족이라는 단어를 들을 때마다
바다사자 이야기가 떠올랐다. 물갯과 중에서 가장 덩치가 커서, 암컷
의 두 배쯤 되는 수컷은 길이가 3.5미터에 이르며 몸무게가 무려 1톤
인 동물이었다. 정화는 언제 누구한테서 그 이야기를 들었는지는 기
억나지 않았다. 어떤 사내가 원양어선을 타고 바다로 나갔다. 북태평
양 베링 해에서 명태를 잡는 어선이었다. 어느 날 그물에 바다사자가
걸렸다. 갑판으로 끌어올린 수놈 바다사자는 이미 목숨이 끊어진 뒤
였다. 그날부터 선원들은 바다가 아니라 밀림 속에 갇힌 착각에 빠졌
다. 배 주위에서 줄기차게 사자 울음소리가 들렸다. 그물에 걸린 자
기 가족을 내놓으라며 바다사자들이 목이 터져라 울부짖으면서 배를
따라다녔다. 모두 일곱 마리였는데 하나는 죽은 바다사자의 아내였
고 나머지는 새끼들이었다. 파도가 잠잠한 보름날 밤에 다시 나타난
바다사자들은 갑자기 온몸으로 배를 들이받았다. 어미 바다사자의
머리가 터져 피가 흘렀다.

    콧수염 아저씨는 그날 가족관계를 물은 걸 끝으로 영 말이 없었다.
머리를 마저 다듬어 감기고 드라이어로 말릴 때, 정화를 돌아보고 또
돌아보며 머뭇대더니 한 가지를 더 물었다. "부탁이 있는데 들어줄
수 있겠소?" 정화는 그가 오랜만에 다시 입을 연 것이 고마웠다. 그
래서 엉겁결에 고개를 끄덕였다. "보아하니 간단한 커트 경우에 두
시간이면 서너 사람 머리를 다듬는 것 같은데, 커트 하나에 육천원이
지요? 아가씨, 나한테 내일 낮 정오부터 오후 두시까지 시간을 파세
요. 그러면 그 시간에 일해서 버는 것의 네 배를 사례비로 드리리다.
모두 십만원쯤 되겠네요." "어머나!" 하고 정화가 놀라는 소리를 냈

다. "시간을 팔다니, 그게 가능한 일인가요?" 마술사가 이전처럼 주먹을 쥐었다가 펴자 손바닥에 하트 모양의 초콜릿이 나타났다. 초콜릿을 뚝 잘라서 한쪽은 자신의 입에 넣고 나머지는 정화에게 주었다. "아가씨한테 해가 되는 일은 전혀 없을 거요. 내가 시키는 대로 하면 돼요." 머리를 다 말리고 무스를 바른 아저씨는 엉거주춤하게 서서 거울 앞에 얼굴을 바짝 들이댔다. 직접 가위를 들어 정성껏 콧수염을 다듬고 정화가 가져다준 양복저고리를 걸쳤다. "흠" 하고 콧소리를 내며 손가락으로 수염을 꼬면서 벽에 걸린 그림을 두루 감상한 뒤에, 지갑을 열어 수표를 한 장 꺼내 정화의 손에 쥐여주고 미용실을 나섰다.

그가 내세운 조건은 이런 것이었다. 시간을 파는 동안 미용실 문을 닫아야 한다. 방에 들어가 창문 커튼을 쳐서 방을 컴컴하게 만들고, 휴대폰을 끄고 모든 시계를 죽이고 밤에 잠잘 때처럼 요를 깔고 누워 눈을 감는다. 시간을 파는 중엔 온몸이 얼어붙어 손가락 하나 움직일 수 없을 것이다. 그러니 행여 밖에 나가 돌아다녔다간 봉변을 당하게 돼 있다. 정화는 다음날 정오에 미용실 문을 걸고 안쪽 방에 들어가 탁상시계를 죽였다. 창문 커튼을 치고 자리에 눕자마자 거짓말처럼 의식을 잃었다. 정신이 돌아와 다시 눈을 뜨고 커튼을 걷고 시계를 되살려서 확인하니 꼭 두 시간이 지났다. 정화는 다른 손님에게서 콧수염 아저씨가 누군지 알아냈다. 얼마 전에 미용실 맞은편 야채종합시장이 있던 빈터에서 선화곡마단이 천막을 치고 공연을 시작했다. 그는 곡마단 단장이었다. 정화는 북한국립교예단이 서울에 와서 공연하는 걸 티브로 본 적이 있었다. 중국이나 러시아 곡마단 뺨치는 실력이었다. 그들은 최근에 '날아다니는 처녀들'이라는 제목의 공중곡예를 출품하여 모나코 몬테카를로 서커스 축전에서 최고상 트로피를 거머쥐었다.

　그런데 이곳 한반도 남쪽에도 곡마단이 있다는 걸 정화는 처음 알았다. 저녁때 공연이 시작되기 전에 록그룹 크라잉넛이 부르는 '서커스매직유랑단'이 해거름의 붉은 하늘로 울려퍼졌다. 화려한 악기 연주에 맞춘 신바람 나는 노랫소리는 미용실까지 들려왔다. 시골장터 엿장수 장단처럼 왁자지껄하게 나가다가 갑자기 중간에 테이프가 늘어진 것처럼 반주 속도가 뚝 떨어지는 대목이 있었다. 정화는 나지막한 목소리로 노래를 따라 불렀다. "무대 위에 막이 내리면 따뜻한 별빛이 나를 감싸네. 고요한 달그림자 나를 부르네. 떠돌이 인생역정 같이 가보세." 공연을 보고 온 손님들은 공중 그네타기, 외발자전거 타기, 접시돌리기, 아기 코끼리와 원숭이 쇼, 원통 굴리기, 피에로의 익살에 대해서만 얘기했다. 딱 한 사람, 초등학교에 다니는 문구점 작은딸이 황제 콧수염의 마술쇼를 입에 올렸다. "정말 신기했어요. 모자에 달걀을 넣어 머리에 썼다가 벗어서 들어올리니까, 마술사 머리에서 은빛 꼬리를 부채처럼 펼친 엄청나게 큰 닭이 퍼드덕 날아올랐어요. 난쟁이가 웅크리고 앉은 유리상자에 보자기를 씌웠다가 펼쳤더니 온데간데없이 난쟁이가 사라졌어요. 마술사가 지팡이로 가리킨 곳은 저 위쪽 까마득하게 높은 천장이었는데요. 그곳에서 난쟁이가 그네를 타며 피리를 불고 있었어요."

　정화에게 닥친 행운 하나는 손님이 대폭 늘어난 일이었다. 곡마단 식구들이 돌아가며 들러 머리를 다듬고 파마를 했다. 의자 쌓아올리기와 외줄 오토바이타기가 특기인 사내들은 수줍음을 많이 탔다. 정화가 뭐라고 물으면 즉시 머리를 조아리고 말을 더듬었다. 공중비행과 훌라후프 묘기가 전문인 아가씨들은 아침마당에 풀어놓은 병아리들처럼 밝고 명랑했다. 모든 아가씨가 한때 미용사가 되는 게 꿈이었다고 말했다. 단원들 모두 한가족처럼 사이가 좋아서 서로를 자기 몸처럼 아꼈으며, 형 오빠 누나 삼촌 같은 호칭을 썼다. 공연중에 피에로가 익살 연기를 하며 '정화네 미용실'에서 머리를 만지면 복을 받는다는 얘기를 한 뒤로, 많은 동네사람이 단골 미용실을 바꾸어 정화를 찾아왔다. 정화는 한번은 밤늦게 일을 마치고 곡마단으로 출장을 다녀왔다. 천막 뒤쪽 컨테이너에서 하품하며 조는 원숭이 두 마리의 머리를 빨갛고 파랗게 물들였다. 아기 원숭이는 자꾸 정화에게 젖을 달라고 보챘다. 곁에 매달린 새장에서 앵무새가 "정화 언니, 오리궁둥이" 하고 놀렸다. 정화가 눈을 흘겼다. "얘, 언니 오리궁둥이 아니야. 누가 내 이름 일러주었니?" 앵무새는 눈길을 피해 재빨리 궁둥이를 보여주고 돌아앉으며 고개를 흔들었다. "비밀이야, 오리궁둥이." 고단한 하루를 보내고 눈을 비비며 미용실로 돌아오는 길에 올려다본 밤하늘에 열쇠고리가 떠 있었다. 달무리 속에서 통통한 흰색 돼지가 정화를 내려다보고 씽긋 웃었다.

또다른 행운은 토요일에 찾아왔다. 발신인이 적히지 않은 장미꽃 백 송이가 택배로 날아왔다. 누가 보냈는지 전혀 감이 잡히지 않았지만, 수신인이 자기 이름이 분명했기에 정화는 감사하는 마음으로 장미꽃을 받았다. 미용실 한쪽에 물통을 놓고 장미꽃을 꽂으니 향기가 금세 미용실을 채웠다. 문틈으로 새어나간 꽃향기를 맡고 이 고장의 모든 나비가 몰려들었다. 바람에 날리는 벚꽃 산수유 개나리 진달래 철쭉 꽃잎과 함께, 나비들이 온종일 미용실 앞 골목을 뒤덮고 날아다녔다. 하루 일을 쉬는 일요일에도 행운은 정화를 방문하는 걸 거르지 않았다. 오전에 정화는 늦잠 자고 일어나 밀린 빨래를 했다. 아침 겸 점심을 지어 먹고 양산을 쓰고 집을 나섰다. 행인들이 발걸음을 멈추고, 분홍색 원피스를 입고 연두색 양산을 쓴 모습으로 미소지으며 사뿐사뿐 걸어가는 아가씨를 오래도록 쳐다보았다. 정화는 도서관에 가서 책을 돌려주고 새 책을 빌렸다. 화장품 가게에 들러 이것저것 떨어진 물건을 사고 길을 빙 돌아 공원으로 갔다. 별안간 수은주가 치솟아서 늦봄이라고 말해도 좋고 초여름이라고 해도 크게 나무랄 사람이 없는 계절이었다. 정화는 벚나무가 늘어선 야외 농구장 곁의 파라솔 속으로 들어가 아이스크림을 샀다. 지갑을 꺼내는데 곁에 선 사람이 아이스크림 두 개 값이라며 대신 돈을 지불했다. 지난 겨울 함박눈 퍼붓던 날에 머리와 어깨에 눈을 얹고 미용실에 들렀던 시청 직원이었다. 정화는 머리를 자르는 중에 그가 인터넷에 나도는 동물 유머 시리즈를 여럿 들려준 일을 기억하고 있었다.

"잘되시죠?" 하고 그가 환한 낯으로 물었다. 둘은 벚나무 아래 나무벤치로 가서 나란히 앉아 맛있게 아이스크림을 먹었다. 인라인스케이트를 타고 지나쳐가는 아이들을 눈으로 좇으며 사내가 말을 이었다. "삼월 초에 시청 뒤쪽 원룸으로 이사했어요. 그래서 미안했어요." 정화는 왜 그가 미안해야 했는지 골똘히 생각했다. 아이스크림이 녹아서 정화의 원피스 치맛자락 위로 떨어졌다. 쩔쩔매는 정화에게 손수건을 건네며 청년은 씩 웃었다. "여기가 고향이세요?" "서울에서 직장 다니다가 미용학원에서 자격증 따자마자 이리로 왔어요. 세 해가 좀 넘었어요." "저는 직원들 말고는 이 고장에 아는 사람이 거의 없어요. 미용실에 들렀을 때는 발령받아서 온 직후였어요." 사내는 손가락으로 저 멀리 종합운동장을 가리켰다. "아까 저기서 시에서 주최하는 마라톤 대회가 열렸어요. 지금은 점심시간인데, 좀 있다가 직원 체육대회가 열려요." "어떤 종목에 나가세요?" "달리기는 영 자신이 없는데요. 다섯 바퀴를 돌아야 해요. 다 뛰고 나면 좀 어지러울 것 같아요." 둘은 말없이 서로 얼굴을 쳐다보다가 동시에 웃음을 터뜨렸다. 그뒤로 두 사람은 눈앞에 펼쳐진 풍경과 오가는 사람들을 바라보고 한가로운 시간을 보냈다. 그만 가봐야 한다며 남자가 먼저 일어났다. 정화가 손수건을 돌려주려 하자 손을 가로저었다. "나중에 세탁해서 주세요." 돌아서기 전에 덧붙였다. "다음달에 재미있는 영화가 들어온대요. 스웨덴 영화라는데 오로라가 나오고 북극곰 가족도 등장한대요. 그전에 머리 다듬으러 들를게요." 정화는 벤치에 홀로 남아서 비디오로 본 영화 몇 편을 떠올렸다. 엄마 없이 살다가 늙은 노동자 아버지와 함께 덴마크로 건너간 스웨덴 소년 펠레의 이야기, 그리고 역시 스웨덴 소년인 잉마라는 개구쟁이가 아빠 없이 살다가 엄마마저 중병으로 잃고 오두막에 홀로 들어가 이불 덮고 밤새 꼼지락거리는 장면이 눈앞을 스쳐갔다.

짝짝이 눈이 돌아가고 뒷골목 양품점 여주인이 같은 자리에 앉는다. 정화는 이미 입속이 바짝 타들어갔고, 가뭄더위에 땡볕 속에 서 있듯이 피부가 뻣뻣해지면서 온몸에서 피가 마르는 게 느껴진다. 정수기에서 찬물을 한 잔 받아 단번에 마신다. 시간은 열시 십분이다. 콧수염 아저씨와 맺은 약속을 지키려면 가위질에 한층 속도를 내야 한다. 어쩌면 이번이 마지막 약속이 될지도 모른다. 곧 곡마단이 천막을 거둘 거라는 얘기가 있었다. 처음엔 손님이 좀 들었는데, 보통 불경기가 아니어서 최근 공연에선 손님이 스무 명 넘을 때가 드물었다고 한다. 열한시엔 무슨 일이 있어도 일을 끝내고 방에 들어가 누워야 한다. 정화는 휴대폰 알람을 열한시 일 분 전으로 맞춰놓았다.

청치마 뒷주머니에 꽂은 휴대폰에서 알람이 울리면 세상이 두 쪽 나는 한이 있어도 방으로 달려들어갈 작정이다. "아까 그 여자 누구야?" 하고 양품점 여주인이 묻는다. 이 손님은 콧등에 검붉은 사마귀가 있어서 별명이 사마귀 부인이다. 사마귀 부인의 머리를 다듬을 때마다 정화는 자꾸 콧등이 간질거려서 손톱으로 긁어댄다. 벌레 물린 자리처럼 붉어진 콧등을 또 긁으며 정화가 대답한다. "파출소 곁에 만둣집 있잖아요. 그 집 아줌마세요."

사마귀 부인이 코웃음을 친다. "먹어보나마나 만두소가 형편없을 거야. 식초 같은 김치쪽에 맛이 간 두부를 넣었겠지. 우리집 양반은," 하고 잠깐 뜸을 들인다. "복이 터졌지. 통이 큰 여자하고 같이 사니까. 아녀자가 만둣집 여편네처럼 밴댕이 소갈머리로 쩨쩨하게 굴어선 절대로 내외관계가 좋을 수 없어." 양품점 여주인이 자세를 고쳐앉으며 입술에 침을 바른다. 목소리가 약간 낮아진다. "오죽했으면 플래시를 다 들이댔겠어? 서로 터놓고 살자는 게 부부인데 감추고 보여주고 자실 게 있느냐는 얘기야." 정화는 와락 비명이라도 내지르고 싶은 심정이다. 윗니로 입술을 깨물며 가위질에 온 정신을 모은다. 기다란 머리칼 몇 올이 흘러내려 이마를 간질인다. 어찌나 머리 치는 속도가 빠른지 가위가 제대로 보이지 않는다. "우리는 서로 아무것도 숨기는 게 없어," 하더니 양품점 여주인은 쿡 웃는다. 콧등의 사마귀가 한층 빨갛게 변한 느낌이다. 자기 얘기에 신명나서 뒤에 다른 손님이 있는 걸 잊고 다시 목소리가 높아진다. "사실 우리는 낮시간을 이용하거든. 밤엔 늦도록 공부하다가 시도 때도 없이 간식 달라고 외쳐대는 고삼 딸년 때문에 곤란해. 이 양반은 장거리 손님 태우고 멀리 갔을 때도 점심은 꼭 집에 와서 먹어. 일 보고 나서 정작 밥은 안

먹고 그냥 나간 적도 있다니깐?" 순간 정화는 '제발 그쯤 해두세요!' 하고 속으로 외치며 사마귀의 머리칼을 손아귀에 한 줌 감아쥔다. 가위로 싹둑 잘라버리고 싶은 걸 가까스로 참는다.

정화는 미용실에 오는 중년 부인 대부분이 남편 얘기를 하는 게 참 이상하다. 다른 데서도 이럴까? 밖에서 아내가 자기 얘기를 중요한 화제로 삼는 걸 그들의 남편은 알고 있을까? 파마약이나 염색약 냄새에 들어 있는 어떤 성분이 뇌신경을 자극하여 얼떨결에 부부관계를 털어놓게 만드는 건 아닐까? 찬바람 쌩쌩 부는 빙원에서 서로 의지하여 멀어지는 바다사자 가족이 떠오르고, 부부 한 쌍이 위태로운 공중곡예를 벌이는 장면이 머릿속에 펼쳐진다. 깎아지른 절벽과 절벽 사이 허공에서 그네 두 개가 서로 만난다. 한쪽 그네를 탄 사람이 손을 쭉 뻗어서 다른 쪽 그네에 탄 사람의 손을 잡으려 한다. 그런데 그 순간 다른 쪽이 갑자기 고개를 돌리며 손을 피한다. 그러자 허공에 뜬 사람은 곧장 거꾸로 추락한다. 정화의 네번째이자 마지막 직장은 우유와 요구르트 대리점이었다. 대리점 여사장도 공중그네에서 비명을 지르며 추락하는 중이었다. 정화가 그곳에서 쫓겨난 날, 여사장과 마지막으로 나눈 대화는 이런 것이었다. 그이가 한참 남편 험담을 하고 나서 두어 박자 쉬었다가 물었다. "어때, 내가 심했나?" 정화가 그이를 똑바로 바라보고 대답했다. "예, 좀 그러네요."

먼젓번에 정화는 콧수염 아저씨한테 내처 참았던 질문을 던졌다. "그 동안 저한테서 가져가신 시간을 어디에 쓰셨어요?" 그가 빙긋 웃으며 정화를 올려다보고 지그시 눈을 감으면서 설명했다. 오늘날 지구엔 병들어 고통받는 사람 버금가게 많은 동물이 신음하며 살고 있다. 대부분 피붙이를 잃은 슬픔을 못 이기고 몸이 병든 경우이다. 가장 빠른 치유법은 그들에게 가족을 찾아주는 것이다. 그러나 이미 가족이 세상을 떴을 때는 문제가 간단하지 않다. 약을 먹이거나 수술하는 걸로 병을 고칠 수 있는 짐승도 있지만, 어떤 짐승들은 기분을 달래주는 게 최선이다. 그는 곡마단을 이끄는 일로 매우 바쁘다. 시간도 시간이려니와 저 멀리 알래스카나 안데스 산맥, 킬리만자로 산이나 아일랜드 숲속에서 신음하는 짐승에게 다녀오려면 비용이 많이 든다. 방법은 한 가지, 다른 사람에게서 시간을 사는 것이다. 이런 시간 속에서 그는 눈 깜짝할 사이에 자신이 원하는 곳으로 날아갈 수 있다. 외로움으로 병을 앓는 짐승들을 찾아가서 주어진 시간만큼 마술을 보여주는 것이다. 그러면 거개의 짐승이 슬픔을 훌훌 떨쳐버리고 건강을 되찾는다.

그날 밤 정화의 꿈에 아버지가 나왔다. 눈부신 햇살이 가 닿아서 이목구비가 흐릿했다. 아버지는 어린 정화의 손을 잡고 따사롭고 호젓한 봄날 들길을 걸으며 이야기를 들려주었다. "북태평양에서 기온이 뚝 떨어지면서 배가 얼음 속에 갇혔어. 배를 움직이게 하는 건 스크루라는 건데, 그게 빙빙 돌아가는 자리만 얼음이 얼지 않고 널찍한 마당만한 웅덩이가 남았지. 어느 날 그곳에 바다사자들이 와서 헤엄치며 놀았어. 그런데 아기 바다사자 하나가 스크루에 옆구리를 다쳤어. 아기 바다사자는 얼음 위로 올라가서 납작 엎드렸지. 체온 때문에 그곳 얼음이 녹아 내려앉으면 안간힘을 다해서 옆으로 몸을 옮기고, 또 얼음이 녹으면 자리를 옮기고, 그러면서 꾸벅꾸벅 졸고 있었지. 다른 바다사자 두 마리가 다가가서 어깨로 아기 바다사자를 떼밀었어. 어서 돌아가자고 재촉하는 것이었어. 아기가 꼼짝하지 않자 체념한 어른들은 얼마만큼 가다가 돌아보더니 되돌아왔지. 애, 어서 가

자니까 왜 말 안 듣니? 이대로 있다간 죽어. 어떻게 좀 기운을 내보란 말이야. 양쪽에서 엄마 아빠 바다사자가 아기 바다사자의 어깨를 이리 밀고 저리 밀어서, 결국 그 녀석을 데리고 빙원 저편으로 떠나갔지." 아버지는 정화의 손을 가만히 놓으며 덧붙였다. "바다사자도 새끼를 버리지 않는다. 반드시 너를 다시 데리러 올 터이니 이모 말씀 잘 듣고 씩씩하게 지내고 있어라." 잠에서 깨어났을 때, 정화는 그 꿈이 자신이 다섯 살 때 잠깐 자신을 보러 왔던 아버지와 영원히 헤어지던 장면이라는 걸 알아챘다. 당시에 아버지는 선원이었다.

어제 황제 콧수염 아저씨가 미용실에 다녀갔다. 여느 날과 달리 저녁때가 다 되어 나타났다. 그는 얼굴이 헬쑥했고 눈이 한 치는 더 들어갔으며, 머리를 다듬는 동안 계속 쿨룩거렸다. 정화가 물었다. "어쩌다가 감기에 드셨어요? 혹시 펭귄 병 고쳐주러 남극에라도 다녀오셨나요?" 콧수염 아저씨는 퀭한 눈으로 정화를 바라보더니 웃음을 터뜨렸다. 그가 낯빛이 환해지는 걸 보자 정화도 긴장이 풀어지면서 웃음이 나왔다. 마술사가 정화에게 물었다. "아가씨 꿈은 뭐예요?" 가위로 허공에 커다란 원을 그리며 정화가 씩씩하게 대답했다. "직원 여럿 두고 시설 제대로 갖춘 너른 미용실, 큰길가에 자리잡은 미용실, 세상에서 가장 아름답고 멋진 머리를 만들어주는 미용실을 갖는 거예요." 아저씨가 또 물었다. "이런 미용실 하나 열려면 얼마나 들어요?" "왜요? 아저씨도 미용실 하시게요?" 아저씨가 또 웃었다. "보증금 이천에 시설비 오백 들었어요. 월세 오십만원씩 내지요." "좀 전에 얘기한 미용실 열려면?" "앞으로 일고여덟 해는 돈을 더 모아야 해요. 언젠가는 꼭 그런 미용실로 옮길 거예요."

양품점 여주인이 돌아갔을 때, 시간은 막 열시 사십분을 넘었다. 마지막까지 남아 있던 손님이 자리에 앉는다. 순간 정화는 고양이가 앙칼지게 우는 소리에 창 밖으로 고개를 돌린다. 고양이 꼬리가 문 왼쪽으로 막 사라지고, 골목 끝 큰길 건너 농협에서 누군가 나오는 게 보인다. 검정색 양복을 입고 흰 구두를 신고 지팡이 손잡이를 팔뚝에 건 황제 콧수염 아저씨이다. 이번 공연을 망쳐서인지 어깨가 축 처졌고 발을 질질 끌며 걷는다. 정화는 그와 이전처럼 시간을 팔고 사는 거래를 한 어제 일을 떠올린다. 그는 정화에게 은행계좌번호를 물었다. 지금은 내 수중에 돈이 없어요. 내일 은행에 넣을게요. 내일은 오전 열한시부터 삼십 분 동안만 시간을 살게요. 정화는 큰길 건너에서 아저씨의 모습이 사라지자마자 농협으로 전화를 건다. 미용실 단골 손님인 여직원을 찾아서 묻는다. "혹시 오늘 입금된 게 있는지 확인해주실래요?" "잠깐만요. 음, 좀 전에 누가 우리 지점에 들러서 입금했네? 아 맞아, 콧수염 기른 중년신사셨어. 어머, 이게 웬일이니? 천만원! 정화씨, 그분 누구야? 이름이 양문식인데?" 정화는 곧바로 이모 집에 전화를 건다. 그러나 아무도 받지 않는다. 다시 정신 차려서 손님의 머리를 만지려 하지만 손이 제멋대로 움직인다. 두 팔을 펼쳐 깊이 숨을 들이쉬고 머리를 흔든다.

이 손님은 처음 보는 부인이다. 나이는 육십대 초반. 입이 붕어처럼 툭 튀어나왔고 관자놀이에 푸른 핏줄이 도드라졌다. "요즘 것들은 왜들 입이 그 모양이야? 잠자코 듣고 있으려니까 속이 부글부글 끓더라고. 밖에서 그런 얘기 하고 돌아다니면 속이 편한가?" 잠시 뒤에 "큼큼" 하고 콧소리를 내더니 다시 입을 연다. "우리집 양반은," 하고 그이가 운을 떼는 순간, 정화는 아예 두 손을 들어 귀를 막으며 외친다. "또또또또, 제발 그러지들 말아요!" 손님은 놀란 얼굴로 정화를 노려보고 입술을 움직이며 계속 뭐라고 지껄인다. 정화는 윙 소리가 들릴 뿐 귓속이 멍하다. 벽시계는 어느덧 열한시 십 분 전을 가리키고 있다. 정화는 가위를 옆 탁자에 내려놓고 다시 휴대폰을 꺼낸다. 이번 엔 이모가 전화를 받는다. "이모! 정화예요!" 하고 외친다. 이모가 받 아친다. "아이고, 귀청 떨어지겠네! 기차 화통이라도 삶아먹은 게 냐?" "이모, 솔직하게 말씀해주세요. 우리 아버지 이름이 뭐예요?" 이모가 꽥 고함을 지른다. "이년이 아침에 뭘 잘못 먹었나? 벌건 대 낮에 밤도깨비 도토리 까먹는 소리 하고 자빠졌네!" "이모, 저도 이제 어린애가 아니잖아요!" 거울 속에서 손님이 눈을 치뜨고 식식거린다. 정화는 손님의 눈길을 피해 게걸음으로 움직인다. 문으로 바짝 다가 서서 유리창 밖을 내다본다.

저만치 농협 건물 오른쪽으로 빈터가 눈에 들어온다. 곡마단이 천 막을 치고 두 달째 공연한 자리가 어느 틈에 텅 비어 있다. 트럭 두 대 와 철창 짐승우리를 뒤에 얹은 차가 보인다. 그 옆으로 소형버스가 서 있다. 버스엔 아기 코끼리와 코끼리 등에 올라타서 탬버린을 두드 리는 원숭이가 그려져 있다. "이모! 제발!" 하고 정화는 또 소리친다. 이모는 전생에 고문기술자였던 사람이나 쓸직한 표현을 쏟아붓는다. "이런 경을 칠 년을 보았나? 육시랄 년아, 어디 앞이라고 고래고래 소리를 지르고 난리야? 너 거기 어디냐? 당장 달려가서 네년 주리를 틀어놓아야겠다!" 정화는 가쁜 숨을 몰아쉬며 앞치마를 벗어 돌돌 말 아서 소파 위로 휙 던진다. 안쪽에서 손님이 "이봐, 아가씨! 사람 앞 혀놓고 뭐 하는 거야?" 하고 외치는데 듣지 못한다. 정화는 휴대폰에 입술을 붙이고 숨을 고르며 또박또박 묻는다. "이모, 아버지 성이 양 씨이고, 이름이 문자에 식자 맞죠?" 이모는 갑자기 말이 없다. 한참 만에 가늘게 떠는 목소리가 흘러나온다. "역마살 껴서 자식까지 버리고 나돌 땐 언제이고, 그래, 그 인간이 너를 찾아갔니? 벌써 오래 전에 뱃일 그만두고 곡마단인가 유랑극단인가에 들어갔다고 하더니만."

정화는 휴대폰을 끊는다. 휴대폰을 손에 쥔 채 문을 밀치고 밖으로 달려나간다. 바로 그때 알람이 울리기 시작한다. 정화는 화들짝 놀라서 발을 헛딛고 엎어졌다가 발딱 일어난다. 시간은 정각 열한시이다. 마침내 마술사에게 시간을 팔기로 약속한 시각이 되었다. 큰길까지 한달음에 달려간 정화는 버스정류장에서 우뚝 멈춰 선다. 횡단보도를 건너가려는데 몸이 말을 듣지 않는다. 황제 콧수염 아저씨의 경고가 머릿속을 울린다. 시간을 파는 동안은 손가락 하나 까닥일 수 없을 거요. 그러니 절대로 밖에 나가면 안 돼요. 정화는 앞으로 어정쩡하게 오른손을 들어올린 자세로 온몸이 굳었다. 시베리아 벌판에 서 있는 것처럼 오한이 나고 다리가 후들후들 떨린다. 그러나 앞에 펼쳐지는 풍경을 또렷이 볼 수 있다. 눈 한 번 깜박이지 않고 정화는 길 건너를 바라본다. 곡마단 차량이 출발한다. 트럭 세 대가 찻길로 들어서서 정화가 바라보는 왼쪽으로 달려나간다. 소형버스는 시동을 건 채 제자리에 서 있다. 사람 하나가 버스 뒤쪽에 서서 발을 동동 구른다. 그는 약국에서 누군가 나오자 두 손을 번쩍 들어 허공을 휘젓는다. "단장님, 어서 오세요! 앞차 출발했어요!" 약국에서 걸어나온 사람은 마술사이다. 그는 손수건으로 입을 막고 어깨를 들썩이며 기침한다. 그들이 올라타자 소형버스는 서서히 찻길로 내려온다.

정화는 황제 콧수염 아저씨가 버스 중간쯤으로 들어가는 걸 본다. 그는 정화가 바라보는 창 쪽으로 앉는다. 여전히 손수건으로 얼굴을 덮은 모습이다. 한 손으로 앞좌석 등받이를 짚고 고개를 숙였다. 그는 정화를 향해 눈길을 주지 않는다. 버스는 붕 하고 속도를 높여 찻길 왼쪽으로 달려간다. 버스 꽁무니를 바라보는 정화의 입에서 가까스로 모기만한 소리가 새어나간다. "아버지," 하고 운을 뗀 뒤에 말을 맺지 못한다. 금세 눈시울이 붉어진다. 골목에서 몰려온 나비들이 허공을 노랗고 하얗게 뒤덮는다. 호랑나비가 정화의 눈앞에서 날개를 파닥거리며 속삭인다. "언니, 울지 마." 오월의 눈부신 햇살 아래 정화의 이마에 땀방울이 송골송골 맺힌다. 지나가던 사람들이 한 손을 들고 제자리에 얼어붙은 정화를 쳐다보고 고개를 갸웃한다. 정화를 잘 아는 동네 꼬마가 입에 알사탕을 물고 다가와서 팔을 잡아 흔든다. "누나, 누나." 정화가 꼼짝하지 않자 아이는 "으앙" 하고 울며 뒷걸음친다. 과일 궤짝을 산더미같이 실은 짐수레를 끌고 보도로 올라선 사내가 외친다. "짐이요, 짐! 아가씨, 좀 비켜요!" 정화는 미동도 없다. 사내가 투덜대며 정화를 빙 돌아서 지나쳐간다. 소방차가 요란하게 사이렌을 울리며 달려가고, 뒤에 매달린 소방대원의 헬멧에 반사된 햇빛이 정화의 얼굴을 비춘다. 중국집 오토바이가 신나게 소방차 뒤를 쫓는다. 정화는 이제 농협 건물 위쪽 하늘로 비둘기들이 부드럽게 날갯짓하며 날아가는 걸 바라본다. 두 주먹을 꼭 쥐고 눈꺼풀을 가늘게 떨며, 미소지으려 애쓰는 낯으로 중얼거린다. "잘 가세요, 아버지."

| 수록작품 발표지면 |

한잠순 여사 약전(略傳) 『숨소리』 2003년 가을호

방충망 『현대문학』 2000년 9월호

달밤에 몰래 만나다 『문학동네』 2001년 겨울호

꽃바람 『현대문학』 2001년 10월호

나무와 벽돌 『인스워즈』 2001년 7월호

모래의 집 『동서문학』 2001년 가을호

프라이팬 『문학사상』 2002년 2월호

선인장 『세계의 문학』 2002년 가을호

시계추 『문학사상』 2003년 7월호

비오리 『라쁠륨』 2000년 겨울호

복숭아 과수원 『문예중앙』 2002년 가을호

바다사자들은 어디로 갔을까 『현대문학』 2003년 6월호

해설 창조적 작가의 몽상, 환유적 상상력의 변주

오태호(문학평론가)

원재길의 세번째 소설집 『달밤에 몰래 만나다』에서는 꿈, 정상성과 비정상성, 변신 꿈꾸기, 잃어버린 가정과

자아 정체성 찾기 등의 모티프가 중요하게 대두된다. 작가는 현대인의 불가해한 삶의 흔적 속에 내재하는 원

형적 상실감과 인간 소외의 환멸적 현실을 탄력적 구조와 섬세한 통찰로 드러낸다. 그 속에서 소외된 주체와

의미를 환기하는 작가의 '환유적 상상력'은 '주체의 자리 이동'을 통해 진지한 무거움이 아니라 가벼운 농담

처럼 변주된다.

1. 창조적 작가의 몽상(夢想)

원재길의 이야기는 현실과 환상의 경계를 자유롭게 넘나든다. 하지만 그 넘나듦의 이야기는 낭만적 환상의 궤적을 그리지 않는다. 부조리한 현실 속에서 중심으로부터 밀려난 존재들의 상처와 아픔이 그가 그려낸 환상의 이면에 너무도 선명하게 실재하기 때문이다. 그러므로 그가 변신 모티프를 통해 소설에 도입한 '방법적 환상'은 오롯이 현실적이다. 그리고 환상적 변신을 강요하는 소설 속 현실은, 모순과 결핍 속에 살아가는 현대인들의 상흔을 되돌아보게 한다.

원재길의 소설은 소외된 존재들의 삶을 '압축적 은유'가 아닌 '대체(代替)적 환유'의 방식으로 드러낸다. 그의 환유는 탈억압적 상상력으로 소설의 본원적 이야기성에 주목한다. 그리하여 전통 설화 속 야담이나 기담, 민담 등의 패관잡기처럼 미시서사의 자유로운 탐

색을 통해 독자의 흥미와 호기심을 촉발하는 구실을 한다. 그러나 작가의 경쾌한 서사적 행보는 역설적이게도 우울한 현대인의 내면이 지닌 상실과 결핍, 부재의식 등을 그려낸다. 그리하여 그 밑바탕에서는 도저한 삶이 지닌 스산함, 쓸쓸함 등의 서정적 비애가 환기된다.

지금까지 다섯 권의 장편소설과 두 권의 소설집을 상재한 원재길은 끊임없이 현대사회의 문제들을 주목해왔다. 그 속에서 원재길의 소설은 단조로운 일상 현실의 모순적 양가성, 상대적 결핍, 원초적 상실감 등의 문제를 응시하는 작업 —『겉옷과 속옷』(1993),『그 여자를 찾아가는 여행』(1994),『오해』(1996),『누이의 방』(1997) — 에서부터 점차 비약적 상상력으로 불합리한 현실과 '정상의 비정상성', 현대인의 허위적 자의식 등을 풍자하는 것 —『별똥별』(1996),『모닥불을 밟아라』(1997),『벽에서 빠져나온 여자』(2000),『적들의 사랑이야기』(2001) — 으로 확대되어왔다. 전자가 주로 탐욕과 위선, 독선과 아집 등이 빚어낸 욕망의 형상화로 인간 내면의 어두운 그림자를 추적하고 있다면, 후자는 주로 상상적 공간을 빌려와 현실 비틀기, 뒤집어 보기, '삐딱하게 보기' 등의 알레고리적 방법으로 고착된 현실에서 탈주하려는 존재의 양상을 그리고 있다.

원재길의 세번째 소설집인『달밤에 몰래 만나다』는 기존의 문제의식이 지속적으로 확산되면서도 꿈, 정상성과 비정상성, 변신 꿈꾸기, 잃어버린 가정과 자아 정체성 찾기 등의 모티프가 중요하게 대두된다. 작가는 현대인의 불가해한 삶의 흔적 속에 내재하는 원형적 상실감과 인간 소외의 환멸적 현실을 탄력적 구조와 섬세한 통찰로 드러낸다. 그 속에서 소외된 주체의 의미를 환기하는 작가의 '환유적 상상력'은 '주체의 자리 이동'(이름 덧붙이기, 주체와 객체의 자리 바꾸기, 변신 꿈꾸기)을 통해 진지한 무거움이 아니라 가벼운 농담처럼 변주된다. 하지만 그러한 변주가 낭만적 공간으로의 탈주적 현실 도피나 내면세계로의 상상적 침잠의 방식으로 드러나지는 않는다. 원재길의 상상력은 규격화된 일상에서 야기되는 다양한 문제를 응시하기 위한 방법적 전략이기 때문이다. 따라서 건조한 일상 현실을 이반하려는 원재길식 세계 인식의 기저에는 소외되고 외면당한 단자적 개인들이 뿜어내는 씁쓸한 미소들이 '작가의 창조적 몽상'(프로이트)을 매개로 공명하고 있는 것이다.

2. 소원충족과 반성적 삶의 추체험으로서의 '꿈'

원재길의 이번 소설집에서 가장 주목되는 모티프는 '잠(꿈)'이다. '잠'이란 의식의 활동이 일시적으로 정지된 상태이며, 그 속에서 '꿈'이란 자아의 무의식이 초자아의 억압으로부터 끊임없는 탈주를 시도하는 활동을 의미한다. 프로이트는 의식의 휴면상태로서의 '잠'이 아니라 무의식의 활발한 활동영역으로서의 '꿈의 지대'가 형성하는 본질이 자아의 소원성취에 있으며, 그러한 꿈의 네 가지 원리를 압축, 전위(轉位), 이차 가공, 묘사 가능성 등으로 나누어 설명한 바 있다.

원재길 소설에서 '꿈'은 기억의 망각과 금기적 억압을 강요하는 의식적 현실세계로부터 벗어나, 무의식의 숱한 덩어리들이 '억압된 것들의 귀환'을 향해 자신의 의미를 발산하는 공간으로 활용된다. 이미 「새벽편지」(『벽에서 빠져나온 여자』)에서 화자의 꿈과 현실에 반복적으로 출몰하는 '첫사랑이자 영원한 사랑의 표상인 치자색 스카프와 감색 바바리코트의 여선생'은, '억압된 것의 귀환'을 통해 화자의 정신적 외상의 극복을 촉매하는 역할로 형상화된 대표적인 예에 해당한다.

그렇다면 원재길 소설의 주인공들은 왜 '꿈'을 지향하는가? 「한잠순 여사 약전(略傳)」의 '한유순' 여사는 자신의 돌 다음날 스물다섯 살의 엄마가 죽은 뒤, 보름 동안을 울다가 침묵과 함께 잠에 빠져든 이래로 고등학교를 졸업할 때까지도 하루 평균 열다섯 시간 이상을 꾸준히 잔다. 그리하여 '한잠순'이라는 별명을 얻게 된 그녀는, 학교 졸업 후 성당 유아원에서 '우는 아이 달래는 일'을 하다가 중학교 국어선생과의 '졸음 데이트' 끝에 결혼을 하게 된다. 그렇게 졸다 자다 하며 낳은 아들이 결혼 뒤 낳은 손자 손녀와 함께 지내던 어느 날, 그동안 침묵으로만 일관하던 잠꾸러기 한잠순 여사가 드디어 손녀 앞에서 입을 열고, "그분(엄마)을 꿈에서라도 다시 한번 꼭 보고 싶어서 틈만 나면 잠을 잤"(23쪽)던 것이고 방금 전에 그 소원을 성취했다고 회고하며 '잔잔한 미소'를 띠는 것으로 작품은 종결된다. 모친 살해의 원죄의식으로부터 헤어나려는 한잠순 여사의 평생 소원이 그녀로 하여금 '의지적 잠'과 침묵 속에 흐릿한 기억의 일생을 보내게 한 것이다. 결국 한잠순 여사의 '잠(꿈)'과 침묵을 통해 작가는 '삶과 죽음 사이에 낀 존재'가 상처의 기원인 정신적 외상의 극복을 위해 살아갈 수밖에 없다는 사실을 과장된 극화의 형태로 형상화한 것이다.

「한잠순 여사 약전(略傳)」에서 '꿈'을 자아의 소원충족의 매개 공간으로 그려낸 원재길식 '꿈'은 다양한 방식으로 변주된다. 우선 「방충망」에서 만년 실업자 박성출의 '꿈'은 매미가 되어 매미 울음소리

270

로 의사소통을 하는 친구들의 모습, 뇌질환에 걸린 옛 수녀 내외를 찾아가 매미 울음을 합창하는 모습, 노점상 할머니를 괴롭히는 박박머리와 싸우던 악몽, 동물세계가 지닌 약육강식의 논리를 인간 사회에도 강요하는 꿈 등으로 이어져, 대화적 의사소통의 불능을 촉발하는 현대적 삶의 비극성과 비정성을 강화하는 계기로 작용한다. 이미 백일몽 속에서 매미로 '자리 바꿈'을 시도했던 사내의 '꿈'은 나비의 꿈을 통해 본질과 현상의 관계를 통찰한 장자의 '장주지몽'(호접지몽)을 연상케 한다. 그 속에서 '사내의 매미 되기'는 '죽음 앞에 선 단독자'로서 체념과 낙담 속에 빠져 살아갈 수밖에 없는 '출구 없는' 현대인의 소외된 삶의 모습을 상징적으로 보여준다.

나아가 「선인장」에서 남편이 윌슨 병으로 하반신이 마비된 아내와 함께 '사막을 여행하는 꿈'을 꾸는 것은 아내의 죽음을 예견하는 '예언적 꿈'의 의미를 띤다. 또한 「비오리」에서 제임스 강이 극장의 표 파는 여자에게서 받은 약물에 집착하여 뼈가 약화되어가던 무렵 팔이 자주 부러지면서 꾸는 '매일 밤 뼈가 부러지는 꿈'은 악몽 같은 현실을 환기시키는 역할을 한다. 그리고 「바다사자들은 어디로 갔을까」에서 부모 바다사자가 상처입은 아기 바다사자를 치료하기 위해 데려가는 예화와 함께, 다섯 살 때 선원으로 떠난 아버지와 헤어지던 원초적 장면을 추체험하는 정화의 '꿈'은, 고아처럼 지내야 했던 정화의 정신적 외상의 기원을 압축적으로 재현함으로써 외상 극복의 계기를 마련해준다.

결국 원재길 소설에서 '꿈'은 자아의 무의식에 억압되어 있는 원초적인 정신적 외상을 극복하는 계기로 드러나거나(「한잠순 여사 약전(略傳)」「바다사자들은 어디로 갔을까」) 냉혹한 현실을 추체험함으로

써 생을 재반성하도록 이끄는(「방충망」「선인장」「비오리」) 계기로 작용한다. 따라서 '꿈'은 소원충족의 기능뿐만 아니라, 자아의 결핍을 강제했던 억압된 무의식의 기표들을 현실세계로 불러들여 소외된 현실 속 불구적 생의 의미를 환기시키는 장치로 기능하는 것이다.

3. '정상성(正常性)'에 대한 회의, '비정상성(非正常性)'에 대한 연민

피투적 존재로서 세계에 내던져진 인간의 '꿈'의 이면에는 충족되지 못한 결핍이나 억압적 현실이 존재한다. '꿈꾸는 자아'는 현실세계가 강제하는 정상과 비정상, 현실과 환상, 이성과 광기, 중심과 주변, 안과 밖, 금기와 위반 등의 경계짓기에서 늘 왼쪽 편에 서서 정상성을 유지할 것을 강요당한다. 즉 자아는 사회적 위계 속에서 차이를 차별화하는 비가시적 실재로서의 '공론적 이데올로기'의 전략에 노출되어 있는 것이다. 원재길은 현대사회가 강요하는 이분법적 구획짓기의 허상을 특이성 혹은 비정상성이 지닌 비애에 주목함으로써 비판한다. 정상성의 세계의 이면에 숨죽이고 있으면서 생의 의미를 박탈당한 소외된 개체들과, 비정상이라는 낙인이 찍혀 주변부로 밀려난 존재들에게 원재길의 따뜻한 비애의 시선이 포개지는 것이다.

「달밤에 몰래 만나다」는 현실 속에서 추방당한 비정상성의 인간과 해괴한 동물들이 모여 만든 '소외된 공동체'의 기괴하고도 순정한 모습을 보여준다. 그리고 그들을 자신들의 공동체 바깥으로 밀어내고자 온갖 애를 쓰는 냉혹하고 이기적인 현대인의 모습을 대비시켜 정상성의 강요에 대한 비판을 드러낸다. 불영산 사유지 근처에서 출몰

하는 '외뿔 염소, 눈 하나 다리 여섯인 송아지, 다리 셋인 개, 뒤통수에 혹 붙은 개, 한쪽 날개 없는 칠면조, 귀 세 개인 토끼, 몸통보다 목이 긴 원숭이, 거위 울음소리 내는 조랑말, 늑대 울음소리 내는 오리, 다리 하나 잘린 토끼' 등의 돌연변이/기형동물들에게서 공포와 두려움, 불안을 느끼던 마을 사람들은, 오히려 그러한 비정상성의 동물들을 가학하는 즐거움 속에서 동물들에게 죽음의 공포를 선사한다. 하지만, 만식은 기형동물들의 모습에서 시계포를 운영하던 앉은뱅이의 외동딸이자, 성장장애로 인해 '난쟁이'라는 놀림과 조롱의 대상이 되었던 친구 영순을 떠올리게 된다. 그리고 친구들의 부추김으로 영순이의 색동옷 인형을 빼앗아 쓰레기 수레에 던져버린 기억을 안고 있는 그는, 시계포 건물 주인이 바뀌며 내 집에 '병신 셋'을 둘 수 없다는 이유로 건물에서 내쫓긴 영순네가 세월이 흘러 불영산 사유지 철조망 안에서 기형동물들과 함께 지내고 있음을 알게 된다. 보름달이 푸짐한 여름밤, 만식은 영순네 가족과 비정상의 몸을 지닌 동물들이 사유지에서 나와 약수터에서 물을 마시며 경건한 의식을 치르는 풍경을 지켜본다. 그리고 사유지로 쫓아가 철문 옆 철조망 앞에서 영순이를 불러 삼십 년 가까운 세월이 흐른 뒤에야 비로소 색동옷 인형을 전달해주며, 자신의 죄의식을 일말이나마 해소하게 된다.

「달밤에 몰래 만나다」에서 집값 폭락과 동물 학대를 거론하며 경찰에 수사를 의뢰하는 마을 사람들은, 그러한 사람들의 시선을 피해 보름달 뜨는 밤이면 약수터에 나와 '경건한 의식'을 치르는 순박하고 선량한 영순네 가족을 비롯한 기형동물들과 대비된다. 그리하여 사회의 이방인으로 밀려난 사회적 약자들이 현실적으로 처해 있는 암울한 상황을 극명하게 보여준다. 신체적 결핍과 과잉을 비정상으로 규정하고 배제함으로써, 소외된 공간으로 밀어내려는 현대사회의 위선적 속성은 여기에만 그치지 않는다. 이성을 가장한 광기의 시선은 평범하지 않은 특이체의 존재도 비정상의 틀 안에 몰아넣고, 규격화된 사회의 질서를 희구한다.

그리하여 「꽃바람」에서처럼 '빼어난 미모와 전류를 지닌' 한 여성이, 70세 병원 원장과의 관계를 오해받고 마을을 떠나 외롭고 쓸쓸하게 죽어가도 그저 무관심할 뿐인 것이다. 「꽃바람」은 봉창읍 사람들에게 아무런 해를 끼치지 않았고, 한때 동네 남성들에게는 매혹의 대상으로, 여성들에게는 시기와 질투를 넘어 동성애적 대상으로까지 여겨지던 특이체의 여성에 의해 벌어진 한바탕 마을 소동을 그리고 있다. 하지만 그 속에서 작가는 오히려 특이한 존재를 향한 마을 사람들의 왜곡된 시선이, 흐릿한 실체로 흔적만 남기고 꽃바람처럼 여인을 떠나가게 했음을 안타까운 조상(弔喪)으로 형상화한다. 또한 「선인장」에서 '고아이자 석녀인 아내'는 '간에 구리가 비정상적으로 많이 쌓여서 생기는 희귀한 유전병'인 윌슨 병에 걸려 가족과 사회적 시선으로부터 점점 더 멀어진다. 시댁의 무관심과 무례한 행동 속에 온몸에서 짙푸른 빛이 전체적으로 더욱 번지다가, 결국 선인장으로 변신하여 사막으로 떠나는(죽음을 맞이하는) 것으로 작품은 종결된다. 작가는 시댁 가족을 통해 현대사회의 이기적이고 무례한, 그리하여 '비정상적'이기까지 한 속물적 현대인의 모습을 비판한다. 반면에 남편의 헌신적 사랑을 통해서는 '비정상인이 지닌 애틋한 정상성'을 안타까운 연민의 시선으로 형상화한다.

이렇듯 신체적 비정상, 특이함, 기형 등의 모티프는 현대사회가 근대적 합리성을 기준으로 마련한 정상성의 척도를 의문시한다. 그 속

274

에서 비정상적인 존재들을 주변부의 세계인 사회적 공간 바깥으로 끊임없이 밀어내고 있는 속악하고 위선적인 현실을 폭로한다. 그리고 작가는 '정상성'에 대한 회의적 시선으로 '비정상성'을 지닌 존재들의 참담한 상처와 고통을 직시한다. 그리하여 그 시선에서 빚어낸 풍경은 오히려 이분법적 경계를 넘어서는 서정적 비애의 잔잔하면서도 깊은 감동의 울림을 전해준다.

4. 사막 같은 현실로부터의 '변신 꿈꾸기'

소원충족의 '꿈'으로도 불만족스러운 삶의 근원적 결핍을 해소할 수 없고, 숨쉬기조차 버거운 사막 같은 현실에서 살아갈 수밖에 없는 존재들은 변신을 꿈꾸게 된다. '환유적 변신'은 육신의 치환을 통해 부조리한 현실세계로부터 새로운 세계로의 탈출과 진입을 꿈꾸는 방식이다. 따라서 변신은 자유의지의 표상이 된다. 하지만, 원재길의 소설에서는 자신의 선험적인 육신의 기표를 바꾸려고 노력할 수밖에 없는 소외된 존재의 막막하고 암담한 현실을 드러내는 '절망적 표지'가 될 뿐이다.

'사내의 매미 되기'를 다룬 「방충망」은 카프카의 「변신」을 현재적으로 패러디하여 매미와 사내(박성출)의 '동일시와 이화' '시선의 교차'를 다루고 있다. 중학교 때 주인공이 벌레가 되는 장면으로 시작되는 「참 이상한 아침」이라는 소설을 읽었던 만년 실업자 박성출은 그 이후로 "인간으로 태어나 인간 구실을 제대로 못할 바에는 차라리 벌레가 되는 게 나을지 모르겠다"(43쪽)는 생각을 하다가 결국 영원한 잠에 빠지게 된다. 꿈속에서 매미로 전위되기도 했던 박성출은, 네 번의 꿈속에서 자신뿐만이 아니라 현대사회의 주변적 존재들이 황막한 매미 울음소리를 내는 장면을 응시하다가, 죽음에 이르게 되는 것이다. 공포 속에서 아빠의 죽음을 확인하려는 아이의 울부짖음마저 "쓰름! 쓰름쓰름 쓰르름?"(엄마! 아빠 왜 그래?)이라는 매미 울음소리를 내는 것으로 치환되면서 작품은 종결된다. 결국 이 작품은 약육강식을 강요하는 현대사회에서 심신이 병약하여 사회적 시선 바깥으로 밀려난 존재들의 소외된 삶은 곤충과도 같은 암담한 소통 불능의 삶일 수도 있음을 적나라하게 보여준다.

'사내의 매미 되기'가 뚜렷한 원인을 알 수 없는 사회적 약자의 죽음을 그리고 있다면, '아내의 선인장 되기'는 신체적 병과 주위의 따가운 시선 속에서 죽음을 맞이하는 존재의 아픔과 변신을 형상화한다. 「선인장」에서 '하반신 마비와 시력상실, 언어장애' 등을 동반하는 윌슨 병을 앓고 있는 아내는 임종을 앞둔 어느 날, 자신이 들어갈 만큼 큰 화분을 사놓고, "발이 푹푹 빠지는 사막. 허벅지까지 모래에 묻혀서 가만히 있어도 쓰러지지 않고 서 있을 수 있는 사막. 내가 태어나서 자란 사막. 아무도 나를 보고 혀를 차는 일이 없는 사막. 바람이 불고 하늘이 파랗고, 낮은 뜨겁고 밤은 엄청나게 추운 사막"(178쪽)으로 가고 싶다는 소망을 남편에게 말한다. 고아이자 석녀라는 이유로 시댁과 주변의 차가운 냉대 속에 사막을 꿈꾸던 아내는 결국 죽어서 선인장이 된다. 「선인장」은 가족 부재와 가족 상실의 현대인들이 살아가는 도시는 사막과도 같은 황폐함과 삭막함을 강요하며, 그 속에서 현대인으로 하여금 역설적이게도 도시를 벗어나 또다른 사막을 꿈꿀 수밖에 없도록 강제한다는 사실을 그려낸다. 원재길이 그려낸 남편의 헌신적 사랑과 하루 종일 화분으로 이동하기 위한 고투 끝에 임종을 맞이한 아내의 모습은 비극적 카타르시스 속에서 절절한 울림을 가져온다.

'사내의 매미 되기'와 '아내의 선인장 되기' 모티프가 '출구 없는' 현대인의 초라함과 쓸쓸한 최후를 보여준다면, 사람의 폭력적 욕망을 닮아버린 '개의 사람 되기'는 공포와 전율을 느끼게 한다. 「프라이팬」에서 '고단한 나머지 다른 사람의 곤경을 돌아볼 여유가 없는 밤'을 보내는 현대인들은, 온순했던 개가 야수로 돌변하여 사람처럼 행동하면서 한 여성을 겁탈하려고 해도 아무런 관심을 내보이지 않는다. 「프라이팬」은 표면적으로는 주변 사람들의 시선과 관심으로부터 멀어진 한 사나이(산적/물귀신)가 자신의 애정의 대상이었던 사람 같은 개에게 폭력을 행사함으로써, 오히려 '주인과 노예의 자리 바꾸기'를 통해 노예로서의 삶을 보내게 되는 황당한 일화를 그리고 있다. 하지만, 그 이면으로는 다방 여성을 성추행하는 낚시꾼들과 그녀를 겁탈하려는 개의 몸짓에서 현대인의 야수적 욕망을 풍자한 소설이라고 볼 수 있다.

'아내의 복숭아 되기'는 가족 내부의 끈끈한 애정을 상실한 현대인들이 모험과 일탈을 갈망하며 생의 자극을 찾아 다른 세계로의 탈주를 꿈꿀 수밖에 없는 현실을 드러낸다. 「복숭아 과수원」에서 여자는 가장으로서 완벽한 남편과 엄마를 무관심한 대상으로만 인식하는 아이들로부터 상대적 박탈감과 결핍을 느낀다. 그리하여 자신의 의미를 찾기 위해 낯설고 매혹적인 윤리적 일탈을 경험하며 자신을 합리화시키게 된다. 하지만 결국 '아내에게 살해되어 과수원으로 오지 못하게 된 남자'를 기다리던 여자는, 불륜 사실을 알게 된 남편이 순경과 함께 복숭아 과수원으로 올라오자, 잘 익은 복숭아 하나로 변신해 굴러서 도망간다. 곧바로 남편이 뒤쫓아오자 여자는 사람으로 다시 변신하여, "다시는 지옥으로 돌아가지 않"겠다고 외치며 사라진다. 그리고 "모든 나무에서 무수한 복숭아가 저절로 툭툭 소리를 내며 바닥에 떨어져서 사방으로 과즙을 날리며 폭발"(241쪽)하는 것으로 작품은 종결된다.

무수한 복숭아들의 낙과와 폭발은 가족에 대한 관심과 배려가 사라진 현대인들의 가정이 숱하게 현실 속에 편재되어 있으며, 언제든 가족의 해체가 진행될 수 있음을 환유적 상징으로 드러낸다. 그러나 복숭아로 변신할 수밖에 없었던 여자가 지옥 같은 가정생활에서 벗어나 내면의 공허함을 메우기 위해 윤리적 일탈을 감행해보지만, 결과적으로 여자에게는 사회로부터의 사라짐이라는 비극적 결말만이 기다리고 있을 뿐인 것이다.

이렇듯 '사내의 매미 되기' '아내의 선인장 되기' '개의 사람 되기' '아내의 복숭아 되기' 등의 환유적 변신은 공소하고 폐쇄된 삶에서 벗어나려는 몸부림의 결과물이지만, 모두가 죽음(사라짐)으로 마무리된다. 무관심의 공간으로 밀려난 존재가 삶의 무의미로부터 발버둥치며 벗어나려고 노력하지만, 변신에의 욕망은 '출구 없는' 현실의 재확인일 수밖에 없다는 쓸쓸한 해답만이 드러난다. 원재길은 '환상'의 요소를 도입하여 '주체의 자리 바꿈'이라는 '환유적 상상력'을 매개로 사물화된 현대인의 막막하고 암울한 현실을 보여준다. 따라서 변신 모티프는 소외된 존재들이 지닌 생의 근원적 비애와 무상성에 주목하는 방식이 된다.

5. '잃어버린 가정'을 찾아서

현대사회는 갈수록 공동체적 정서가 희미해지는 가운데 사람들로 하여금 파편화·단자화된 생을 살아갈 수밖에 없도록 만든다. 특히 도시인들에게 팽배한 개인주의와 이기주의는 타자에 대한 배려와 관심보다는 개인적 욕망의 배가와 성취에만 관심을 두게 한다. 그러나 사람들 사이의 친밀한 관계의 복원이 불가능한 까닭은 개인적 차원의 문제에만 국한되는 것이 아니다. 자본주의적 경쟁사회가 교환 가치의 시장 논리 속에서 질서 바깥으로 끊임없이 떠도는 현대인들을 양산하는 것이다. 그 속에서 집을 잃고 길을 헤매게 되는 유목적 현대인들은 폐쇄 회로처럼 닫힌 현실이 야기하는 근원적 상실감과 결핍의 공간으로부터 벗어나 자유로운 탈주를 희구하기 마련이다.

「나무와 벽돌」은 '시간의 늪'이나 '공간의 블랙홀'에 빠져 집과 길을 잃고 헤맬 수밖에 없는 망각적 현대인의 우울한 초상을 그린 소설이다. 번역가인 '나'는, 고향을 떠나 유랑하는 인디오들에게서 '초점 없는 눈동자, 끝없이 주위 둘러보기, 자주 끔벅이는 눈, 줄기찬 두 손 맞비비기' 등의 공통된 몸짓과 표정을 읽어낸 책을 번역한 적이 있다. 어느 날, 그런 인디오의 모습을 한 사내(오만철)가 광화문에서 길을 잃어버려 '나'에게 집을 찾아줄 것을 부탁한다. 그의 모습에서 '나'는 아마존 인디오 사내의 탈향과 귀향 의지 이야기, 북아메리카 원주민 사오마 족의 귀가 포기(외박자=악령=처용=사천왕)로 인한 '부랑자 증가' / '부족 인원 감소' 이야기, '집이 나를 잃었다'는 표현을 쓰는 안데스 올산데 부족 이야기, 브라질의 도시 '포르탈레자'에서 철거로 자신들의 터전을 잃은 인디오들의 시위 모습 등을 떠올리게 된다. 그리고 도시의 부랑아로 살아가는 역 주변 노숙자들의 모습을 보며 '고향과 집과 가정을 잃어버린 인디오'를 상상한다. 나아가서는 노숙자들뿐만이 아니라 삭막한 도시의 거리를 활보하는 대부분의 사내들에게서까지도 실향과 탈향의 공통된 표징을 읽어내게 된다. 사내로부터 다시 집을 찾아달라는 부탁을 받은 날, '나'는 상상 속에서 안데스 산맥 너머 초원을 걷던 사내가 초원 한복판 침대 위에서 큰대자로 편안하게 행복한 얼굴로 깊은 잠에 빠져들던 모습을 그려보게 되고, 상상처럼 초원으로 떠난 사내로부터 걸려온 전화에서 '집이 저를 잃었다'는 표현을 듣게 된다.

귀향할 곳을 상실한 혹은 망각해버린 현대인들의 비애와 탈주 욕망을 다룬 「나무와 벽돌」은 우울한 현대사회의 모습을 반영한다. 집을 지을 때 쓰는 기본 재료인 '나무와 벽돌'은 '나무와 벽돌'로 쌓은 공간인 집으로부터 밀려나 세상을 배회할 수밖에 없는 현대인들의 비참한 유목적 운명을 반어적으로 보여준다. 작가는 실향과 탈향, 떠돎을 강요받는 현대인들의 비극적 모습을 환기한다. 그 속에서 현대인들이 자신의 안락한 거주 공간인 '나무와 벽돌'을 찾으려 함에도 불구하고, 현대사회는 그들을 '집 잃은 노숙자=탈향의 인디오=거리를 헤매는 사내들'처럼 동격의 망각적 주체로 만들어 현실세계를 떠돌 수밖에 없도록 만든다는 사실을 보여준다.

도시적 공간이 현대인에게 신경증적 망각과 헤맴을 강요한다면, 현대인이 일상 탈출로서 꿈꾸게 되는 전원생활은 과연 대안이 될 수 있는가? 「모래의 집」은 아무리 '나무와 벽돌'로 아름다운 집을 짓는다 할지라도 그 내부에 사람의 체온이 실린 사랑이 없다면 집이 모래성처럼 일순간에 사라질 수밖에 없음을 드러낸다. 동해안의 명정군 미풍리라는 상상적 공간의 여름 바닷가에서 생명체의 움직임 같은 모래 폭풍으로 인해 실종되는 이십대 남녀와 삼십대 부부를 그린 「모래의 집」에서, 청년은 한 여자와의 관계를 청산하기 위해 바닷가로 여행을 와서 '불길한 기운'이 자신을 노려보는 것 같은 느낌을 얻고, 목조가옥의 주인 여자는 삼각관계 때문에 애인을 죽이게 되는 내용의 비디오 두 편을 보며 바닷가 생활 삼 년째의 외로움을 달래고, 이층 작업실에서 잠까지 해결하는 남편은 식사 때만 아래층으로 내려올 뿐이다. 청년과 삼십대 부부는 자기 충족적이고 배타적인 관계의 굴레에서 벗어나지 못한 채 결국 모래 돌풍에 묻히고 만다. '부부 두 사람이 더는 서로를 사랑하지 않게 되면서 집 안의 모든 물건(나중에는 두 남녀까지)이 하나둘 모래로 변하는' 가상의 소설 '모래의 집'을 패러디한 「모래의 집」은, 주거 공간을 채우는 따스한 온기와 상대방에 대한 배려가 부재한 가운데 애정 결핍에 허덕이는 현대인의 자기 중심적 모습을 풍자한다. 따라서 청년과 부부가 모래 돌풍에서 느끼는 공포는 이유 없는 공포가 아니라 초라하고 삭막한 내면에서 불러낸 이상 기후 현상인 것이다.

「모래의 집」은 「먼지의 집」「물 속의 집」(『벽에서 빠져나온 여자』)에 뒤이은 '집 연작' 단편의 하나로, 심리적 · 실질적으로 해체된 가정에서 뿜어나오는 냉기를 확인하게 한다. 그 속에서 원재길은 안락한 주거 공간에 대한 기대를 스스로 좌절시켜가는 공소한 현대인들의 애정 결핍의 모습을 비판하고 있는 것이다.

'가족 구성하기'는 '잃어버린 가정'에 대한 상처를 지닌 존재에게는 구속의 환멸로 다가서기 마련이다. 하지만, 상처로서의 기억을 망각해버릴 수 있다면 이야기는 달라진다. 「비오리」에서 사고로 기억상실증과 언어장애, 행동장애에 빠진 여자는, 사고 이전에 사랑하는 사내(제임스 강)에게서 느꼈던 낯선 이질감과 냉혹한 성정을 망각함으로써, 오히려 부부의 인연을 성취하게 되는 아이러니한 현실 속에서 행복한 미소를 지을 수 있기 때문이다. 사내는 자신의 폭력적 가정체험이 가족 구성하기에 대한 거부감을 낳았고, 가족으로부터의 탈출이 '완전한 자유의 실현'임을 체감한다. 하지만, 그가 기억상실증에 걸린 아내의 미소를 바라보며 가족을 구성하게 된 현실은, 상대를 구속하지 않음으로써 오히려 유지될 수 있는 가족의 모순적 의미를 되짚어보게 한다. 남매를 사고로 잃어버린 비극 속에서도 비오리 가족의 애정 어린 행보를 지켜보는 부부의 모습에서 원재길은 '가족 구성하기'의 지난함을 통해 가족의 의미에 대한 반성과 성찰을 유도하고 있는 것이다.

하지만, 원재길은 해체된 가족의 재구성보다는 '잃어버린 가정'이 야기한, 자아의 내면에 새겨진 정신적 외상의 극복이 더욱 중요할 수 있음을 주목한다. 「바다사자들은 어디로 갔을까」에서 미용실 원장인 '정화'는 유럽풍의 중년신사(마술사)에게서 하루에 두 시간을 파는 동안 돈을 받기로 하고 그 시간에는 몸이 굳기 때문에 미용실 문을 닫기로 약속한다. 며칠이 흐른 뒤 마술사는 '시간의 사용처'를 묻는 정화에게, 가족을 잃었거나 마음의 병을 앓는 짐승을 찾아가서 마술을 보여주며 슬픔과 외로움을 떨치고 건강을 되찾게 하는 데에 시간을 사용했다고 말한다. 다섯 살 때 아버지와 헤어지던 장면을 꿈꾸고 난 후 정화는 선화곡마단 단장인 마술사가 자신의 아버지임을 알게 된다. 그리고 죽은 수놈 바다사자를 실은 원양어선에 머리를 치받다가 죽게 된 아내 바다사자의 이야기 속에서 가족애의 슬픔을 상기시켜주던 아버지를 기억해내게 된다. 결국 정화가 꾸게 되는, 아버지와 헤어지던 장면의 꿈은 해체된 가족으로 인해 야기된 정화의 근원적 상실감을 극복하는 계기로 활용된 것이다.

사회의 최소 집단으로서 혈연적 친연성으로 구성되는 가족은 수평적 관계에서는 우연적 요소가 강조되지만, 수직적 관계에서는 선험적 필연이 개입될 수밖에 없다. 우연과 필연이 매개되는 가정은 한쪽의 끈을 놓쳐버리는 순간 해체의 난국에 빠져버릴 수도 있다. 원재길은 '잃어버린 가정'에서 발생되는 다양한 문제에 초점을 맞추어 개인의 정신적 외상 극복하기(자아 정체성 찾기)를 비롯한 가족 구성의 지난함과 해체된 가정의 원형적 상실감에 주목한다. 그리하여 가족의 해체와 재구성이 만연한 현대사회에서, 끈끈한 결속력이 약화되고 애정이 상실된 가정의 의미를 되물음으로써 가정의 온기를 잃어버린 세계에 경종을 울리고자 하는 것이다.

6. 환유적 상상력의 변주

『달밤에 몰래 만나다』에서 작가의 '환유적 상상력'은 '이름 덧붙이기'와 '주체와 객체(타자, 대상)의 자리 바꾸기' '변신 모티프' 등의 활용을 통해 변주된다. 우선 '이름 덧붙이기'는 이중의 명명 작업으로 등장인물의 성격을 실재화하여 서사적 진실성을 강화하는 방법이다. 잠을 많이 자서 '한잠순'이라는 별명으로 불리는 한유순 여사(「한잠순 여사 약전(略傳)」), 몸이 병약하여 '애늙은이'로 불렸던 박성출(「방충망」), 친구들의 놀림에 의해 '난쟁이'로 불렸던 영순이(「달밤에 몰래 만나다」), 험상궂은 인상과 소리없는 움직임으로 '산적' 과 '물귀신' 으로 불리는 컨테이너 사나이(「프라이팬」), 어릴 적부터 겁 없이 대든다고 해서 반항아 같은 인상을 특징 삼아 '제임스 강' 으로 불리는 사내(「비오리」) 등은, '이름 덧붙이기' 를 통해 본명이나 익명 보다 별명에 의한 '대체 표상' 이 인물의 정체성을 더욱 강화한 구체 적 예에 해당한다.

　두번째로 '주체와 객체의 자리 바꾸기' 는 전복적 방식의 글쓰기로 서 말실수나 농담, 꿈이 지닌 '무의미의 의미화' 작용처럼 억압된 무 의식의 진실을 드러내는 방법이다. '미녀는 잠이 많다' 를 '잠이 많으 면 미녀가 된다' (「한잠순 여사 약전(略傳)」)로 바꾸는 것은 작품의 희 화성을 강조하는 농담처럼 보인다. 하지만, 꿈을 통해서라도 돌아가 신 어머니를 만나려는 한잠순의 간절한 소원충족의 욕망이 나중에 밝혀지면서 위의 진술은 서사적 진정성을 획득하게 된다. 또한 '나는 길/집을 잃었다' 를 '집(가족)이 나를 잃었다' (「나무와 벽돌」)로 바꾸 는 것에서는 주어와 목적어의 자리 바꾸기를 통해 의미의 전복이 발 생한다. 즉 '나는 길/집을 잃었다' 는 표현은 정상적인 문법에 해당하 는 발화로 주체의 망각이나 불안감을 드러내지만, '집(가족)이 나를 잃었다' 는 표현에서는 문법적 규범에서 벗어나 목적어적 타자가 주 어의 자리로 위치를 이동하여, 사물화(대상화)된 주체의 상실감과 소 외된 존재의 박탈감 등을 더욱 강화하게 되는 것이다.

　이러한 '이름 덧붙이기' 와 '자리 바꾸기' 가 어휘적, 구문론적 작업 의 소산이라면, '사내의 매미 되기'(「방충망」), '아내의 선인장 되기' (「선인장」), '아내의 복숭아 되기'(「복숭아 과수원」), '개의 사람 되기' (「프라이팬」) 등은 환상적 변신을 끌어들여 담론의 차원에서 환유적 진실성을 드러낸다. 즉 소설 속에서 형상화된 곤충, 식물, 열매, 인간 등으로의 '변신하기'는 변신 이전의 일상 현실이 부조리와 모순으로 가득한 세계임을 환기하는 것이다. 원재길은 이번 소설집에서 어휘, 문장, 담론 등의 다양한 차원에서 '환유적 상상력'을 매개로 소외된 주체의 모습을 응시하고 서사적 진정성을 확보하고 있는 것이다.

　원재길의 소설은 다양한 인간 소외의 양상 속에 환멸적 현실을 그려낸다. 그리고 이야기의 진정성이 현실과 환상을 매개하는 공간에 상상적으로 존재함을 보여준다. 원재길의 '환유적 상상력'은 소설 속에서 계속 변주된다. 그리고 그 변주가 서사의 위기를 극복할 하나의 대안이 될 수 있음을 실제적으로 보여준다. 따라서 원재길의 소설을 통해 독자는 매미로, 개로, 복숭아로, 선인장으로 자유롭게 변이하는 상상력을 경험한다. 그리고 그를 통해 자기 정체성에 대한 근본적인 질문을 던지며, 현대사회가 주변부로 밀어낸 사회적 약자의 소외된 현실에 대해 따뜻한 비애의 시선을 유지할 수 있는 것이다.

작가의 말

그리고 다시 봄이다.
그저 놀랍고 반갑다는 생각뿐이다.
책을 낼 때마다 덤으로 봄을 한 번씩 더 맞는 느낌이니
올해는 나의 봄이 좀 길어지겠다.
연작소설을 쓴다는 마음으로 일정한 테마를 중심에 놓고
해가 네 번 바뀌는 동안 열두 고개를 넘어 마무리지었다.
건넛마을에 홍매화가 피었다니
슬렁슬렁 꽃구경이나 하고 와야겠다.

햇살 따사로운 한낮,
멀리 비로봉을 바라보며.

원재길

문학동네 소설집
달밤에 몰래 만나다
ⓒ 원재길 2004

초판인쇄 │ 2004년 4월 30일
초판발행 │ 2004년 5월 13일

지 은 이 │ 원재길
펴 낸 이 │ 강병선
책임편집 │ 차창룡 조연주 황문정 김송은
펴 낸 곳 │ (주)문학동네
출판등록 │ 1993년 10월 22일 제406-2003-045호

주   소 │ 413-756 경기도 파주시 교하읍 문발리 파주출판도시 513-8
전자우편 │ editor@munhak.com
전화번호 │ 031) 955-8888
팩   스 │ 031) 955-8855

ISBN 89-8281-821-9 03810
www.munhak.com